玉丹어!

車凡錫 제8 戲曲集

玉丹어!

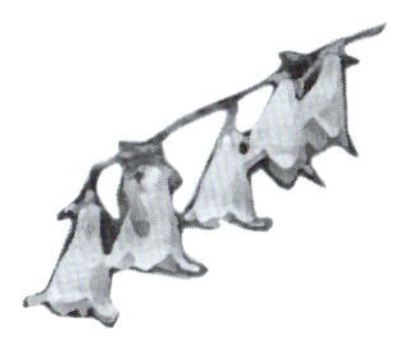

푸른사상

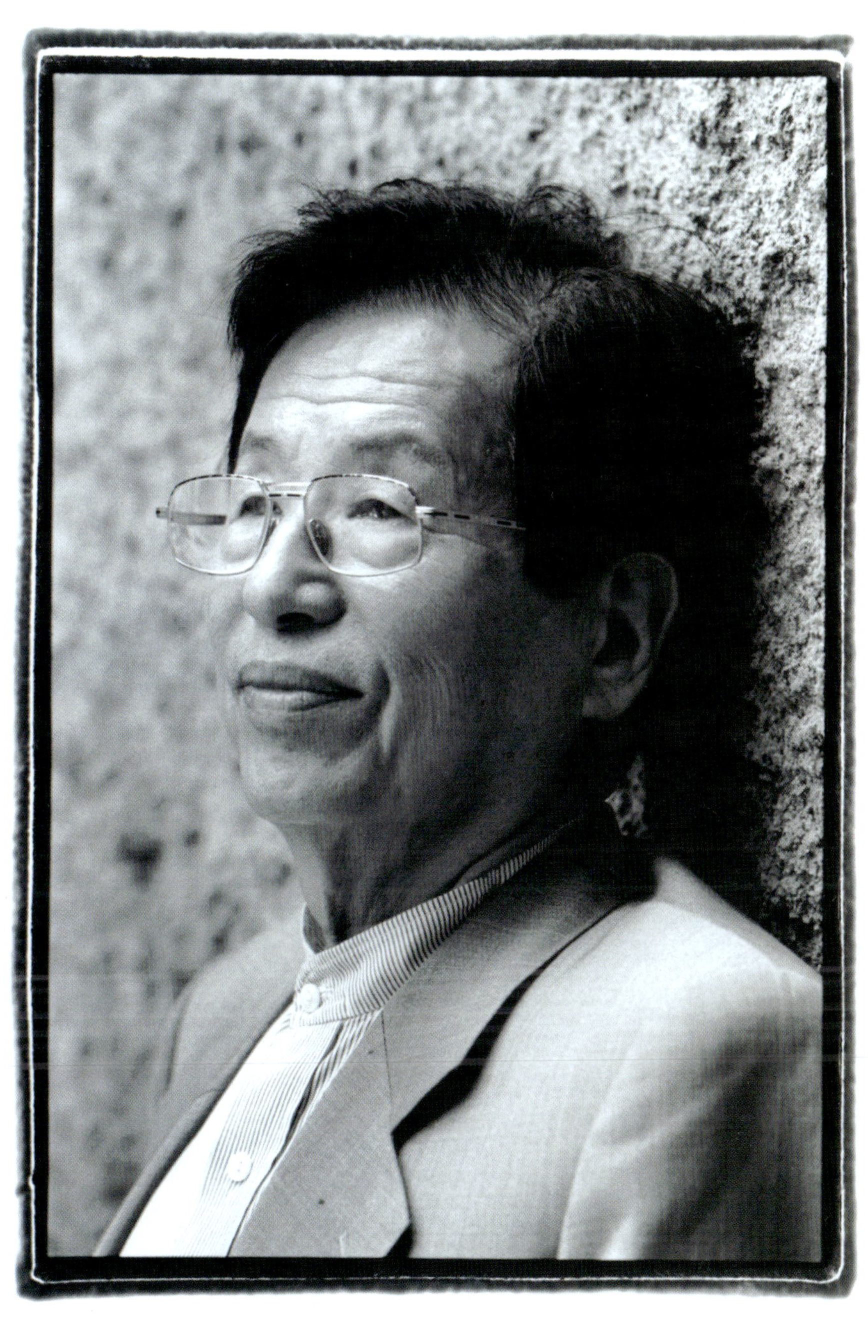

차범석 선생 近影

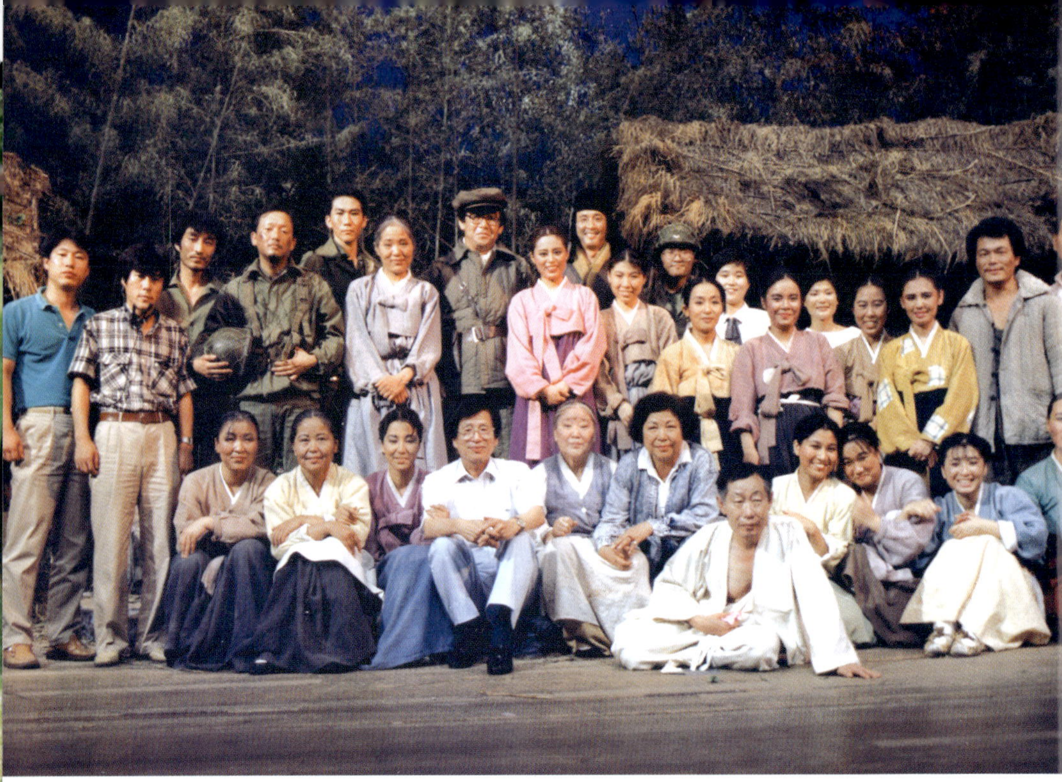

1988년 대한민국연극제에 참가한 여인극장의 〈산불〉(강유정 연출) 공연을 끝내고.

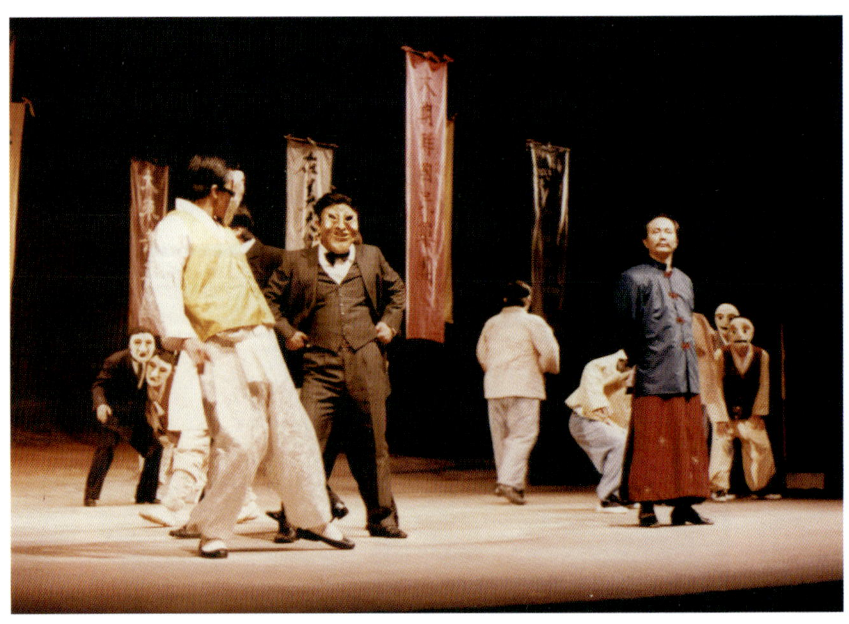

1987년 10월 20일 국립극단공연 〈꿈하늘〉 한 장면
(차범석 작, 김석만 연출)

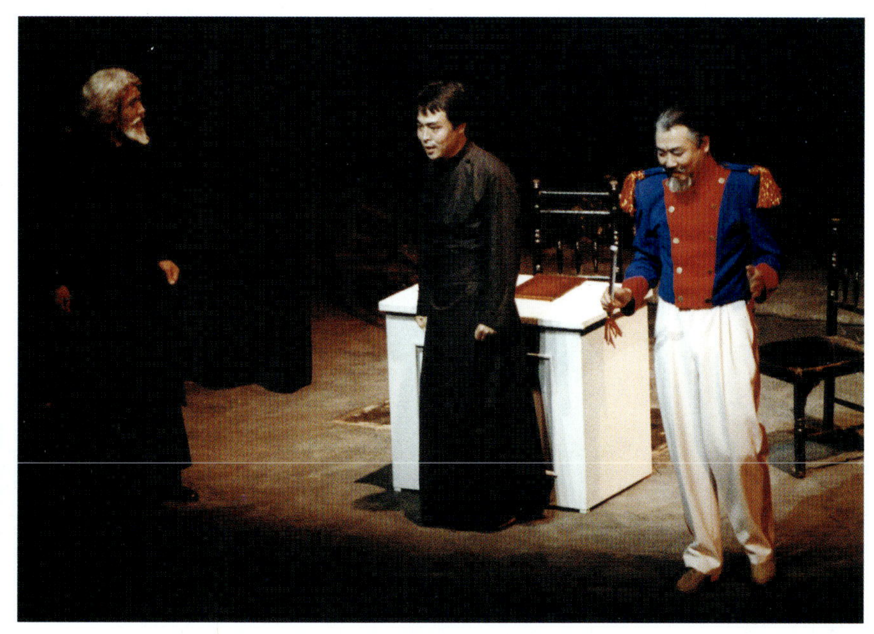

1989년 10월 5일 극단 大河 공연작 〈사막의 이슬〉의 한 장면
(차범석 작, 김완수 연출)

1992년 9월 10일 국립극단공연 〈太平天下〉
(채만식 원작, 차범석 각색, 허규 연출)

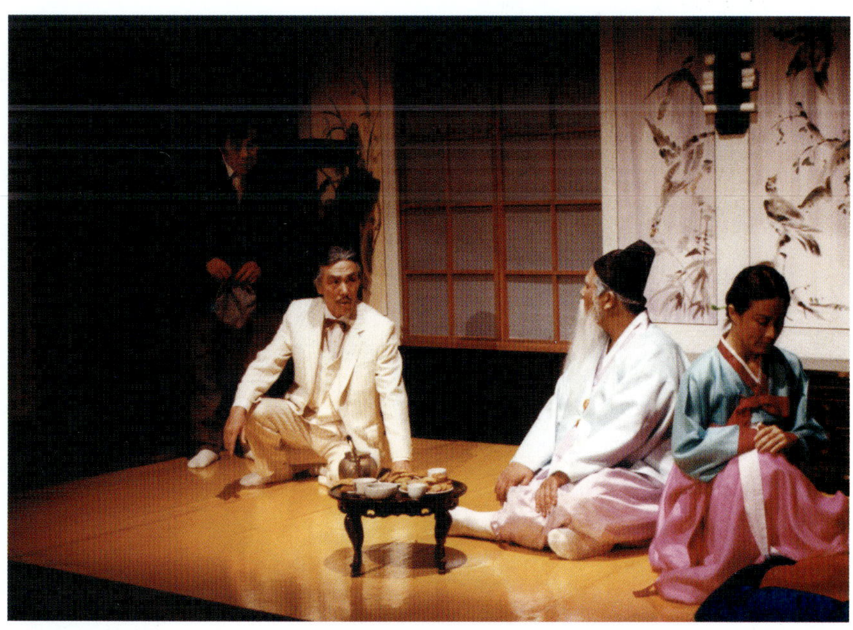

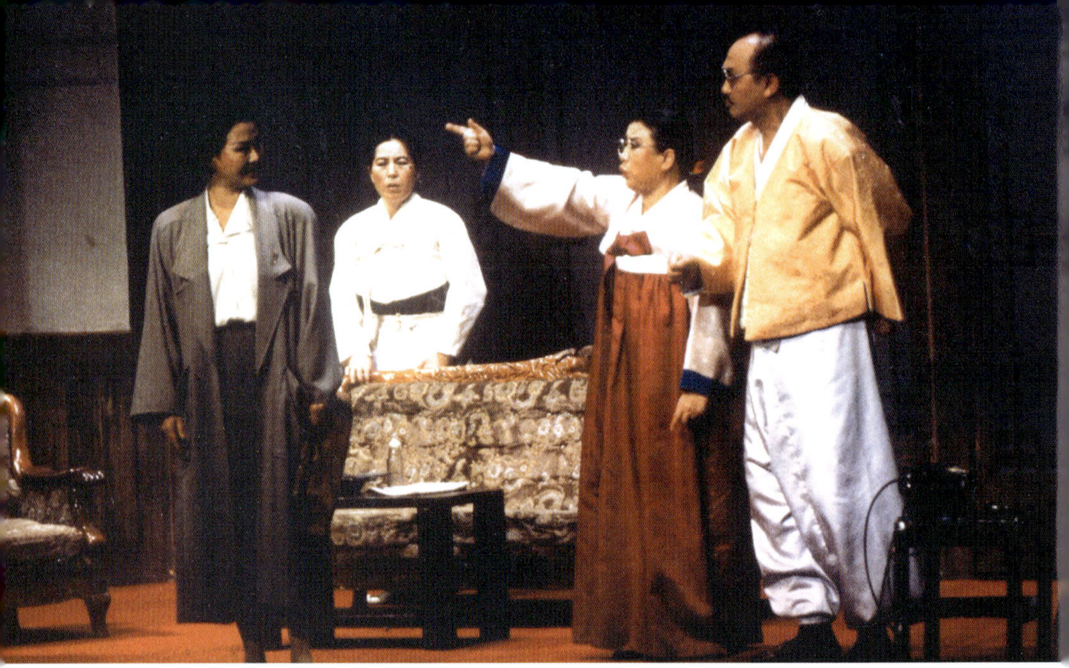

1992년 10월 20일 한국배우협회 합동공연 〈新長恨夢〉의 한 장면 (차범석 작, 김상열 연출)
오른쪽부터 김길호, 장미자, 박승태, 이희재

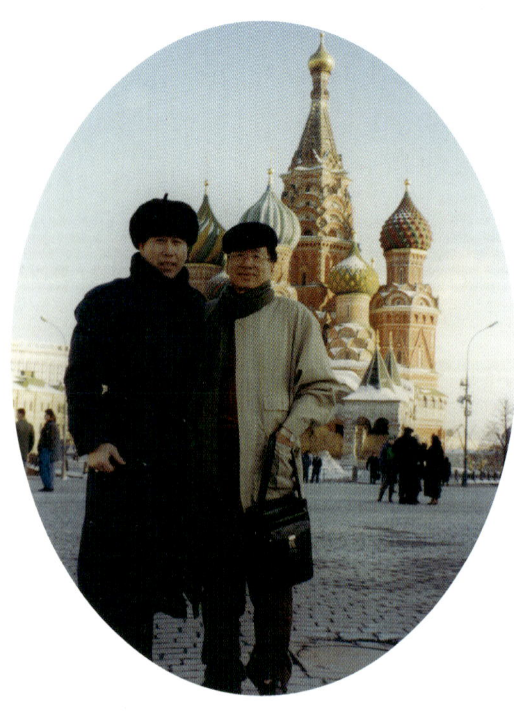

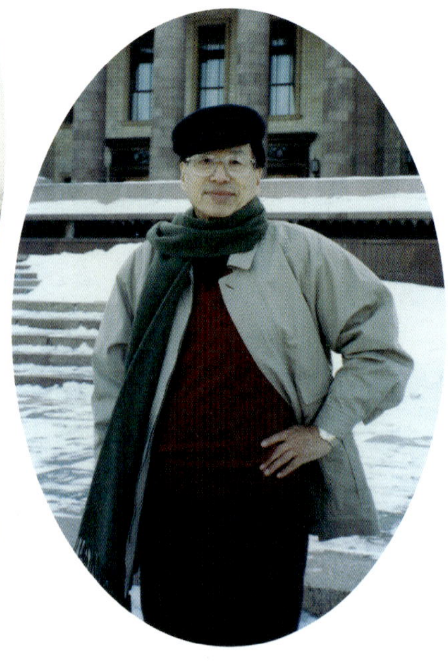

1984년 2월 10일 모스크바 '붉은광장' 에서
배우 '여무연'과 함께

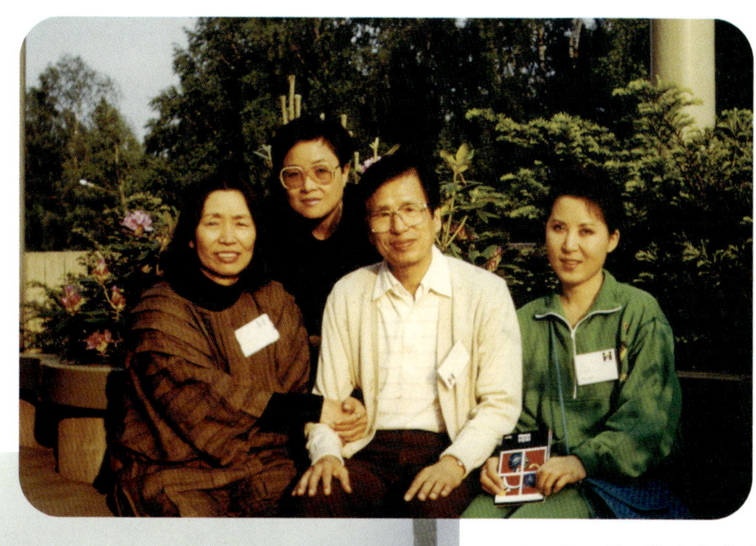

1997년 6월 헬싱키에서
(ITI회의 참석길에)
이병복, 김미혜, 차범석, 문
일지

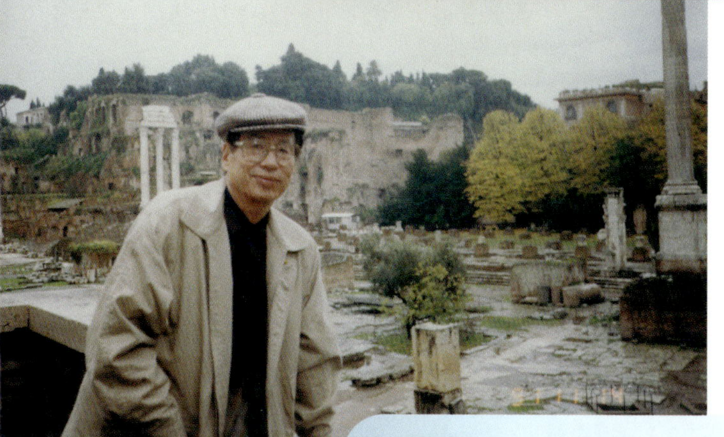

998년 9월 로마의 유적지에서

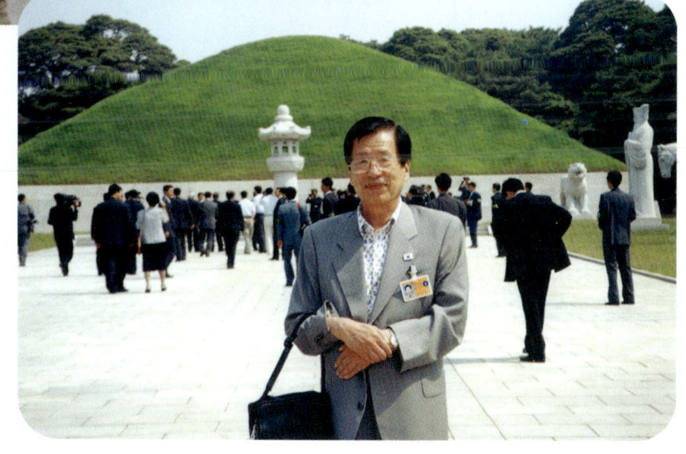

2000년 6월 15일 평양 '동명왕릉' 앞에서

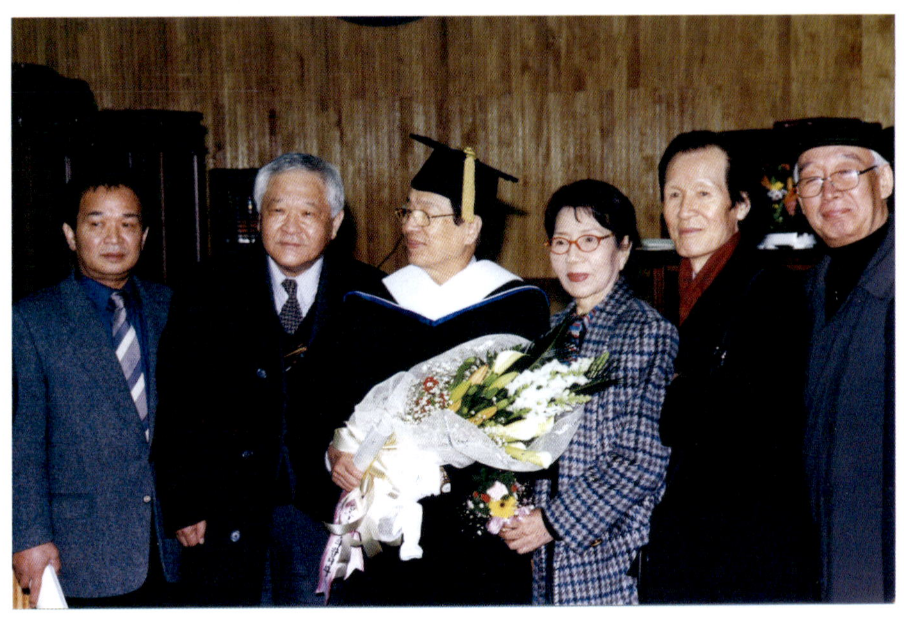

2001년 2월 23일 대불대학교에서 명예문학박사 학위를 받으며(왼쪽부터 유경환, 최현, 백성희, 차범석, 임영웅, 김창일)

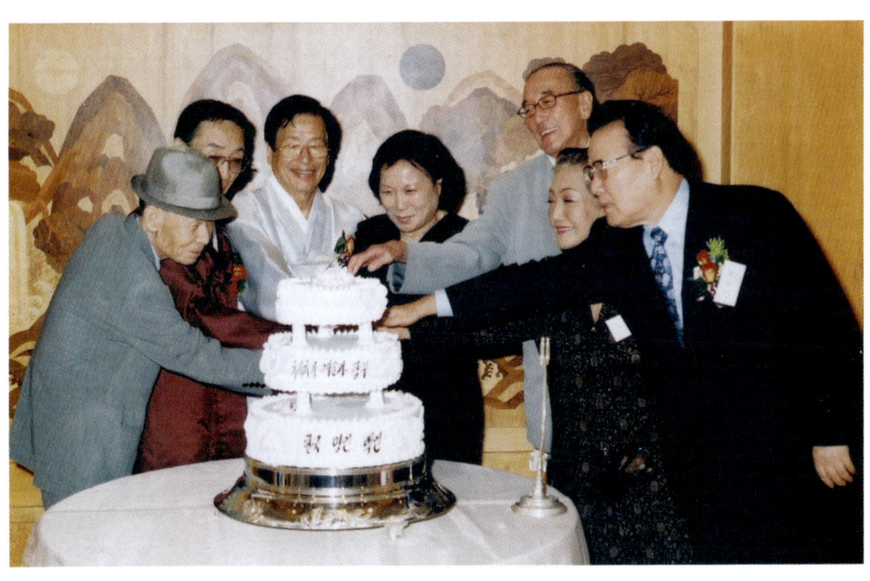

2002년 가을 『빛을 가꾸는 에피큐리언』 출판기념(왼쪽부터 김천흥, 이매방, 차범석, 이세기, 이대원, 강선영, 이어령 등과 케익커팅)

머리말

　2년 전 2001년. 주변의 고마운 분들에 힘입어 '연극인생 50주년'을 기념하는 행사 '솟구치며 나빌레라'를 삼청각에서 가진 바 있다. 나의 실질적인 연극계 데뷔는 1951년 3월에 「별은 밤마다」라는 2막극으로 작, 연출, 그리고 주연까지 했었다는 기록에다 바탕을 두고 얻어진 발상이었다. 연극·문학·무용·미술·음악·영화 등 각계의 인사들이 나를 위하여 베푼 그 은혜는 더 할 수 없는 기쁨이요, 감동이었다.

　뿐만 아니라 극단 〈산울림〉의 임영웅(林英雄)형은 나의 제7 희곡집 『통곡의 땅』에 실린 신작 희곡 「그 여자의 작은 幸福論」을 읽고는 선뜻 연극인생 50주년 기념 작품으로 택하여 성공리에 공연해 주었다. 세상에 고맙기 이를 데가 없었다.

　수많은 축하객과 관객들의 따뜻한 시선과 손을 대하면서 나는 정말 복이 많은 사람이라고 마음속으로 감사를 했다. 별로 내세울 것이라고는 없는 나에게 이토록 뜨거운 성원과 우정을 베풀어주신 분들에게 보답하는 길은 오직 한 가지뿐이라고 다짐을 했다. 그것은 죽는 날까지 희곡을 쓰는 일이라고 작심했다. 앞으로 몇 살까지 살게 될지는 오직 하늘에 계시는 한 분만이 아실 일이니 나로서는 짐작도, 예언도 장담도 할 수 없는 일이다.

그로부터 2년 동안 외부로부터의 청탁도 있었지만 나는 네 편의 신작을 완성하고 그 중 두 편이 공연되었고 남은 한 편은 오는 12월 10일에 공연되기로 준비 중이다. 「玉丹어!」가 바로 그 작품이다. 「처용」은 뮤지컬이고, 「백록담」은 오페라이고, 「玉丹어!」는 정극이고 보면 나도 어지간히 욕심꾸러기라는 생각이 들지만 원래 천성이 가무와 신명을 마다하지 않은 터이고 보면 그것 또한 나의 숙명의 별자리에 이미 나타나 있을지 모른다.

그러다 보니 올해 11월 15일이 내가 귀 빠진 날이자 팔순이 되는 해이기도 하여 팔순을 자축하는 뜻에서 여덟 번째 희곡집을 상재하기로 혼자서 작정해 버렸다. 희수(喜壽) 때 일곱 번째 책을 냈고 팔순에는 여덟 번째 희곡집이 나오는 게 어찌 보면 물이 아래로 흘러내리듯 아주 자연스러운 생각이 들어 흐뭇하기도 하다. 아니 2년 전에 죽는 날까지 작품만 쓰겠노라고 나 자신에게 던진 맹세가 실행이 되어 마음이 넉넉해진다. 게다가 12월에는 나의 신작 「玉丹어!」가 이윤택(李潤澤) 연출로 극단 〈거리패 연희단〉에 의해 축하공연을 한다니 내가 이상 더 바랄 것이 무엇인가 말이다.

세월이 덧없다는 게 요즘처럼 실감난 적이라곤 없다. 내가 어느새 팔십 고개에 올라서니 하는 말이다. 나는 지금까지 나이를 의식하지 않고 살아왔다. 나이 들었다고 거만 떨지도 않고, 허세 부리지도 않고, 그저 있는 그대로 살아간다는 신조를 품고 살았는데 어느 덧 팔십이라는 숫자가 강박감을 주는 것만 같다.

물론 그것이 곧 죽음만을 뜻하는 것은 아니다. 내가 해야 하고, 남기고 가야 할 일이 아직도 산적해 있는 데서 오는 불안감이다. 남들은 나의 곧은 자세와 날렵한 동작과 윤기 있는 피부로 봐서는 백수까지는 염려 없다고 진담 반 농담 반으로 말한다. 그러나 내가 그 말을 믿을 까닭이 없다. 나는 욕심 많게 오래 살며 노추(老醜)를 나타내는 것보다야 어느 날 조용히 잠자듯이 갔으면 좋겠다고 아내와 마주앉으면 털어놓는다. 그러면서도 아직도 내가 해야 할 일이 무엇인가를 마음속으로 셈을 하는 염치없는 사람이다.

미련 없이 살았고, 많은 사람들로부터 은혜를 입었고, 하고 싶은 일 다 했으니 또 무엇을 바라겠는가 하면서도 역시 조금은 더 살고 싶다는 생각은 지울 수가 없다.

2003년 11월　車凡錫

목차

空想都市

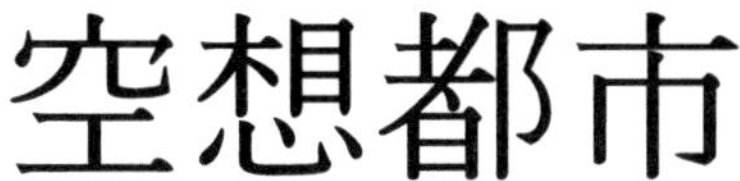

（全3幕）

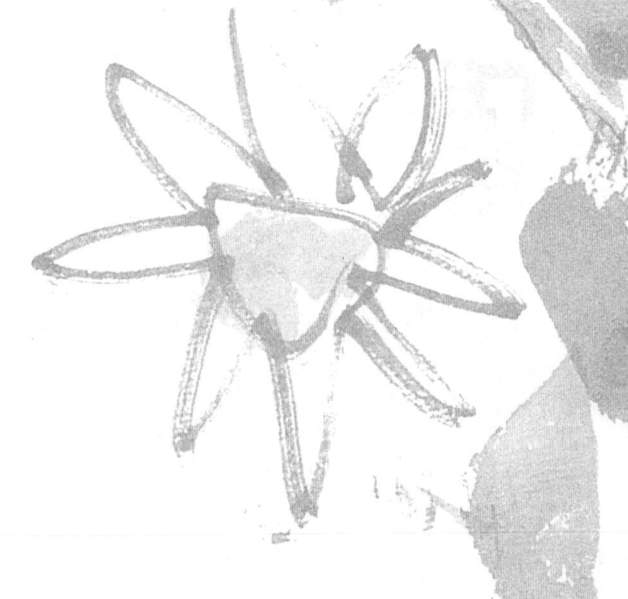

1958년 制作劇會에서 공연 (서울문리사범대학강당)
－서울공연 : 오사량 연출
　　　출연 : 최상현, 천선녀, 고은정, 최명수, 유달훈, 이현희
－지방공연 : 김경옥 연출
　　　출연 : 김소원, 안영주, 최명수, 장신영, 김원애, 유달훈

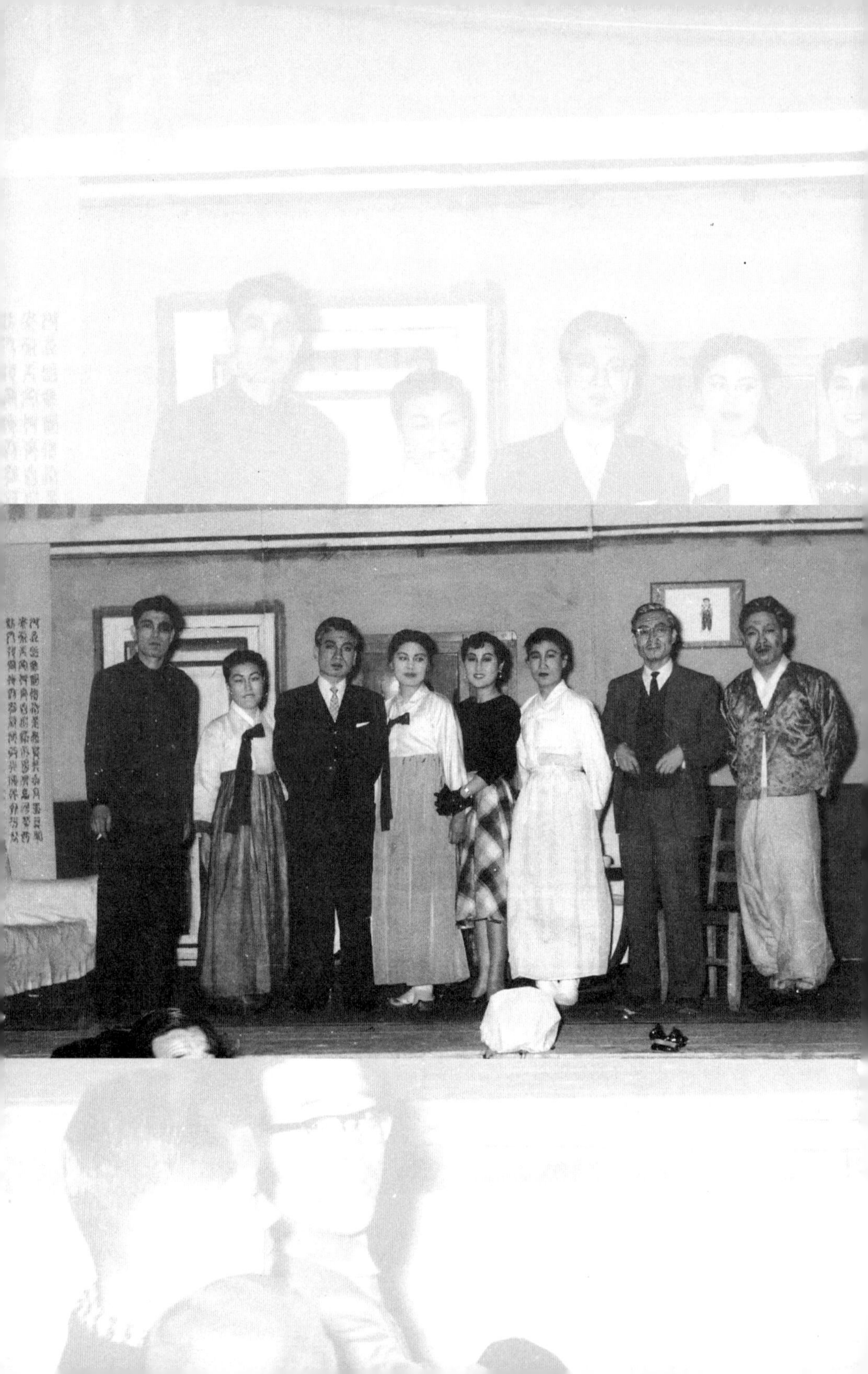

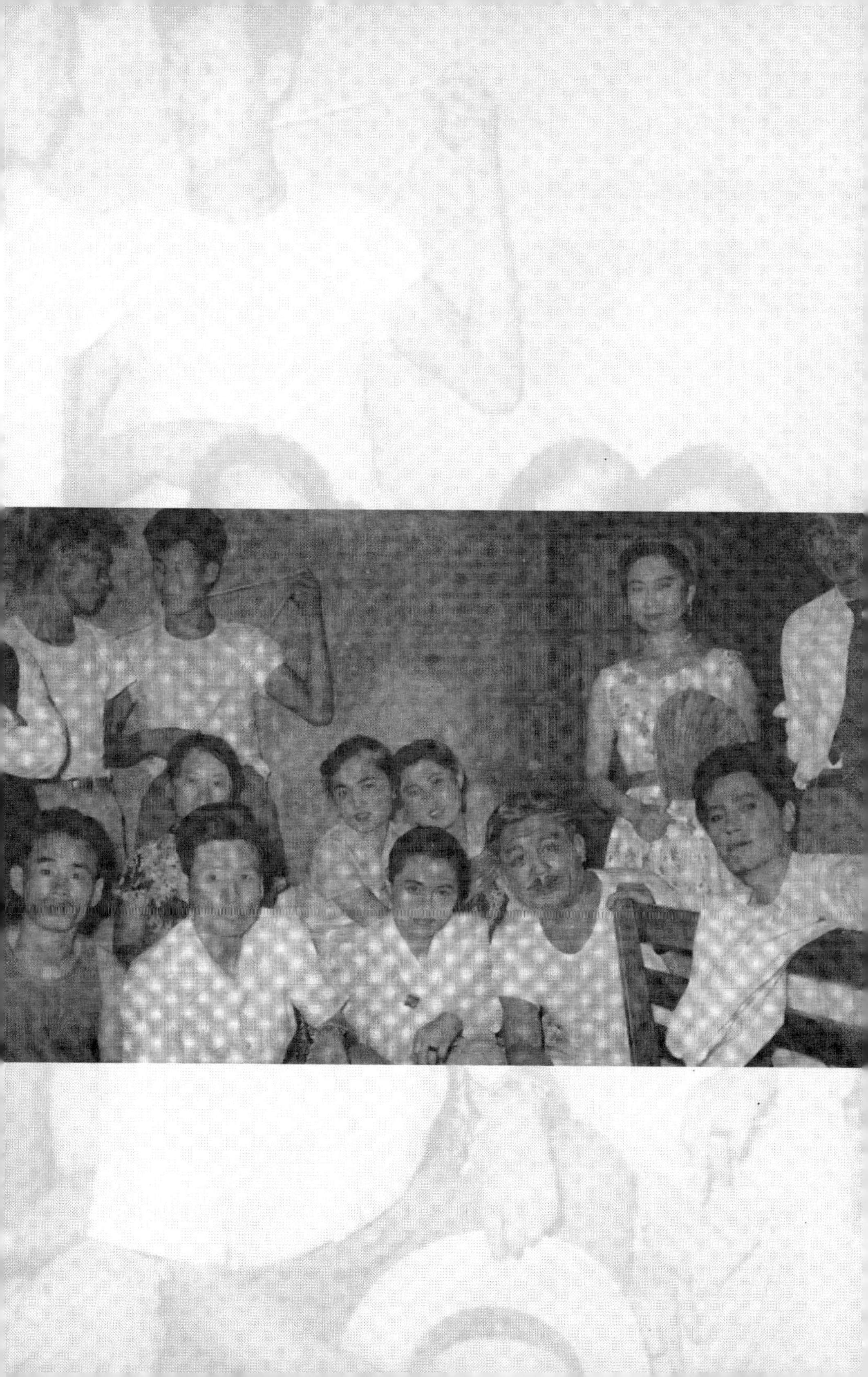

◎ 등장인물

　　윤경심(尹鏡心, 51)　　여류소설가.
　　최정주(崔正珠, 26)　　경심과 전남편 사이의 딸.
　　양하영(梁夏英, 57)　　경심의 현재 남편, 남해운수주식회사 사장
　　고선희(高善姬, 30)　　하영의 전처(20년 전)
　　양동준(梁東俊, 28)　　그들 사이의 아들.
　　한종교(韓鍾敎, 58)　　경심의 첫사랑, 매란여고(梅蘭女高) 교장.
　　양참봉(梁參奉, 60)　　하영의 아버지(20년 전)
　　가정부(30)

◎ 장소

　　서울·양하영의 집·응접실

◎ 때

　　현대(회상의 장면은 약 20년 전)
　　제1막　초여름 오후 세 시경.
　　제2막　전막과 같은 무대. 전막부터 몇 분 후.
　　제3막　전막과 같은 무대. 전막부터 약 다섯 시간 후 밤 9시경.

제 1 막

　서울 주택가에 있는 양하영의 집 응접실. 무대 상수에서 하수로 마루방과 온돌방이 잇대어 툭 터졌다. 세 칸 온돌방은 한 계단 높다. 정면에 산수 묵화로 장식된 네 짝의 다락문이 있다. 오른쪽에 안채로 통하는 미닫이 문. 방 안에는 고색 창연한 책상, 문갑, 자기, 서화 족자 등이 운치 있게 장식되어 있다. 방 한구석에 책이 가득 꽂힌 책장이 눈에 띄게 버티고 있다.

　마루방은 전체적으로 온돌방과 대조적인 서양식으로 꾸며놓았다. 왼쪽엔 유리창이 열려 있고, 서늘한 '레이스' 커튼이 민풍에 한가롭게 물결치고 있다. 창 아래 큼직한 응접 세트가 적당히 배치되어 있다. 정면 벽 여백과 왼쪽 벽에 '도아'가 있어 각각 안채와 현관으로 통한다. 왼쪽 벽에 옷걸이가 있고 응접대 위에는 재떨이, 전화, 꽃병 등속이 놓여 있으며 벽 여기저기에 서양화가 걸려 있다.

　방 전체는 이 집주인의 고상한 교양이 서려 있건만 어딘지 모르게 음침하고 피폐된 분위기가 떠도는 인상을 준다. 때는 초여름 오후. 창 밖에는 자줏빛 모란이 탐스럽게 피어있다.

막이 오르면 온돌방 책상 앞에서 경심 여사가 원고를 쓰고 있다.
이따금 허공을 쳐다보며 생각에 잠기곤 한다. 잠시 후 무대 오른
쪽 도아 쪽에서 양하영 등장. 그의 손엔 3, 4통의 우편물이 들렸다.
편지를 살피고는 아내를 돌아다본다. 무슨 얘기를 하고파 하면서
도 말문을 트지 못하는 안타까워하는 표정이다.
　(사이)

하영　　독자한테 편지가 온 모양인데……

경심　　(묵묵히 글을 쓰고 있다.)

하영　　소설도 중하지만 건강을 생각해야지.

경심　　(약간 신경질적으로) 원고 쓸 땐 제발 얘기 좀 걸지 마시라
　　　　니까요! 생각이 헷갈린다고 했잖아요?

　　　　하영, 시무룩해지며 신문을 펴든다. (사이)

경심　　(원고를 대강 읽고 나서 봉투에 넣으며 안을 향해) 장순 엄
　　　　마!

가정부　(소리만) 예… (잠시 후 등장. 경심 여사 일어서 무대 전면으
　　　　로 나온다.)

가정부　부르셨어요?

경심　　이걸 신문사에 좀 전하고 와요. 늦어서 미안하게 되었다
　　　　고… 그리고 몸이 불편해서 늦었다는 사정 얘기 좀 해요.

가정부　예. (봉투를 받아들며) 이왕 나가는 겸에 시장에 들러오겠어
　　　　요.

경심　　　그래… (하영에게) 여보 돈 좀 가지신 게 있어요?

하영　　　(매우 난처해하며) 내게 무슨 돈이 있다구… (하며 신문을
　　　　　훑어본다.)

가정부　　저녁상에 올릴 거라곤 아무 것도 없는 걸요… 쉰 오이김치
　　　　　밖에…

경심　　　(생각 끝에) 그럼 김선생님더러 고료 좀 가불해 주십사 하
　　　　　구려.

가정부　　예 다녀올게요. (하며 오른쪽으로 퇴장)

경심　　　(맞은편 의자에 쓰러지듯이 앉으며 숨을 길게 내리쉰다.)
　　　　　아! 아무리 글을 써봤댔자 겨우 목구멍 치리밖엔 안 되는
　　　　　판이니… (하며 편지를 집는다 흰 네모진 봉투를 유심히
　　　　　들여다보다가 뜯는다. 피곤한 몸을 놓아버린 자세이다.)

하영　　　(신문을 읽으며 혼잣소리처럼) 되는대로 살아갑시다. 우겨
　　　　　서 되는 일도 아닌 걸… (하며 담배를 피워 문다. 길게 뿜
　　　　　어진 담배 연기가 편지를 읽고 있는 경심 여사의 얼굴을
　　　　　감싸자 경심 여사는 거의 반사적으로 손으로 가리며)

경심　　　담배 좀 끄세요 (사이) 참, 기특도 해라. 모든 독자가 이렇게
　　　　　관심을 가지고 내 소설을 읽어준다면 얼마나 좋을까!

하영　　　누구한테서 왔소?

경심　　　모르겠어요. 벌써 세 번째 편지인데도 '서울 독자로부터'
　　　　　이렇게만 쓰여 있지 주소도, 이름도 안 밝혔으니… 필체나
　　　　　문장이 퍽 세련되어 보여요.

하영　　　문학 소년 소녀의 감상적인 취미겠지.

경심　　　(여전히 편지에다 시선을 꽂은 채로) '어쩌면 돌아오는 토요

일 경에 찾아가 뵙고 자세한 말씀을 올리겠으니…' 어머나, 오늘이 무슨 요일이죠?

하영　토요일인데. 5월 28일!

경심　(벽에 걸린 캘린더를 돌아보며) 어쩜… 바로 오늘이군요! (그녀의 얼굴에 가벼운 미소가 피어오른다.)
지금까지 독자에게서 여러 통의 편지를 받아봤지만 이 사람의 편지처럼 친밀감이랄까 그 어떤 감동이 느껴지는 적이라곤 없어요! 나의 「공상도시」라는 소설은 자기 자신의 경우와 흡사하여 남의 일이거나 단순한 소설 같지가 않다는 거예요.

하영　(고소를 뱉으며) 그 친구도 무던히 할 일이 없는 위인인가 보군 그래!

경심　왜요?

하영　소설이 아무리 실감이 난다손 치더라도 그건 어디까지나 꾸며진 얘깃거리에 불과한 것을 가지고 그처럼 대견스럽게 여기니 말이오.

경심　(미간을 찌푸리며) 제 소설이 대견스런 것이 못된단 말씀이세요?

하영　(계면쩍게 웃으며) 그런 뜻으로 말한 게 아니지. 소설이…

경심　(퉁명스럽게) 당신은 내가 소설을 쓰다가 죽는대도 동정심 따위는 베풀 줄 모를 거예요.

하영　누가 시켜서 썼소?

경심　(쏘아 부치듯) 쓰지 않으면 생활의 위험을 받는 판국인데 당신은 미안타 생각도 없으세요?

하영　　　말을 해야만 미안 닦음이 되는 법인가?

경심　　　이런 몰이해한 환경 속에서 무슨 작품이 나온단 말이야! 끼니때 찬거리부터 애들 교육까지 맡아 걱정을 해야하니…

하영　　　글쎄 조금만 참아요. 항상 흐린 날씨겠소?

경심　　　(약간 기세가 누그러지며) 참, 그 일은 가망이 있는 거예요. 없는 거예요?

하영　　　그걸 안다면 누가 고생이겠소? 기다리라니까 기다리는 수밖에.

경심　　　(멸시의 눈초리로) 죽을 때까지요? 난 도무지 당신의 마음 속은 짐작조차 못하겠어요.

하영　　　(쏘아 부치며) 무슨 뜻이오?

경심　　　은행 융자를 받으려면 좀 벗어제치고 야무지게 덤비든지, 말랴면 일찌감치 집어치우세요!

하영　　　(노기를 띠며) 속을 모르면 잠자코나 있어요!

경심　　　(더욱 뻣뻣하게) 잠자코 있어도 안 되니까 하는 말이죠! 남에게 아쉬운 청을 할 바엔 무슨 보람이 있어야 잖겠어요?

하영　　　(고소를 뱉으며) 내가 전혀 놀고만 있는 줄 아나 보군.

경심　　　(조용하나 추궁하는 기세로) 그럼 그 황씨라는 분에게 부탁해 보셨어요? 예?

하영　　　(풀이 죽어지며) 아직 못 만났어.

경심　　　못 만난게 아니라 안 만나셨겠지요. 당신의 사고방식은 꼭 중학생이나 고등학생 같군요.

하영　　　뭐라구?

경심　　　그렇지 뭐예요! 이제 와서 체면을 생각할 수 있게 되었어

요? 사람이 살려면 때로는 모험도 해야지, 그래 당신처럼
순풍에 배 띄우듯이 무사주의로 살려다간 없는 논까지 팔
아먹게 되겠어요?

하영　이젠 못할 소리가 없구먼!

경심　대학시절 후배면 어떻고 제자면 어때요? 어려울 땐 서로
부탁도 하는 게 동창생이지 당신처럼 후배라서 곤란하다.
동배라서 창피하다고만 하니, 누가 단돈 천환 한 장 융통해
주겠어요? 그것도 공으로 빌리자는 게 아니고 '남해운수주
식회사'라는 어엿한 기업체를 담보로 한다는데…

하영　세상일이 그렇게 쉽게 되면 누가 고생할까… 도대체 시중
에 돈이 말랐다니까.

경심　흥, 당신은 돈이 마른 사람만 봤지 홍수가 져서 주체를 못
하는 사람은 못 봤군요? 그러니까 교제가 필요하고, 사교
가 필요하다는 게 아니에요? 일하기 위해서는 때로는 없는
거짓말이라도 할 줄 알아야지… (다시 울화가 터지며) 요즘
세상에 당신 같은 꽁생원이 어디 있어요?

하영　(무표정하게) 관점의 차이지.

경심　관점의 차이라니요?

하영　당신은 그런 수단으로 살아갈 수 있을지 모르지만 나는 내
힘으로 안 되는 걸 억지로 자존심을 팔아가면서 살 수는
없지!

경심　그럼 나는 자존심을 팔아가면서 살고 있단 말예요?

하영　(시침을 떼며) 전혀 아니라고 부정은 못할 걸.

경심　(도전하듯) 뭐라구요?

하영   세상 사람이 다 아는 얘긴데…

경심   누가요?

하영   (손에 든 신문을 내밀며) 이 「공상도시」를 읽는 독자라면 다 알게 아니요?

경심   (반 무의식중에 신문을 받으며) 이 소설이 어쨌단 말예요?

하영   (약간 심각해지며) 진작부터 얘기를 하려고 했지만 나로서는 이 소설을 찬성할 수가 없어.

경심   (뜻하지 않은 말에 잠시 아연하다말고 독기를 뿜으며) 어디가 잘못 됐단 말예요?

하영   문학적 가치로 봐서가 아니라 윤리라든가 의리상으로 봐서…

경심   (감정을 억제하며) 참 재미나는 비평이시군요. 이렇게 훌륭한 비평가가 집안에 계실 줄을 꿈에도 몰랐으니…

하영   (냉정하나 위엄 있게) 농담이 아니오. 나는 작품 비평하려는 게 아니라 당신의 남편의 자격으로서 충고하는 거요!

경심   (거만스럽게) 어쨌든 당신의 그 훌륭한 충고 좀 들어봅시다. (하며 정면으로 시선을 던진다.)

하영   독자들 간에 좋지 못한 소문까지 떠돌아다니는게 싫단 말이오!

경심   (반 조롱하듯) 뭐라고 하던가요?

하영   당신은 왜 자신의 행위를 반성하려들지 않고 제삼자의 얘기만 듣겠다는거요?

경심   작가가 독자들의 반응을 무시할 수 있어요?

하영   아무리 문학이 진실하고, 고상한 것이라지만, 자신의 사생

활을, 더구나 부부들만이 아는 어두운 과거를 샅샅이 폭로
하려는 태도는 일종의 매신행위라고 볼 수밖에!

경심   아무리 남편일지라도 아내의 작가적 영역까지 간섭할 수는
없어요.

하영   (강하게) 간섭이 아니라 충고야! 아내가 조소를 받고 있는데
남편이 모르는 척 할 순 없지 않소? (더 격해지며) 심지어
는 남편을 희롱하고 조소하는 듯한 이 소설은 나로선 참을
수가 없단 말이오. 첫 회부터 심상치 않은 예감이 떠돌았지
만 도대체 무엇 때문에 우리의 상처를 건들이는 거요?

경심   상처가 아니라 추억이에요. 추억은 귀중한 거예요!

하영   독자가 당신과 나와의 결혼을 경멸하고 심지어는 당신을
욕하고 있어도 귀중하단 말이오?

경심   이 소설에서 당신과 나와의 관계며, 우리의 과거의 어느 조
각이 묘사되었다 치더라도 그건 작품이 의도한 주제의식과
는 거리가 머니까요.

하영   (강경하게) 작품의 예술성을 운운하고 있는게 아니라니까!

경심   (반항하듯) 나는 작품이 더 중해요!

하영   (지지 않고) 가정은 파괴되더라도 말이오?

경심   가정을 파괴한 건 바로 당신이에요!

하영   뭣이?

경심   흥! 아내야 어찌 되었건 자기는 사회적 체면이나 염치만 생
각했지 생활을 타개하려 들지도 않으면서…

하영   (냉정해지며) 알고 보니 당신은 나를 미워하고 있었군?

경심   (침착한 어조로) 당신의 무능력이 싫을 뿐이에요. 당신은 나

와의 결혼을 후회하고 계시죠?

하영　(아연해지며) 뭐, 뭐라구? 이제 못할 소리가 없군 그래! (고소를 뱉으며) 당신은 그렇게 남을 의심하는 버릇부터 고쳐야 돼요!

경심　의심이 아니라 영감이에요. 아니 육감으로 알 수 있어요!

하영　(조소하며) 문화인이 육감을 믿고 산다는 무식이 부끄럽지도 않소?

경심　(어떤 환상을 좇는 듯) 나는 나의 육감을 믿어요. 미신 같은 소리라고 비웃을지 모르지만 지금까지 나의 육감이나 예감이 빗나간 적은 없었으니까요. 내가 우산을 들고 나가는 날은 반드시 비가 왔거던요. 사람이 기다려지는 날은 꼭 누군가 찾아왔구…

하영　자신을 과신(過信)하는 것도 일종의 비극이지.

경심　인생은 원래가 비극인 걸요!

하영　당신의 그 터무니없는 육감이나 예감을 살리기 위해서 소설 속에 나오는 나라는 인간을 그 따위로 조작하였소? 가장 못나고 파렴치한 인간으로…

경심　조작했다구요?

하영　조작이 아니고 뭐요! 억지야! (그의 음성은 차츰 흥분과 분노에 떤다.) 내가 무엇 때문에 이십 년 전에 헤어진 선희를 새삼스럽게 생각을 한단 말이야! 죽었는지 살았는지조차 모르는 사람을 내가 무엇 때문에! 그건 당신의 망상이야! 오해야!

경심　제발 오해였으면 좋겠어요. 이십 년 동안 쌓아온 우리들의 사랑의 탑을 위해서라도… 허지만 내 주변에는 어느 때고 한번은 내 가슴팍을 휘젓고 말 것 같은 불안의 그림자가…

하영 당신 스스로 불안을 만들고 있을 뿐이지. 이미 파묻어 버린
     시체를, 그 엉성한 뼈다귀를 파헤쳐서 뭘 하겠다는 거요?

경심 그럼 지금도 나를 사랑하고 있단 말씀이에요?

하영 물론이지!

경심 사랑하는 게 아니라, 당신의 자식을 기르고 있는 나를 마지
     못해 대우하는 거겠죠! 남자란 대개가 그래요. 자식 때문에
     아내를 사랑하지 만일 자식이 없으면 몇 사람이고 여자를
     바꾸니까요!

하영 여보 이대로 가다간 우리에게 남은 것은 슬픔뿐이오. 당신
     은 소설이 우리 가정과 자식과 그리고 우리의 사랑보다 더
     중하다고 여기고 있소? (애원하며) 여보 제발 이 소설을 중
     단해요!

경심 (반항적으로) 싫어요! 「공상도시」는 나의 영원한 꿈이에요!
     꿈은 현실이나 생활을 떠나서도 있을 수 있지 않아요? 나
     의 꿈을 깨뜨릴 사람은 없어요! 내가 창조한 작품은 나만
     이 지배하고 나만이 용서할 수 있어요! 당신처럼 자신보다
     남에 대한 체면이나 염치만을 위해 사는 무능력한 사람인
     줄 아세요?

하영 (무섭게 노려보며) 여보!

경심 위협하시는 거예요? 나는 조금도 무섭지 않아요! (사이)

하영 (심적 고통을 이겨내려고 애쓰며) 내가 잘못했소. 이렇게 용
     서를 빌겠소. 나를 믿어요. 당신의 육감은 위험해! 그러니
     우리 가정을 부수지 맙시다.

경심 우리의 가정이라구요? 이건 나의 가정이에요! 애들도 당신

보다 나를 더 존경하고 있으니까요! 과거는 어찌 되었건 현재는 내가 이 집의 주인이며 기둥이에요!

하영 우리 가정과 애들을 위해서라도 당신은 생각을 다시 해야 되오! (이때 현관 쪽에서 초인종이 울린다. 두 사람은 잠시 말없이 앉아있다. 다시 종이 울리자 서로 상대방의 동정만을 살피다가 동시에 상반신을 일으킨다.)

경심 제가 나가보겠어요! (하며 오른쪽 도아 쪽으로 퇴장. 하영은 길게 숨을 뱉으며 격앙된 마음을 무마하려고 애를 쓴다. 그의 표정에는 지나간 날의 상처를 달래보려고 애쓰는 듯한 절실한 그림자가 퍼진다.)

하영 (중얼거리며) 내게 잘못이 있는 건 아니야. 나는 이십 년 전에 이런 상태가 오리라는 예감이 들었어! 그렇지만 어쩔 수 없었어! 나로서는 어쩔 수 없는 일이었지!

　　　이때 조명은 차츰 어두워지고 멀리서 비를 몰고 오는 바람소리가 들려온다. 무대는 완전히 어두워진다. 어둠 속에서 번개가 치고 바람이 분다. 무대는 다시 밝아진다.
　　　이십 년 전. 어느 늦은 봄. 밤 열 시 경. 밖에는 비가 억수로 쏟아지고 있다. 젊은 날의 경심이 탁자에 마주 앉아 원고를 쓰고 있다. 전기 스탠드의 불빛이 희미하게 비친다. 그 옆 소파에 다섯 살 난 정주가 곤히 잠들고 있다. 눈을 감고 허공을 향해 쳐든 경심의 옆 얼굴은 엄숙할 만치 단려하다.
　　　이때 비에 흠뻑 젖은 청년신사 하영이가 오른쪽에서 등장. 주기가 풍기는 그 얼굴은 피곤해 보이면서도 어딘가 겉잡을 수 없는 불안이 가득 차 있다. 약간 휘청거리는 발걸음에 의자가 덜거덕

경심　　(몸을 뒤로 당기며) 누구요?

하영　　(비로소 경심을 발견한 듯) 여태 일어나 계셨습니까? (하며
　　　　벽에 붙은 스위치를 누르자 방안이 환해진다.)

경심　　(안도의 숨을 내쉬며) 아— 양선생님이셨군요? 난 또… (하
　　　　며 숨을 몰아쉰다.)

하영　　도둑인 줄 아셨소? 핫하…

경심　　원고를 쓰느라고 그만 들어오신 줄도 몰랐어요. (하며 책상
　　　　위를 치우며 일어선다.)

하영　　일을 계속하시지…

경심　　괜찮아요. (가까이 와서 하영의 윗저고리를 받아들며) 어머
　　　　나, 비를 맞으셨군요?

하영　　비가 오려고 종일토록 그렇게 무더웠나 봅니다.

경심　　(대강 빗물을 털어 옷을 걸며) 병원에 들러 오시는 길이세
　　　　요?

하영　　(약간 당황하며) 아뇨… 연회가 있어서 술을 좀 마셨더니
　　　　골치가 아프길래… 병원엔 들리지 않고 바로 왔지요.

경심　　(얼굴이 어두워지며) 그럼 선희 언니 혼자서 외로워서… 병
　　　　실에 혼자 누워있기란 여간한 고통이 아닌데… 그럼 오늘
　　　　밤은 제가 병원에서 자겠어요. (하며 나가려 한다.)

하영　　(당황하며) 아닙니다. 내가 옷을 갈아입고 좀 쉬었다가 갈테
　　　　니까…

경심　　그렇지만 기분이 안 좋으시다면서… 제가 가겠어요! (하며
　　　　나가려 하자 하영의 손이 경심의 팔을 붙든다.)
하영　　내가 간다니까! (어느 새 몸과 몸이 닿자 경심은 재빨리 저
　　　　만치 몸을 피한다. 다음 순간 서먹한 공기가 흐른다.)
경심　　참 저녁진지는 안 잡수셨지요?
하영　　먹고 싶지 않소.
경심　　(상냥스런 어조로) 양선생님이 좋아하시는 장어 요리를 해
　　　　놨는데 조금만 드시지요.
하영　　장어 요리? 내가 장어를 좋아한 줄 어떻게 아셨소?
경심　　(앳되게 웃으며) 선생님께서 뭣을 좋아하시는가 쯤은 다 알아
　　　　요. 생선에선 장어, 육물에선 갈비탕, 과일은 무화과, 술은 맥
　　　　주…
하영　　(만족한 웃음을 띄우며) 헛허… 이건 탐정 이상이군! 우리집
　　　　에 오신 지 한 달도 못되었는데도 벌써 그렇게 샅샅이 조
　　　　사하셨다니…
경심　　이를테면 ‘손자의 병법’을 이용했을 뿐이지요.
하영　　‘손자의 병법’?
경심　　싸움에서 이기려면 우선 적을 알아야 한다나요?
하영　　그럼 나와 경심씨는 적이었던가요?
경심　　적은 아니지만 제가 최선을 다해서 받들어 모셔야 할 어른
　　　　인 것만은 사실이죠 홋호…
하영　　(명랑하게 웃으며) 이를테면 충신이 상감의 비위를 맞추는
　　　　격인가요?
경심　　(농을 걸 듯이) 그렇게 되면 충신이 아니라 간신이겠네요.

(두 사람은 유쾌하게 웃는다.)

하영   정말 경심씨의 말재주엔 당해낼 사람이 없어! 문장은 '소동
      파'요 익살은 '버나드 쇼'니까! 그러기에 정주 아버지 같은
      구두쇠도 항복을 했겠지… 그렇죠?

경심   양선생님두! 싫어요! (하고 소녀처럼 토라지다말고 다시 애
      교 있게) 장어에 시원한 맥주라도 가져올까요?

하영   좋지요! 시원한 맥주라! 그렇잖아도 갈증이 나서…

경심   그럼 잠깐만 기다리세요.

하영   가정부더러 가져 오래지…

경심   가정부는 동준이를 데리고 영화 구경 갔어요. 오늘밤은 제
      가 작품을 쓰려고 모두 쫓아버렸죠 흠…

하영   그럼 내가 괜히 뛰어 들었는걸!

경심   선생님은 '차 한에 부재함'이죠 호… (하며 오른쪽으로 퇴
      장, 하영, 유쾌하게 웃다말고 담배를 피워 문다. 담배 연기
      가 퍼져나가는 모양을 바라보는 그의 표정이 다시 처음처
      럼 어두워진다. 비가 더 세차게 쏟아지는 소리. 천둥소리.)

하영   (시를 읊듯 천천히) 아… 알 수 없는 힘! 한번 붙잡으면 놓
      칠 않는 힘! 형태도 없고 향기도 없으면서 한번 눈을 뜨
      면…

      이때 쟁반에 맥주와 안주를 들고 나온 경심이 머뭇거리다가 소
      녀처럼 발걸음을 죽이며 가까이 온다.

경심   (시침을 떼며) 그건 누구의 시죠?

하영　　　(꿈에서 깨어난 듯) 언제 들어 왔었소?

경심　　　보시다시피 지금… (하며 맥주병 마개를 딴다.) 자 드시지요
　　　　　(하며 컵을 내민다.)

하영　　　내가 따르지요. (하며 술병을 빼앗으려 한다.)

경심　　　(슬쩍 병을 치켜들며) 양선생님은 술은 잡수셔도 주도는 모
　　　　　르시는군요?

하영　　　주도라뇨?

경심　　　남자 어른들은 술은 여자의 손을 빌려야만 제 맛이 난다던
　　　　　데요? 그래서 기생들 손으로 따르게 하고 그 대신 비싼 돈
　　　　　뭉치를 아낌없이 뿌리고…

하영　　　(탄복하며) 그런 것까지 어떻게 아십니까?

경심　　　어떻게라뇨? 소설을 쓸랴면 그 정도는…

하영　　　핫하… 그저 무조건입니다. (하며 양팔을 든다.)

경심　　　(맥주를 따르며) 사람이란 이상한 동물이죠? 왜 같은 술인
　　　　　데도 여자가 부어야만 되는가요?

하영　　　글쎄요… (하며 한숨에 들이킨다. 그리고는 컵을 경심에게 내
　　　　　민다.)

경심　　　저, 술을 알 줄 몰라요.

하영　　　그럼 소설가가 될 자격 없군요.

경심　　　(무슨 결심이라도 한 듯) 그럼 조금만… (하영 술을 따른다.)

하영　　　한숨에 들이켜 보시지. 쓴맛 가운데 또한 버릴 수 없는 맛
　　　　　이 있지요.

경심　　　(마시려다가 무슨 생각이 들었는지 컵을 탁자 위에 놓는다.)

하영　　　아니, 왜 이러십니까?

경심   (정색을 하며) 어서 병원에 가 봐야죠! 선희언니나 선생님의
      은혜에 보답하는 길이란….
하영   (어떤 마력에 이끌리듯) 경심씨!
경심   예?
하영   (경심이 손을 잡으며) 고맙습니다!
경심   (계면쩍은 듯) 별 말씀을 다… (하며 손을 빼려한다. 하영은
      더 힘있게 쥐고 놓질 않는다.)
하영   경심씨! (낮으나 열정적으로) 나는 경심씨를 존경합니다!
경심   놓으세요. 이러시면 안 돼요!
하영   (더 가까이 다가서며) 나의 마음속엔 진작부터…
경심   선생님! (하고 빠져나가려 한다.)
하영   지금 이 집안엔 나와 경심씨 뿐입니다! (껴안으며) 경심씨!
      아시겠어요? 내가 무엇을 말하려는지 아시겠죠? 예
경심   안 돼요! 그런 무서운 말씀을…
하영   무섭다뇨? 그럼 나를 싫어하십니까?
경심   존경해요.
하영   그렇다면…
경심   선생님에겐 언니가 있어요. 동준이가 있어요! 선생님! 진정
      하세요! 이러시면 저는…
하영   (더 악착스럽게 껴안으며) 지금 내 앞에 보이는 건 경심씨
      뿐입니다. 나는 지금 외로워요! 경심씨의 힘이 필요해! 사
      랑이 있어야 돼! 경심씨! (하며 정열적으로 포옹을 한다. 이
      때 오른쪽에 어린 동준을 업은 가정부가 들어오려다 이 광
      경을 보고 깜짝 놀라 물러간다.)

경심   안돼요! (이 말이 떨어지는 순간 공교롭게 전등불이 꺼지며
       번개와 천둥소리가 천지를 진동시킨다. 무대는 암흑과 침
       묵이 숨막힐 듯이 흐른다.)
하영   (소리만) 경심씨 용서해요!
경심   (소리만) 선생님!

〈암 전〉

제 2 막

전막과 같음. 하영이가 전막과 같은 자세로 의자에 앉아서 깊은
생각에 잠기고 있다. 이때 문 밖에 정다운 웃음소리가 들리며 경
심과 한종교가 등장. 한종교는 전형적인 교육자 타입이다. 깡마르
고 강직한 성품을 쉽사리 알 수가 있다. 손에 서류 가방을 들었다.

한교장　(이마의 땀을 닦으며) 서울 김서방 집도 찾는다는데 여류작
　　　가 윤경심 여사의 댁을 못 찾을 리가 있겠습니까?

다음 순간 한종교와 하영의 시선이 부딪치자 경심 여사는 남편
의 존재를 비로소 알았다는 듯 서둘러 소개를 한다.

경심　참 인사 나누시죠. 시골 매란여고 교장선생님이신 한종교선
　　　생… (하동을 가리키며) 주인이시랍니다.

한교장　(깎듯이 공손히) 아 그렇습니까… 경심여사에게는 아주 옛
　　　날부터 신세를 져 왔습니다만… 이렇게 뵙게 될 줄은…

하영   처음 뵙겠습니다. 양하영입니다. (하며 악수를 청한다.) 앉
       으십시오. (두 사람 의자에 앉는다. 한교장은 새삼스레 방
       안을 돌아보며 감개무량한 듯이 경심여사를 쳐다본다. 경
       심의 표정엔 기쁨이 가득 찼다.)
경심   어쩌면 한 하늘 아래 살면서 그렇게 만나 뵙기가 어렵습니
       까?
한교장   글쎄올시다… 그간 댁내가 무고하시고?
경심   예! 선생님도…
하영   여보 시원한 차라도…
경심   예… (하며 나가려 한다.)
한교장   괜찮습니다. 교장 회의가 오늘 끝났는데 시간 여유가 있기
       에 잠깐 들렀다 가려고…
경심   그게 무슨 섭섭한 말씀이세요? 몇 해만에 오셨는데. 오늘은
       저녁을 드시고, 편히 쉬고, 내일 아침 차로 가셔야지 제가
       안 보내드릴걸요. 호…
한교장   경심여사의 고집은 여전하신 모양이군요? 하…

       경심, 서성거리며 안쪽으로 퇴장
       서먹한 침묵이 흐른다.

하영   (담배를 꺼내며) 태우시죠.
한교장   (미소를 띄우며) 못 피웁니다.
하영   (의외인 듯) 참, 담배를 안 피우시다니…… (담배에 불을 붙
       이며) 그럼 약주는?

한교장   못합니다. 어려서부터 신앙생활에서 자라났기 때문에……
하영   (감탄하듯) 예… 안 피우신 게 좋지요. 나도 이걸 피우긴 합
        니다만 사실 필요성이라곤 없는 물건이죠. 사람이란 묘한
        취미가 있지요. 입맛이 없다고 짜증을 내면서 밥그릇을 비
        우거든요. 그래서 이 담배 때문에 밤낮 집사람에게 퇴박을
        맞는답니다. 하…
한교장   (따라 웃으며) 경심여사는 젊었을 때부터 사물에 대한 사고
        방식이 철저하고 과단성이 있었으니까요 좋건 나쁘건 끝장
        을 보지 않고는 못 견디는 성질이었으니까요.
하영   제 집사람에게 대해서 어떻게 그리 잘 아십니까?
한교장   (당황하며) 잘 알고 있죠. 친구였으니까 허…

        이때 정면 도아가 열리며 경심여사가 화채 그릇을 쟁반에 받쳐
        들고 등장. 사뭇 행복한 미소가 떠돈다.

경심   가정부가 심부름 나가서…… 뭐 있어야죠. 전화로라도 미리
        연락주셨더라면 좋았을 텐데…
한교장   진작부터 한번 찾아 올랴곤 했지만 학교 일에 묻혀서 어디
        뜻대로 됩니까? 게다가 시골이 되어서…
경심   저도 한교장 선생님의 근황은 늘 들었답니다. 이번엔 도서
        관도 신축하셨다구요? 참 매란여학교의 발전상은 눈부시
        더군요.
한교장   경심여사와 같은 훌륭한 선배가 많이 계셔서 밀어주신 덕
        이지요.

경심   (악의 없이 쏘아보며) 동창회 때 한번도 출석 안 했다고 비
        꼬우시는군요?

한교장   핫하… 눈치가 빠르시긴 여전하십니다 그려. (잠시 바라보
        며) 그러고 보니 경심여사는 도무지 안 늙으셨습니다.

경심   (호들갑을 떨며) 별 말씀을 다……. 이런 시들은 유자 껍질
        을 보고 안 늙다뇨 (제 손등을 문지르며) 이젠 할머니가 다
        된걸요!

한교장   천만에. 할머니라뇨… 지금 이렇게 앉아 있노라니까 ‘동경’
        유학시절에 ‘간다’에 있는 한국인 식당에서 대구탕 먹던
        때의 경심여사와 별 다름이 없는데요… 헛허 (옛 기억을
        더듬는 듯) 그게 몇 해나 되지요?

경심   이십 칠, 팔 년 전 얘기지요.

한교장   벌써 그렇게 되나요? (감개무량한 듯) 참 세월은 유수와 같
        다더니… 그럼 경심여사의 연세가 지금…

경심   (부러 눈을 흘기며) 숙녀의 연령을 묻는 법이 어디 있어요?

한교장   할머니의 나이 좀 묻기로 어떨랴구요? 핫하…

경심   보기 좋게 역습이시군요? 훗호… (두 사람은 속 시원하게
        웃어 제친다. 하영은 두 사람의 대화에서 저만치 밀려나간
        체로 무의미한 웃음만 띄우며 담배를 피우고 있다. 경심은
        그가 눈치를 차리자 사태를 수습하기라도 하듯) 담배만 피
        우지 마시고 손님께 차도 권하시지 않구…

하영   (마지못해 상체를 일으키며) 참… 자. 한교장선생 드십시다.
        모처럼 오신 손님에게 대접이 이래서…

한교장   (화채를 마시며) 손님은 무슨…

경심   (빈정대며) 정 그러시다면 청요릿집으로나 모시지? 덕분에
       나도 오랜만에 영양보충 좀 하게요.

하영   요릿집에 가야만 대접이 되나? 당신이 손수 만든 음식을
       더 좋아라 하실 교장선생이실 텐데…

경심   (약간 토라진 소리로) 당신도 참…… 손님을 앉혀놓고 음식
       장만하게 되었어요?

한교장   (계면쩍게 웃으며) 반갑잖은 불청객이 자래해서 가정에 평
       지풍파를 일게 해 죄송합니다.

경심   풍파는 무슨… 우리 내외는 늘 이렇게 지낸답니다. 모처럼
       창작을 하려니 마음이 떨리고 불안해 죽겠는데, 이 이는 집
       안 살림에 등한시한다고 빈정대기만 하니 딱하기도 하지
       요.

한교장   참 경심여사의 요리 솜씨는 정평이 있었지요.

경심   옛날 얘기랍니다. 집안에 돈이 있어야 그런 재미도 있지…

하영   (노골적으로 불쾌한 표정을 지으며) 당신도 그 속 없는 소
       리… 집안 살림 걱정을 교장선생님께 통사정해서 후원을
       받겠다는 거요?

경심   (성을 내며) 누가 통사정을 했어요? 그렇다는 얘기지!

한교장   (난처하며) 잠깐만! 이거 내가 진작 돌아가야 할 텐데 그만
       얘기에 정신이 팔려서…

경심   상관치 마세요… 왜 자꾸만 가시겠다는 거예요?

이때 전화가 울린다. 하영, 전화 쪽으로 가서 수화기를 든다.

하영　　여보세요… 김 전무요? 응! (사이) 뭐? 인부들이? 사무실에?
　　　　응… 응! 알겠소. 곧 가리다. (수화기를 놓은 그의 표정이
　　　　삽시간에 굳어진다.)

경심　　회사에 무슨 일이 생겼어요?

하영　　(상을 찌푸리며 낮은 소리로) 하역 인부들이 사무실에 몰려
　　　　와서 밀린 임금을 지불하라고 또 소동이 난 모양이야!

경심　　(혀를 차며) 딱하기도 하지! 누가 돈을 감춰두고 안 주기라
　　　　도 했단 말이야? 받을 돈을 못 받아서 그리된 사정을 알면
　　　　서도 건뜻하면 이 야단이게! (하영을 원망하는 눈초리로)
　　　　그러니 애당초에 제가 뭐라고 했어요? 노동자 상대의 하역
　　　　사업은 당신의 기질에도 안 맞거니와 잘 되지 않을 거라고
　　　　했는데… 당신은…

하영　　이제 와서 그 얘길 한다고 돈이 쏟아지겠소? 좌우간 가봐
　　　　야겠어! (하며 옷걸이에 걸린 모자를 집는다.)

경심　　인천엘요?

하영　　사장을 직접 만나겠다고만 한다니 내가 나설 수밖에 (나가
　　　　다 말고) 한선생님, 이거 초면에 인사가 안 되었습니다. 급
　　　　한 일이 생겨시요…

한교장　　도리어 내가 죄송스럽습니다. 나도 곧 일어서야겠는데…
　　　　(하며 일어선다.)

하영　　아닙니다. 우리 집사람하고 하실 얘기도 많으실 테니 쉬었
　　　　다 가십시오. 나이가 들면 옛 이야기가 하고파지는 법이라
　　　　니까요.

경심　　그렇게 하세요. (하며 한교장을 만류한다.)

하영   집사람은 내게 대해서는 불친절하지만 남에게는 극진해지
        는 버릇이 있지요. 헛허…

경심   (흘겨보며) 망령이야! 어서 나가세요. 그리고 그 황전무님
        좀 만나서 사정하세요!

        하영, 경심 정면 도아 쪽으로 퇴장. 두 사람이 나간 뒤 한교장은
        소파에 앉아 긴장에서 풀려 나온 안도감과 흐뭇한 회고의 정에 젖
        어 길게 숨을 내쉰다. 그의 얼굴에는 과거의 아름다운 추억과 현
        재의 어쩔 수 없는 허무가 안개처럼 지나간다. 경심여사가 다시
        등장.

경심   뭘 그렇게 생각하고 계세요?

한교장   (약간 당황하며) 아 아닙니다… 그저 너무나 오래된 시간의
        거리를 헤아리느라고… 제가 찾아오리라곤 상상도 못하셨
        죠?

경심   (조용한 어조로) 아뇨. 다 알고 있었어요. 저의 육감은 틀림
        없으니까요.

한교장   육감이라뇨?

경심   (함축성 있는 미소를 품으며) 어느 때고 한번은 한선생님께
        서 찾아오시리라는 예감이라고나 할까? 기다렸었지요!

한교장   (감격하며) 나 역시 만나 뵙고 싶었죠.

경심   (감개무량하게 생각에 잠긴다.) 참… 가정 재미가 좋으세
        요?

한교장   (고소를 뱉으며) 너무 좋아서 이젠 홀아비가 되었다오.

경심   (깜짝 놀라며) 그럼 사모님께서?

한교장   (맥없이) 십 년이 다 되지요. 오랫동안 폐결핵을 앓다가 그
         만…

경심   (기도하듯) 정말 안됐습니다.

한교장   ‘충청도’ 외가에 피난 겸 요양차 가 있었는데……, 햅쌀로
         빚은 송편이 먹고 싶다고 하더니만……. 생각하면 불쌍한
         여인이었습니다. (하며 길게 한숨을 내쉰다.)

경심   전혀 몰랐어요… 선생님이 시골 여학교에 계신다고 풍문에
         만 듣고… (하며 눈시울을 누른다.)

한교장   (부러 명랑한 어조로) 그러나 경심여사의 소식은 신문을 통
         해서 자주 살폈죠.

경심   (소녀처럼 볼이 붉어지며) 저의 작품, 읽으셨어요?

한교장   읽고 말고요! 글쎄 신문이 오면 둘이서 서로 싸우다시피 하
         니까요.

경심   둘이서라니요?

한교장   제 아들놈입니다. 내가 이 세상에서 얻은 유일한 재산이죠.

경심   그래요?

한교장   그 놈이 어떻게 된 영문인지 경심여사의 소설엔 중학시절
         부터 늘어붙듯 하더니 이젠 제 놈도 소설을 쓴네 하고 내
         일 펜을 놀린답니다.

경심   (활짝 얼굴이 개이며) 소설을요?

한교장   ‘한태욱(韓泰郁)’이라고… 문학 잡지에 단편께나 실리는가 봅
         니다. 잘 쓰는지 어쩐지…

경심   (입안에서 외우며) 한태욱…? 어디서 듣던 이름인데…

한교장   애비를 닮았으면 교육계나 행정계로 나서야 했을 텐데…

경심   (생긋 웃으며) 한선생님은 문학에 소질이 없으셨던가요?

한교장   나 따위가 무슨 문학을…

경심   정말 늙으셨나봐. 저는 기억하고 있어요.

한교장   뭘 말입니까?

경심   (추억을 더듬어내며) 선생님을 처음으로 만나 뵙던 때 말이
       에요… 제가 여학교를 나온 직후 고향의 여자 보통학교에
       근무하고 있었을 때 선생님은 겨울방학 때 '지방 계몽대'
       로 나오셨지요? 또 한 분이 누구시던가?… 김…

한교장   (허공을 바라보며) 김양수(金良洙)! 경제과 학생이었지!

경심   맞았어요. 김양수.

한교장   그 후 왜경에게 붙들려 옥사했답니다.

경심   (놀라며) 예?

한교장   좋은 친구였소. 경제학을 공부하면 전부가 공산주의자가 된
       다는 건 유치하다고 늘 얘기하던 진지한 청년이었소.

경심   (다시 화제를 돌리며) 그때 저희들에게 '에스페란토'를 강의
       하신 기억 나세요?

한교장   정말이야! 그때 맨 앞줄에 앉아서 열심히 배우던 윤경심이
       라는 처녀가 있었지. 예쁘장하고 자그마한….

경심   (생긋 웃으며) 그래도 당당한 보통학교 훈장님이었어요. 선
       생님께서 시골뜨기가 뭘 아느냐는 듯이 얕보셨겠지만 질문
       을 할 때마다 제가 척척 대답했었지요.

한교장   얼굴도 예쁜 데다 이해력이 어찌나 빠른지 죽은 양수군과
       여러 번 얘기했죠.

경심   강습회를 마치고 좌담회가 있던 날 밤 뜨거운 군밤을 혓바

닥 위에 굴러가며 얘기 끝에 선생님이 읊으신 시가 있었
죠?

한교장　그런 게 있었던가요?

경심　(기억을 가다듬어 천천히 읊조린다.) "나는 벌판을 갑니다.
눈에 쌓이고 지고 새는 벌판을 갑니다. 불빛도 사람도 없
어, 하나 남은 심장마저 얼어붙는 벌판을 갔습니다. 나는
보았습니다. 눈 속에 피어있는 한 떨기 붉은 동백을. 꽃잎
이 지면 흰 눈을 붉게 물들일 한 떨기 동백을 나는 보았습
니다."

한교장　(심한 아픔을 참는 듯) 아!

경심　저는 그때 그 시가 어찌나 마음에 들던지 노트에다 적었어
요. 그리고는 생각날 때마다 외어보곤 했어요. 그 시를 외
우고 있으면 내 가슴속엔 온통 젊은 날의 환상이 동백꽃처
럼 피었답니다.

한교장　모두가 꿈만 같소. 너무나 멀고 먼 나라의 얘기들이오!

경심　멀고도 가까운 것이 시간이에요.

한교장　(추억의 실마리를 더듬어가며) 그때는 그저 앞길만이 보이
더니 이제는 지끔만 지니온 길만이 들여다봐지는군요! 이
렇게 서로가 나이를 먹은 채로 마주 앉아 있노라니까 마치
오랜 여행에서 돌아온 집안 식구들이 서로 만나는 기분입
니다.

경심　(시를 읊듯이) 늙어서 인생을 회상하는 맛이란 어느 가을날
소녀가 지난 여름 밤 봉숭아물을 들인 일을 생각하는 것과
흡사해요. 그러는 동안에 빨갛게 물든 손톱은 차츰차츰 사

라지고 찬 서리가 내릴 때는 손톱은 또 전과 마찬가지로 백지로 돌아가지요!

한교장 소설가의 표현은 역시 실감이 나는군요. 경심여사의 얘기를 듣고 있으니까 나 자신이 자꾸만 젊어지는 것 같습니다. 핫하…

경심 젊음은 항시 지니고 있어야죠.

한교장 우리의 사귐은 짧은 동안이었지만 내가 경심여사를 알게 된 이후부터는 얼마나 인생의 보람과 젊음의 귀중함을 느꼈는지 모릅니다. 그러나 경심여사가 '동경'서 최상진(崔相鎭)이와 결혼했다는 소식을 들었을 땐 자살자의 심리를 이해할 수 있을 정도였으니까요.

경심 (거의 무표정하게) 스스로 택한 운명이에요.

한교장 그것도 지금은 아름다운 신화가 되고 말았으니… 말하자면 나의 평생에 있어서 처음이요 마지막인 사랑이었지요! (하며 쓸쓸히 웃는다.)

경심 그걸 보면 한선생은 예나 지금이나 순진하셔요.

한교장 순진하다니요? 허… 이건 늙은이를 마구 놀리시는군요. 경로 사상을 발휘하심이 어떻소? (하며 껄껄대고 웃는다.)

경심 사실을 사실대로 말한 것뿐이죠. 저희들이 처음 만났을 때 그 김양수씨와 셋이서 바다가 보이는 언덕이며 과수원 길을 거닐던 일 기억나세요?

한교장 그런 일도 있었던가요?

경심 있었던가가 뭐예요? 한선생님은 언제나 자기 마음속을 남에게 펴 보이기를 두려워하면서도 혼자서는 가슴이 에리도록 못 견디어 하셨죠.

한교장 천성인걸요.

경심 저는 그때 양수씨와 선생님의 성격이 어쩌면 그렇게도 대
조적일까 하고 혼자서 얼마나 웃었는지 몰라요.

한교장 그래 어느 편이 좋았죠?

경심 두 분 다요!

한교장 욕심 많기는…

경심 진심이에요. 장미와 흰 나리를 다 사랑한다고 욕심쟁일까
요?

한교장 그렇지만 사람이란 개성이라든가 취미라든 게 있잖습니까?

경심 있잖구요!

한교장 그렇다면 어느 하나에 쏠리는 게 있을 텐데요.

경심 하나만이 개성적인 것은 아니죠. 둘다 좋아하는 그 자체가
그 사람의 개성이 될 수도 있으니까요.

한교장 (가벼운 한숨을 지우며) 역시 경심여사의 사고방식은 동양
적이라기보다 서구적인 점이 있어. 옛날이나 지금이나 다
름없이… 선구자적 정열과 개성이 풍부하고 지성의 섬광
이…

경심 (호들갑스럽게 웃으며) 어쩌면 그렇게도 언변이 좋으실까.
교육계에 계시더니 웅변가가 되셨군요.

한교장 웅변이야 본래 재능이 있었죠.

경심 그렇지만 이성 앞에서는 한마디도 말을 못 하셨잖아요?

한교장 그랬기 때문에 경심여사에게… (다음 말을 잇지 못하고 머
뭇거리다가 허튼 웃음을 웃는다.) 옛일을 말하자니 끝이 없

군요. (사이) 미래 얘기 좀 하실까요?

경심   늙은이들에게 미래 얘기는 어울리지 않아요.

한교장   그래도 한 가지 있잖습니까?

경심   한 가지라뇨?

한교장   자식들 말입니다.

경심   아… 그래요.

한교장   (정색을 하며) 따님이 있으시다구…

경심   나이만 들었지 어린애죠.

한교장   직장에 나간다죠?

경심   조그마한 무역상의 비서랍니다. 그런데 어떻게 아셨어요?

한교장   (미소를 품으며) 소설을 읽고 짐작을 했습니다.

경심   (얼굴을 붉히며) 어머나!

한교장   실은 따님에게 청혼을 하겠다는 사람이 있는데…

경심   (명랑하게 웃으며) 알고 보니 중매하러 오셨군요?

한교장   겸사겸사죠.

경심   선생님께서 천거하시는 신랑감이면야 보나마나 합격일 테
     죠…

한교장   감사합니다!

경심   마치 선생님이 당사자 같군요 호호…

한교장   맞았습니다. 내가 바로 그 당사자입니다.

경심   (긴장하며) 정말이세요?

한교장   실은 내 아들놈이…

경심   선생님의 아들이라구요?

한교장   금년에 서른 둘이랍니다. 그 동안 어머니도 없이 내가 길러

왔고 해서 대학을 나오면 곧 결혼을 시킬랴했는데 그 육·
이오 때문에 군문에 들어갔다 오느라고 늦었죠. 어떨까요?
제 자식 추기는 건 좀 뭣하지만 경심여사의 눈에 과히 거
슬리지는 않으리라 믿습니다만…

경심 (깊은 생각에 잠기며) 아드님께선 선생님과 저와의 관계를
    알고 있나요?

한교장 애비된 자로서 어떻게 그런 얘기를 자식놈에게 할 수 있겠
    습니까?

경심 지금 연재중인 소설을 읽고 있으면 짐작이 들텐데요…

한교장 그 애도 「공상도시」라는 소설이 경심여사의 신변을 모델로
    한 작품이라는 것쯤은 알고 있겠지만…

경심 그럼 당사자의 의중도 물어보지 않고 청혼하시는 거예요?

한교장 (약간 당황하며) 물어보나 마나죠. 그 애는 지금까지 애비의
    말에 거역해 본 일이라곤 없습니다. 원체 어머니 없이 자라
    난 데다 성질이 유순해서요…

경심 그렇지만 결혼 문제만은 다르잖을까요?

한교장 내 권유가 글렀다면 또 모르지만 어느 모로 보나 훌륭한 규
    수인데 제 놈 거역할 근기가 있겠습니까?

경심 한선생님은 결혼문제에 대해서는 퍽 보수적이시군요.

한교장 하나 남은 자식을 위해서라면 보수주의도 좋다고 생각합니
    다. 어떨까요?

경심 (생각에 잠기며) 이 얘기는 이것으로 끊는 게 좋겠어요.

한교장 적당치 않습니까?

경심 이 혼담은… 나로서는 성립시킬 순 없습니다.

한교장   (의아하며) 무슨 뜻이죠?

경심   설명이 필요할까요?

한교장   나로선 도무지…

경심   그 애는 양정주가 아니라 최정주예요.

한교장   (놀라며) 그럼 죽은 최상진의? (사이) 그게 무슨 상관입니까.
          인물 본위지요… 경심여사의 따님이라면 나로서는…

경심   그 애 성격은 한선생님의 마음에 들지 않을 거예요… 그리
          고 (함축성 있게) 그렇게 되는 날엔 우리는 서로가 불행해
          질 것만 같아요.

한교장   (더욱 놀라며) 우리가 불행해진다구요?

경심   하나 남은 꿈마저 없어지게 될 테니까요. 공상이라고 해도
          좋아요. 저는 그 하나 남은 공상을 먹고사는 고독한 인간이
          에요.

한교장   경심여사가 고독하시다면 나는 뭐라고 표현해야 옳을까요?

경심   (차츰 열기를 띠며) 그러나 선생님께선 가능한 세계를 방관
          하시는 여유라도 있으시겠지만, 저는 지금 가능한 세계로
          부터 격리 당하고 있어요. 얽매여 살고 있는 거예요.

한교장   그게 무슨 뜻입니까?

경심   (풀죽은 소리로) 저는 날마다 과거와 현재를 뉘우치고 또
          원망하는 그런 시간의 연속 속에서 살고 있어요.

한교장   여류작가로서의 명성도 말입니까?

경심   문학을 떠나, 한 여성으로서…

한교장   양사장과의 사이가 원만치 못 하신가요?

경심   원만이라뇨? 이건 일종의 고행입니다. 모두가 나의 운명이

라고 참고 견디어 나오면서도…

한교장 알 수 없는 일인데요. 세상에서는 경심여사와 같은 환경을 얼마나들 부러워한다구요. 실업가의 아내이자 당대의 대표적 작가이며, 자녀들의 어머니인데 무엇이 부족하단 말입니까?

경심 그 하나 하나가 고뇌의 씨요 불행의 도화선이랍니다.

한교장 이해할 수 없군요.

경심 (눈물을 머금으며) 저에게는 지금 화려한 꿈이라고는 없어요. 하나부터 열까지 지긋지긋한 현실뿐이에요. 그런 속에서도 유일한 기쁨은 지난날의 추억을 깨물고 공상 속에 취하는 것뿐이에요. 아메리카 인디안처럼…

한교장 아메리카 인디안?

경심 아메리카 인디안은 지금은 몰락했지만 그들에게도 화려한 과거의 역사와 환상이 남아 있지요. 그것을 향한 공상 하나로 버틴다나 봐요.

한교장 (흥분하며) 경심씨! 아니 경심여사는…

경심 저에게 하나밖에 없는 공상까지 잃을 순 없어요. 저와 선생님과의 거리가 인척 관계로 좁혀지면 우리는 그 인척이라는 철망 때문에 하나 남은 공상마저 잃게 돼요 선생님 저는 지금처럼 딴 남으로서 멀리 떨어져서 지내고 싶어요.

한교장 (나지막한 떨리는 목소리로) 감사합니다. 이십오년 동안 내 가슴속에서 피어나던 불씨가 오늘이야말로 속 시원하게…

경심 죽는 날까지 피어오를 거예요! 그 누구도 이 불을 끌 수는 없어요. 멀리 떨어져 있으면 있을수록 저의 꿈은 아름답게 퍼져나갈 수 있어요! 선생님! 그러니 아까 그 얘기는…

한교장　알겠습니다. 나는 또 그렇게까지는 생각을 못하고 가깝게 있음으로써 나의…

경심　(공상에 취한 사람처럼) 우리는 우리대로의 꿈이 있다고 생각해요. 젊은애들에게는 주체를 못할 만큼 많은 꿈이 있는걸요. 선생님… 그 애들을 결혼시킴으로써 선생님과 저 사이에 남은 단 하나의 꿈을 저버릴 수는 없어요. (길게 한숨을 내쉬며) 몸은 늙어가도 꿈은 사는 거예요…

한교장　아! 낡은 꿈을 먹고살아야 하다니…

　　　이때 밖에 자동차 멈추는 소리와 함께 정주의 명랑하게 지껄이는 소리가 들린다. 경심, 꿈에서 깨어나듯 창 밖으로 시선을 돌린다.

한교장　손님입니까?

경심　정주가 돌아왔나 봐요.

정주　(소리만) 손님? 누군신데? 어떻거나 바쁜데… (가정부의 뭐라고 대꾸하는 소리)

경심　(현관 쪽을 향해) 정주냐?

정주　(오른쪽 도아를 열고 고개만 내밀며) 엄마! 나 좀 봐! (응석을 부리는 표정이 소녀같다.)

경심　무슨 버릇이니? 들어와서 얘길 하지 않구…

정주　(한교장을 보며) 손님이 오셨는걸.

경심　그럼 안에서 기다리려므나!

정주	(토라지며) 난 바빠요! (하며 안으로 들어선다.)

경심	(한교장과 눈으로 웃으며) 철이 없어요. 저렇게…

한교장	요즘 애들이 다 그렇지요…

정주	(정색을 지으며) 뭣이 다 그렇단 말예요?

경심	아니 이 애가… 무슨 말버릇이 그 모양이니?

정주	(한교장을 똑바로 보며) 요즘 늙은이들이란 하나부터 열까지 자기네들 본위로만 생각들 하니 따분해!

한교장	핫하… 이거 말 한마디 빗나갔다가 우리 늙은이 전체가 화를 입었군요. 그럼 취소하겠소! 핫하…

정주	(비꼬운 어조로) 진상을 조사하여 적절히 선처하는 편이 무난하실텐데요!

경심	정주야!

한교장	핫하……

경심	대학까지 나왔다는 애들이 죄다 이 모양이니… 참 인사나 들여! (정주 입을 뽀족거리며 형식적으로 고개를 꾸벅한다.) 제 큰딸입니다. 이분이 매란여고 한교장 선생님이시다.

정주	(눈이 휘둥그레지며) 예? 저 매란여고라니……, 엄마 모교의?

한교장	어머님과 같은 훌륭한 여류작가를 배출한 매란여고죠!

정주	(갑자기 자지러지게 웃는다.)

경심	애가 갑자기 …… 정주야, 그만 그치지 못해?

정주	(억지로 웃음을 참으며) 그렇지만… 저는 … 홋호….

경심	무슨 불손한 짓이니?

정주	엄마도… 우스울 때 웃는 게 불손이라니 그럼 울란 말예요?

한교장 그래. 웃고 싶을 땐 눈물이 나도록 웃어버리는 게 시원하
       지! 하….

정주   사실은… 실망했어요. 한교장 선생님은 아주 늠름하고 정열
       적이며 의젓한 분인 줄 알았어요.

한교장 어떻게 알았지?

정주   어머님 얘기를 듣고, 또 「공상도시」라는 소설에 나오는 한
       상기라는 전문학생을 통해서요.

경심   정주야….

한교장 괜찮아요… 그래서?

정주   그런데 지금 뵈니까 제가 상상한 '이미지'와는 아주 딴판인
       걸요.

한교장 (웃으며) 어떻게?

정주   저요… 홋흐… (하며 입을 막는다.)

경심   그만 닥치지 못해?

한교장 이왕에 나온 얘기니 끝이나 맺지!

경심   (한마디 한마디를 강조하며) 짝, 잃은, 염소, 같아요! 홋호….

한교장 짝 잃은 염소라… 헛허….

정주   벌판에서 말뚝에 매달려 염소가 처량하게 우는….

경심   이 애가 정말… (하며 흘겨보는 눈에 저절로 웃음이 떠돈
       다.)

한교장 경심여사를 찾아왔다가 큰 벼슬을 했습니다. 아무튼 따님도
       어머님을 닮으셔서 험구가이시군! 핫하….

경심   철이 있어야죠. 밤 낮 경마장의 말처럼 쏘다니기만 하니 난
       들 어떻게 합니까?

정주　　엄마도! (밖에서 자동차 '클랙슨' 소리가 나자 생각이 되살아 난 듯) 엄마. 오늘밤에 '파아티'가 있어서 가야겠는데….

경심　　(한교장의 시선을 꺼려하며) 어디서?

정주　　장소는 아직 모르겠는데 사장님이 꼭 나와야 한대요. 회사 관계로 외국 손님을 모시는 파아티라 제가 '파아트나' 겸 통역이 되어야 한다니 어떻게 하죠. 엄마.

경심　　사장이 가자는 자리면 별 수 없잖니?

정주　　아이 좋아! (하며 경심의 뺨에 입을 맞춘다.)

경심　　그렇지만 일찍 돌아와야 돼! 언젠가처럼 밤 늦게 들어오다가 아버지께 쫓겨나 대문 밖에서 밤을 새지 않도록!

정주　　아버지가 정 그러시면 숫제 안 돌아와 버리지! 친구들과 휩쓸려 놀다가 좀 늦어지는 수도 있는 걸 가지고 마치 죄인 취급이야!

경심　　교장선생님 앞에서 그게 무슨 말버릇이니?

정주　　어때요? 교장선생님도 자녀교육을 하시는데 그렇게 감시주의적 엄벌주의를 신조로 하세요?

한교장　글쎄 난 딸이 없으니까 모르겠는걸!

정주　　그럼 아들과 딸의 교육방침이 달라야 한다는 말씀이신가요?

한교장　뚜렷이 다를 건 없지만 아무래도 여자는 사내와 다르니까…

정주　　(노골적으로 경멸을 표시하며) 여자와 남자와 뭣이 다르단 말씀이세요? 생리적인 문제가요? 아니면…

한교장　물론 그것도 있지만….

정주　　그럼 또 뭔가요?

한교장　아무래도 가족제도가 남아있는 우리 전통적 가정에서는 세
　　　　인의 이목이라든가….

정주　　알겠어요. 교장선생님께선 아직도 효녀 열부의 낡은 윤리관
　　　　을 전적으로 믿고 계시는군요?

한교장　그것과는 성질이 다른 얘기지….

정주　　뭐가 달라요? 전통과 역사를 자랑하는 '매란 여고'의 교장
　　　　선생님이 그렇게 말씀하시다니 이건 일간신문의 사설감이
　　　　군요?

경심　　정주야! 버릇없이 말끝마다 대꾸냐?

정주　　(휙 돌아서며) 흥! '구세대' 양반들 앞에선 그저 무조건 순
　　　　종해야만 좋다니까! (다시 상냥스럽게) 교장선생님! 오래오
　　　　래 많이 놀다가 가세요?

한교장　다녀와요!

정주　　참, 그리구 우리 엄마하고 자주 만나 얘기하세요. 엄마는 이
　　　　세상에서 교장선생님 같은 남성은 없었다고… 호호… 참,
　　　　지금 신문에 연재중인 「공상도시」 읽으세요?

한교장　물론 읽지.

정주　　후… 거기 '어느 날 밤의 손님'이 누군지 아세요?

경심　　정주야…

정주　　(뒷걸음치면서 천천히 대사를 외우듯) 이십 년 전에… 가버
　　　　린… 사람들이… 돌아오기를 기다리는… 그 여인의 마음!

　　　　하며 명랑하게 웃으며 뛰어나간다. 무대 위엔 미묘한 공기가 무

겁게 흐르고 말을 잃은 두 사람은 제 각기의 심적 동요를 은폐하려고 애쓰고 있다. 자동차 발진하는 소리가 길게 여운을 남기며 사라진다.

경심　　　언짢게 여기지 마세요.

한교장　　천만에요.

경심　　　아까도 말씀 드렸지만 저 애 성질은….

한교장　　알겠습니다. 우리 늙은이들에게선 찾아볼 수 없는 패기와 자신이 넘쳐서 좋군요.

경심　　　요즘 애들은 자기 일은 자기가 결정짓고 행동할 수 있는 자신감이 있지요. 그게 바로 젊은이에요.

한교장　　우리들도 젊었을 때는 있었는데.

경심　　　그러나 지금은 없단 말씀이신가요? 선생님 용기를 내세요. 이제 우리에게 남은 것은 지난날의 꿈을 고이 간직해 나가는 것, 이것만이 젊음을 잃지 않는 길이에요. 이제는 그 누구를 해치거나 남을 희생하면서 얻으려는 것은 아니에요. 나 혼자 조용히 마음속으로 울고 웃는 것뿐이니까요.

한교장　　그럼요. 우리가 서로 우겨본들 무슨 소용이 있겠습니까?

경심　　　선생님과 저는 이렇게 만나서 옛날 얘기를 할 수 있다면 그것으로 족하지요.

한교장　　알겠습니다. (사이) 저 그럼 우리도 오늘밤은 젊은 시절로 돌아간 셈치고 서울의 밤거리를 거닐어 보실까요? 오랜만에 시골떼기가 한턱 쓰겠습니다.

경심　　　(희색이 만면하여) 정말이세요?

한교장   가난한 훈장이라고 깔보지 마십쇼. 자! (하며 의자에서 일어
          난다.)
경심   좋아요! 그 옛날 바다가 보이는 언덕이며 '동경'의 밤거리
          를 거닐 듯이 말이죠?
한교장   예 가십시다! 하…

〈암 전〉

제 3 막

전막과 같은 장소. 전막부터 약 다섯 시간 후, 밤 아홉 시경. 무대는 비었다. 이웃집 라디오에서 흘러나오는 경음악이 방 분위기를 한결 침울하게 한다. 잠시 후 양하영이 오른쪽에서 등장. 인천에서 돌아오는 길인지 피로해 보인다. 그 뒤를 따라 가정부가 등장. 하영은 왼편 옷걸이에다가 윗저고리와 모자를 걸고는 말없이 소파에 앉아 담배를 피워 문다.

하영　마님은 어디 나갔어?

가정부　낮에 오신 손님과 함께….

하영　낮에 오신 손님?

가정부　저녁 잡수시러 가시는 가봐요. 돌아오실 때가 되었어요.

하영　(혼잣소리로) 돈은 없다면서…. 애들은 집에 있고?

가정부　큰 학생은 학원에 가시고, 작은 학생은 친구들 하고…

하영　그래.

가정부　진지는……

하영　먹고 싶잖아. 들어가 봐요.

가정부   예…. (나가려다 말고) 참 해질 무렵 손님이 찾아오셨어요.

하영   네게?

가정부   처음엔 마님을 찾더니 나중엔 주인 어른을 찾으시더군요.
          그래 인천에 가셨다고 했더니 그럼 밤에 다시 찾아오겠다
          면서….

하영   명함 같은 건 안 두고 갔나?

가정부   그렇지 않아도 어디서 오셨느냐고 물으니까 다시 오겠다고
          하면서… 아주 젊은 남자던데요. 초라한 게……

하영   (미심쩍게) 누굴까….

가정부   그리면서 꼬치꼬치 캐묻는 게 꼭 무슨 형사 같이…. 참 별
          꼴을 다 봤어요.

하영   뭐라고?

가정부   집안 얘기며, 식구들까지도 어디 다니며 돈을 잘 버느냐는
          둥…. 심지어는 빈정대는 소리까지….

하영   내게 대해서?

가정부   마님에게 더하던데요. 그래 제가 무슨 사람이 남의 집에까
          지 찾아와서 이 행패냐고 했더니 '남의 집?' 하며 저를 뚫
          어지게 쳐다보지 않겠어요?

하영   (불길한 예감에서) 그래서?

가정부   그리고는 하는 소리가 "그렇지! 남의 집은 남의 집이지! 그
          러나 천도가 무심하지는 않을 테니까!" 이러면서 나가잖겠
          어요?

하영   (험한 표정으로) 몇 살쯤 들어 보였지?

가정부   글쎄… 차림이 어수룩해서….

하영	스물 일곱 여덟 살 가량 되지 않았어?
가정부	그쯤 들어 보였어요. 아시는 분인가요?
하영	아니… 알았어. 들어가 봐! (가정부 오른쪽으로 퇴장. 하영은 담배를 피우며 허공만 바라본다. 이윽고 어떤 환상을 좇기라도 하듯이 중얼거린다.)
하영	설마…. 허지만 모를 일이지… 아! 아득한 옛 일이야! 집사람의 예감이 옳을지도 몰라! 그럴 리가 없어! (하영은 자신의 머리에서 잡념을 털어버리기라도 하듯 불쑥 일어서서 왼쪽 창가로 가서 창 밖을 내다본다. 이웃집 라디오에서 흘러나오는 처량한 음악이 회상의 정을 한결 짙게 자아낸다.)

이때 실내는 차츰 어두워지면서 이십 년 전의 과거를 회상하는 하영의 표정만이 잠시 피어 있다가 마침내 완전한 어둠으로 사라진다. 잠시 후 무대가 다시 밝아진다. 여름날 오후 소낙비를 재촉하는 듯한 천둥소리 멀리 사라진다. 이때 오른쪽 미닫이문이 거칠게 열리며 양하영의 부친 양진태가 등장. 뒤를 이어 하영의 아내 선희가 조심성 있게 등장. 그녀는 시아버지가 훨훨 벗어 던지는 모시 두루마기를 받아서 옷걸이에 걸고도 말없이 비껴서 있을 뿐이디.

참봉	(아랫목에 앉아 부채질을 하며) 도대체 어찌된 일이냐? 응? 그렇게 장승처럼 서 있을 게 아니라 얘기나 들어보자! (선희 한구석에 다소곳이 돌아앉는다.)
참봉	아가!
선희	……

참봉　소설을 쓴다는, 네 친구는, 지금도 여기 있느냐?

선희　일주일 전에 옮겨갔습니다.

참봉　어디로?

선희　사직동이라나 봐요. 자세한 것은 아범이 더 잘 알고 있을 거예요.

참봉　그 계집 때문에 일어난 풍파냐?

선희　(말없이 고개만 숙인다.)

참봉　너도 너지! 왜 그런 상스럽지 못한 계집을 집에다 두게 하느냐 말이다! 응?

선희　일이 이렇게 될 줄을… 그 애는 여학교 때 아랫반이고, 성품이며 글재주가 비범한데다 의지할 곳 없는 형편이어서 당분간 집에 있게 한 일인데….

참봉　그게 언제부터지?

선희　집에서 묵게 된 것은 두 달 전이지만 왕래하기는 반년이 넘어요. 일본서 나오자 마자 맨 처음에 저를 찾아왔으니까요.

참봉　부모 형제도 없다더냐?

선희　편모 슬하에 오빠가…

참봉　그럼 기회를 봐서 발길을 끊게 할 일이지 왜 집에 묵게 하는 거냐? 옛부터 머리 검은 짐승은 거두지 말랬다는 말도 몰라?

선희　지난 봄에 병원에 입원을 하게 되자 집안 일이며 애들을 맡아 주겠다 하기에 서로 믿을만한 처지라서….

참봉　그건 그렇다 치고… 네가 이 집을 나가야 한다는 법이 어디 있느냐. 네가 나간다고 해서 모든 일이 처음으로 돌아갈 수 있겠니?

선희 그렇지만….

참봉 그렇지만 또 뭐냐?

선희 지금까지 제가 속아온 것도 그렇고, 앞으로도 그 속임 속에서 살아나갈 일을 생각하면 이상 더….

참봉 여러 모로 살펴 생각을 해야지, 네가 한번 저지른 조그마한 불이, 의외로 많은 것을 불 사르고 말 것을 생각 못하겠니? 응? 동준이의 앞길도 그리고 네 전정도 생각을 해서….

선희 아버님! 저로서는 여러 날을 두고 밤을 새워가며 생각한 끝에 결심한 일입니다.

참봉 그렇게 하는 것이 복된 일이란 말이냐?

선희 재물이나 명예는 없어도, 마음 편한 가운데 동준이가 자라나는 것만을 낙으로 삼고 살겠습니다.

참봉 아가!

선희 (그의 위세에 약간 풀이 눅어진다.)

참봉 한번 실수는 병가 상사라는 말도 있잖으냐? 남편이 한 때 마음이 혹하여 외도를 하였기로 그걸 허물 삼아 아내가 아내의 채무른 버린다는 법이 어디 있느냐?

선희 저는 이미 아내로서의 자격이 없어졌습니다.

참봉 어째서?

선희 아범은 지금도 그 경심이를 못 잊어 하고, 두 사람은 서로 부부가 되는 날은 기다리고 있는데, 제가 그대로 머물러 있어야 할 이유는 없다고 생각합니다.

참봉 믿을만한 사실이냐?

선희   아범은 어젯 밤에도 사직동에서 묵었을 겁니다.

참봉   고이한 것들!

선희   저로선 참고 견디며 양해할 수 있는 일은 다했어요. 그러나
         아범은… (선희는 비로소 소리를 죽여 흐느낀다.)

참봉   천하에 몹쓸 계집이… 그래 대학공부는 어느 구멍에 처넣
         고 그따위…. 에잇…. 그러니 신여성이니 뭐니 하는 것부터
         가 글렀다니까! 이건 내가 용서할 수 없는 일이다. 염려 마
         라! 법을 빌려서라도 결단을 내고야 말 테니!

선희   아버님! 허지만 세상에 알려서 좋아질 일은 아닙니다. 가문
         만 더럽히고 남는 것은 원망뿐일 테니 제가 물러만 가면
         만사는 조용하게…….

참봉   네가 이 집을 나가고 그 신여성이 우리 집안에 들어오는 것
         은 가문을 빛내는 일이라던? 안 되지! 내 눈에 흙이 덮이기
         전에는 안 된다!

선희   아버님! (하며 엎드려 운다.)

         이때 복도를 건너오는 발자국소리 나더니 양하영이 오른쪽에서
         등장, 콧수염만 없을 뿐 전과 같이 단정한 삼십 대의 청년 신사다.

하영   (엎드려 인사를 하며) 언제 올라오셨습니까? 아버지

참봉   그래 너는 어디 갔다 이제 들어오느냐? 회사 일이 그렇게
         바쁘냐?

하영   (약간 망설이며) 저… 간밤에 연회가 늦게 끝나서 그만…
         (화제를 돌리려고) 여보, 아버님 아침 진지는?

참봉   아침은 먹었다. (하며 외면한다.)

하영   (낮게) 여보 안에 들어가 봐. 경심씨가 할 얘기가 있다고….
        만나 줘야겠어! (선희가 무표정하게 돌아본다. 하영은 심상
        치 않은 분위기를 경계하며 편히 앉는다. 천둥소리는 계속
        적으로 나더니 마침내 비가 쏟아지기 시작한다.)

참봉   하영아! (하며 담뱃대에 담배를 제긴다.)

하영   예? (재빨리 성냥을 그어 불을 붙인다.)

참봉   나는 아직은 내 아들의 사람됨을 믿고 있지 허튼 소문을 곧
        이들을 만큼 늙지는 않았어.

하영   아버님!

참봉   그러니 이 애비에게 사실대로 말해주렴.

하영   제가 내려가서 진작 말씀을 올리려고 했습니다만….

참봉   사업을 제쳐놓고까지 내려올 필요가 있는 일인감?

하영   아버님!

참봉   내 묻는 말에 대답만 하면 된다.

하영   그러나….

참봉   그러나 또 뭐냐?

하영   언제고 알게 될 일이고 또 내듭을 시어야할 일이라서요….

참봉   애비의 힘이 필요할 만큼 중요한 일이냐?

하영   아버님의 이해가 필요했습니다.

참봉   이해? 네가 잘못했다고 말하면 족하지 이해가 무슨 필요
        해? 응? 그렇잖으냐?

하영   잘못이라뇨?

참봉   누구나 한번은 지나가는 길이니라. 네 나이도 이제 삼십이

지났으니 말이다.

하영 아버님!

참봉 뭐냐?

하영 실은 이혼하기로 했습니다.

참봉 (험악한 표정으로) 이놈! 뉘 앞에서 감히 그따위 쥐둥이를
      놀리는 거냐?

하영 아버님!

참봉 듣기 싫다! 그래도 이 애비는 설마하니 했는데… 그 따위
      말을 듣기 위해서 새벽 차를 잡아타고 올라 온 줄 아니?

하영 저의 얘기를 끝까지 들으신 다음에….

참봉 개 짖는 소리만도 못한 얘기를 무엇 때문에 들어?

하영 저는 일시적인 욕정이나 바람을 피우기 위해서 그런 게 아
      닙니다.

참봉 그럴테지, 우리 가문에다 훈장을 달아주기 위해서겠지?

하영 저의 한 평생을 참되게 보내기 위해서 생각한 결과입니다.

참봉 한 평생을 참되게 보내기 위해서라고? 이놈아, 그래 착한
      아내를 버리고 자식까지 딸린 계집하고 야합하는 게 참되
      게 사는 길이란 말이냐?

하영 저는 그 여인을 버릴 수 없습니다!

참봉 뭣이?

하영 아버님은 제가 무엇을 바라고, 무엇을 가지고 싶은가를 모
      르십니다. 제가 말씀 드려도 이해조차 못 하실 테니까 이
      이상 말씀드리지 않겠습니다. 다만 동준 어멈도 물론 착한
      아내지만 그러나 내게 살아가는 힘과 기쁨과 사랑을 주는

여자가 못됩니다. 좋은 어머니요 착한 아내이기는 하지만, 제가 원하는 여인은 아닙니다. 저는 솔직하게 동준 어멈과 의논을 해서 이혼하기로 했지요. 동준 어멈도 저의 심정을 이해해 주었으니까요. (비는 더 줄기차게 내린다.)

참봉   그럼 애들은…

하영   동준 어멈에게 딸려 보내기로 했습니다. 그것만을 승낙한다면 이혼에 동의하겠다기에 그렇게 하기로….

참봉   어허…. 진정 네 놈이 미쳤거나 오장이 뒤집혔구나! 그래 처자식을 주고 계집을 산단 말이냐?

하영   계집을 사는 게 아니라 더 귀중한 것을 얻기 위해서입니다.

참봉   이놈아! 네가 정 마음을 돌리지 못하겠다면 나도 너를 자식으로 생각하지 않겠다. 앞으로는 너의 생활은 네가 처리해라! 굶건 말건 두 번 다시 나를 애비라고 찾지 마라! (하며 두루마리를 구겨 쥐고 오른쪽으로 퇴장. 비바람은 더욱 줄기차게 내린다.)

하영   아버님! (그는 괴로운 듯 바닥에 주저앉는다. 이때 오른쪽에서 경심 등장.)

    (하영은 흥분된 표정으로 경심을 껴안으려 하자 경심은 손목만을 맡긴 채 몸을 피한다.)

하영   만났소?

경심   예.

하영   내가 말한대로지? 응?

경심   선생님! 아무리 생각해도 저는 무서워요!

하영   이제 와서 경심씨가 그런 마음 약한 소리를 하다니….

경심   막상 선희 언니를 만나고 보니까 새삼스레 저라는 인간이
        미워졌어요! (하며 눈물을 짓는다.)

하영   경심씨! 내가 미워진 게 아니오? 나를 봐요!

경심   아니에요. 제가 나쁜 사람이었어요! (하며 하영의 품에 안긴
        다.)

하영   경심씨 용기를 내요. 사랑을 얻기 위해서는 기사처럼 모험
        과 투쟁과 승리가 있어야 한다구 했잖아요? 사랑은 싸워서
        빼앗는 것이라야만이 값지고 성스러운 것이라는 말은 누가
        했소?

경심   그 사랑에 대한 신념은 변함이 없어요. 다만 저희들의 모험
        과 투쟁이 너무도 급작스러운 것이기 때문에 자꾸만 두려
        워져요! 게다가 세상 사람들이 저에게 대해서 얼마나 욕소
        리를 퍼부울 것인가….

하영   남을 위해서 살려는 거요?

경심   선희 언니가 저를 아껴주고 도와준 호의를 바로 받아들인
        다면 저는 언니의 종이 되더라도….

하영   (화를 내며) 그건 감상이요! 이제 와서 그걸 생각한다는 건
        우리 스스로가 미치광이 되기를 원하는 짓이오! 경심씨! 용
        기를 내요! 우리의 결혼은 억지가 아니라니까! 세 사람이
        합의를 했잖소! 피차가 행복해질 수 있는 길을 서로 의논
        했다는 사실은 우리들이 참다운 자유인이며 새 시대의 상
        징이오! 선희는 그걸 이해했고 찬동했는데 이제 와서….

경심   모르겠어요! 저를 살려줘요. 안아주세요!

하영   용기를 내! 경심씨가 이렇게 약할 줄은 몰랐어. 하며 껴안

는다.

경심   (울음을 터놓으며) 약해서 그런게 아니에요. 제가 약한게 아니에요!

　　　　실내는 다시 어두워진다. 잠시 어둠 속에서 천둥소리가 요동치더니 무대는 종전과 같은 고요로 돌아간다. 하영은 꿈꾸는 사람처럼 서서 허공을 향해 눈을 감고 있다. 이때 가정부 환급이 등장한다.

가정부   주인 어른! 왔어요!

하영   (꿈에서 깨어난 사람처럼) 누가?

가정부   아까 찾아왔던 그 젊은 사람! 안 계신다고 쫓아버릴까요?

하영   (무슨 결심을 했는지) 들어오라고 해!

가정부   일루요?

하영   그래!

가정부   그렇지만 또 무슨 행패를 부리면……

하영   상관없다니까. 원수가 아닌 다음에야 나를 어떻게 하겠나. 어서!

가정부   예 (하며 불안하게 오른쪽으로 퇴장.)

하영   (이마에 손을 얹으며) 아 피곤해! 왜 이렇게 하나부터 열까지… 이젠 그 황영수에게 신세를 지는 수밖에… (하며 전화를 걸려고 할 때 오른쪽에서 동준이 등장. 계급장도 없는 낡은 군복에 색안경을 섰다. 하영 들었던 수화기를 다시 내려놓으며 불안하게 쳐다본다.)

동준   실례하겠습니다.

하영   뉘시오?

동준   (두어 발 앞으로 나오며) 저… 양하영 선생님이십니까?

하영   (부러 태연하게) 내가 양하영인데요. 어디서 오셨지요?

동준   (의자를 가리키며) 앉아도 되겠습니까?

하영   좋으실대로… (동준 조심스레 앉는다. 한 다리가 의족(義足)
       으로 되어 있어 쭉 뻗쳐 있다.)

동준   당돌하게 찾아 뵙게 되어 죄송합니다.

하영   천만에… 아까는 내가 출타 중이어서…

       두 사람은 서로 상대방에게서 새로운 얘기가 터져 나오기를 엿
       보는 눈치다. 잠시 침묵이 흐른다. 가정부가 문 틈바구니로 기웃거
       리다가 사라진다.

하영   실례지만 성함이?

동준   예… 저는… 다른게 아니라 윤경심 선생님의 소설을 애독
       하는 독자의 한 사람이지요.

하영   그렇습니까? 그럼 내 처를 만나러 오셨군요?

동준   실은 그렇습니다만….

하영   그럼 앉아서 기다리시지, 곧 돌아올겝니다. (하며 일어선다.)

동준   아닙니다. 양 선생님도 만나 뵙고…

하영   (고소를 뱉으며) 난 문학에 대해선 문외한입니다.

동준   그렇지만 사회 경험이나 인생 문제에 대해선 저와 같은 인
       간을 지도해 주실 수 있겠죠!

하영   (다시 앉으며) 인생문제?

동준   그렇다고 까다로운 철학이나 소송 문제는 아니니까요. (사
        이) 담배… 피울 수 있을까요?

하영   좋으실대로.

동준   그게 아니라… 제가 가진 게 없어서요….

하영   여기 있소. (하며 담배갑을 내민다. 동준은 한 가치를 뽑아
        입에 물고 성냥을 뒤진다. 하영, 재빨리 라이터를 켜 붙여
        준다.)

동준   (길게 연기를 들이마시며) 아…

하영   (약간 초조해지며) 용건이 무엇이죠?

동준   (문득 생각이 든다는 듯) 참… 다름이 아니라 그 「공상도시」
        의 소설을 매일 같이 기다리며 읽는 사람인데, 거기에 대해
        서 몇 가지 여쭤볼 일이 있어서요.

하영   (불쾌한 낯으로) 소설에 관한 얘기 같으면 내 아내에게 물
        어보라고 했잖소?

동준   선생님은 그 소설을 안 읽으시나요?

하영   읽기는 하지만 거기에 대한 질문을 받을만한 소양이나 흥
        미는 없소.

동준   그러세요? 그처럼 훌륭하신 작가를 부인으로 두신 선생님
        이, 부인의 작품에 대해서 흥미를 안 느끼신다니 이해하기
        곤란하군요… 흠…

하영   (노기를 띠며) 이건 나를 설교하는 거요? 아니면 빈정대는
        거요?

동준   제 말에 실수가 있다면 용서하십시오. (사이) 실은 저의 처
        지가 그 소설의 내용과 비슷한 점이 많아서요. 저는 그 소

설의 진전이 바로 저의 생활과 운명에 대한 해답으로 알고 읽어 왔습니다. (하며 담배를 피운다.)

하영 (안도감에 젖으며) 그래요? 그 얘기를 계속 하시지…

동준 그래서 온 가족이 그 소설을 읽고 있죠.

하영 온 가족?

동준 (계면쩍게 웃으며) 가족이라야 어머니와 누이동생과 단 셋입니다.

하영 그래요?

동준 그런데 어머니와 저는 이 소설의 결말이 어떻게 끝을 맺느냐에 대해서 비상한 관심을 가지고 있거든요.

하영 소설의 결말에 대해서는 남편인 나도 전혀 모르겠는데요.

동준 그렇지만 대강 짐작은 할 수 있으시겠죠?

하영 어떻게?

동준 그 젊은 실업가 박봉일(朴鳳一)이가 처자를 버리고 음악가인 황순이(黃順伊)와 결혼을 했지 않았습니까?

하영 글쎄요…

동준 그런데 이미 이 남매를 낳고 경제적으로도 넉넉한 황순이가 남편을 의심하며, 전처와 그의 자식들에게 관심을 가지려는 것을 질투하고 비난하는 데까지 소설이 진전되었죠?

하영 그래서요?

동준 그런데 이상한 것은 그 전처와 자식들에 대해서 작가는 조금치도 애정을 기울여주지 않은 것 같아요. 즉 작가라는 입장을 떠나서 윤경심 선생이 그 어머니의 처지가 된다면 어떻게 처신 하실는지 그것이 궁금하고요. 두 번째로는 아무런 과실도 없는데도 처자를 버리고 다른 여자와, 그것도 자식이 딸려있는, 자기 아내의 후배와 결혼한 남편이 장차 늙으면 어떤 느낌을 품을 것인가라는 점이 퍽 궁금해요…

하영　(격앙되는 심정을 억제하며) 그, 그야 소설이니까 뭐라고 말할 수 없죠. 원래 소설이란 꾸며진 얘기니까.

동준　그렇지만 소설답지 않은, 사실 이상의 소설도 있지요!

하영　있겠죠.

동준　제가 묻고 싶은 얘기는 한 작가가 자기의 사생활과 예술을 각각 따로 지닐 수 있겠는가라는 점입니다.

하영　내 자신이 경험해 보지 못한 일이라 뭐라고 말할 수 없는데…

동준　경험해야만 말할 수 있나요?

하영　그렇지.

동준　지구가 둥글다는 걸 안 본 어린 학생들도 모두 지구가 둥그렇다고 대답하던데요.

하영　그것과는 문제가 다르지.

동준　(추궁하듯) 뭣이 다릅니까? 여성으로서, 아니 아내나 어머니로서 지니는 사랑이란 매한가지가 아닙니까?

하영　그렇다고 볼 수 있죠.

동준　(차츰 흥분하며) 그렇다면 이 소설에 나오는 황순이나 자기 남편에게 쫓겨난 여인이 아내며 어머니라는 점에서는 다를 것이 없잖습니까?

하영　그런데?

동준　(언성을 높이며) 그런데 왜 황순이는 그 여인과 그의 자식을 미워할 수가 있느냐 말입니다. 아니 그들을 불행 속에 몰아넣고 자기가 행복을 차지할 수 있느냐 말이에요!

하영　(위세에 눌리며) 좀 조용히 얘기할 수 없을까요?

동준　(정신을 가다듬고) 미안합니다. 군대 밥을 먹어서 그런지 곧잘 이렇게 소리가 커집니다. 용서하십시오.

하영　제대 하셨소?

동준　예 다리를 다쳤죠! (하며 왼편 의족을 들어 보인다.) 들개들만도 못한 상이용사죠… 헛허…. 그러나 이래 뵈도 국군 중위였죠. (자조적이다)

하영　(동정하는 눈초리로) 안됐습니다.

　　　잠시 말이 막혀 정막이 흐른다. 아까부터 하영의 얼굴엔 일말의 불안과 초조와 그리고 어떤 비밀이 터지고야 말 직전의 두려움에 싸여간다.

하영　(화제를 돌리며) 댁이 어디시죠?

동준　주소 말입니까?

하영　예.

동준　그런 건 없습니다.

하영　어머님과 누이가 계시다구…

동준　죽었지요. 제가 군대에서 돌아오니까 죽었다는 거예요. 그것도 먹질 못해 병이 나서요.

하영　예? 그럼 어머님하고 소설은 읽는다고 한건…

동준　거짓말입니다. 신문을 사볼 돈이 있으면 약을 사는 편이 더

이로웠을 형편이었죠. 훗흐… (하며 고개를 숙인 채 손수건으로 이마에 흐르는 땀과 함께 안경알을 닦는다.)

하영　실례이지만 성함이…

동준　아실 필요가 있을까요?

하영　아내가 돌아오면 전해야지 않겠소?

동준　(주머니에서 패스포트를 꺼내며) 명함은 없구 신분증입니다. (내민다.)

하영　(받아서 잠시 보더니 놀라며) 양 동 준?

동준　그렇습니다. 아무 것도 모르는 인간이지요. (하며 패스포트를 받아 넣는다.)

하영　분명히… 양동준?

동준　세상엔 비슷한 이름도 많으니까요 핫하…

하영　(나지막한 소리로) 나를…… 혹시 모르겠소? 어디서 만난 적이 없어?

동준　글쎄요… 그 백마고지 전투에서 구사일생으로 살아 나온 후로는 기억력이 쇠퇴해서요… 헛허…

하영　(떨리는 목소리로) 그 안경을 벗어줄 수 없을까? 잠깐만…

동준　제 얼굴을 보시겠단 말씀이십니까? (갑자기 웃으며) 세상이란 참 우습죠? 나는 내 얼굴을 남에게 보이기 싫어서 색안경을 썼는데 댁은 제 얼굴을 보고 싶어하시다니… (천천히 안경을 벗으며) 보세요! (그 순간 하영의 얼굴엔 핏기가 가신다. 한 눈이 움푹 꺼져서 보기 흉한 상처가 미간에서 뺨으로 줄기차게 뻗쳐 있다.)

동준　보셨습니까?

하영   (말없이 고개만 끄덕인다.)

동준   (안경을 고쳐 쓰며) 세상이란 그렇더군요. 다 자기 잘난 맛
       에 살고 있으니까요. 살기 싫어서 자살한 사람의 시체도 구
       경거리가 되는 판이니까요. 너무 오랫동안 지껄였군요. 이
       만 실례하겠습니다. 윤선생님에겐 다음 기회에 다시 한번
       찾아와 뵙겠습니다. (하고 일어서 나가려 하자, 하영은 꿈
       속에서 깨어난 사람 모양 제정신으로 돌아온다.)

하영   잠깐만…

동준   왜 그러십니까?

하영   집이 어디요? 있는 곳을 가르쳐 주면 내가 찾아가…

동준   저를요?

하영   그러니 두 번 다시는 나를 이곳으로 찾아오지 말아요! 아니
       내 아내를 만나지 말란 말이야! 부탁이니까! 응?

동준   왜요?

하영   왜냐구? 왜냐구? (낮으나 절박한 어조로) 동준아! 네가…
       네가 나를 괴롭히려구 왔구나?

동준   (광적으로 웃는다.) 핫하…

하영   애비에게 복수를 할 작정으로… 네가…

동준   (매섭게 쏘아보며) 누가 나의 아버지란 말이요?

하영   (속삭이듯) 내가 너의 애비다! 내가…

동준   (다시 웃으며) 싱거운 소리 말아요! 이게 무슨 신파극인 줄
       아시오?

하영   뭐라고 해도 좋아! 욕하건 때리건 마음대로 해! 그러나 여
       긴 찾아오지 말아라! 소원이다!

동준   소원? 자기 이익을 위할 때만 소원이란 말을 쓰는 거요? 나
      는 양하영의 아들이 아니라 고선희의 아들이오! 나의 불쌍
      한 어머니의 아들이란 말이오! 내가 복수를 하러 온 줄 알
      았소? 아니 속셈으로는 공갈 협박을 하러 온 줄 알았겠죠?
하영   (격하며) 동준아!
동준   왜 남의 이름을 함부로 부르는 거요? 나는 그 지나간 날의
      사랑의 찬미자들이 어떻게 생겼는가 한번 보고 싶었소! (과
      거를 회상하며) 이십 년 전에 비가 쏟아지는 날 밤이었지.
      어머니는 나더러 극장엘 가자고… 일곱 살 난 나더러 극장
      엘 가자고 했어! 그런데 우리가 간 곳은 극장이 아니고 정
      거장이었어! 이튿날 눈을 떠보니까 시골 외할머니 집이었
      지! 그 후부턴 어머니만 알고 살아온 나였는데… 어째서
      당신이 나의 아버지란 말이오? 당신은 그 유명한 소설가
      윤경심의 남편 이외의 아무것도 아니오!
하영   용서해라! 너는 내 마음이…
동준   용서? 나에게 대해서 무슨 잘못이 있었던가요?
하영   있었지! 너무나 많았다. 그러나 참았을 뿐이야. 생각지 않으
      려고 했을 뿐이다, 동준아!
동준   (비웃으며) 후회하고 있단 말이오? 지금도 어머니와 나를
      못 잊고 있단 말이죠? 그건 위선이오! 가면이야! 싫으면서
      도 좋은 척 하며 사는 당신네들은 모두가 꿈을 먹고사는
      벌레들이오. 그것에 비하면 어머니는 위대했어! 꾸밀 줄 모
      르고 바탕 그대로 살아왔으니까. 작품에선 아름다운 사건
      을 만들면서 자신은 쓰레기통에서 몸부림치는 인간들 하고

는 다르지! 아! 추잡한 위선자! 위선자!

하영　　동준아!

이때 현관 쪽에서 경심여사의 소리가 들린다.

경심　　(소리만) 응접실에?

가정부　(소리만) 주인 어른하고 같이 계세요.

경심　　(소리만) 목욕 물 좀 받아봐요!

가정부　(소리만) 예. (안으로 사라지는 발자국 소리)

하영　　(동준의 손을 쥐며) 동준아! 제발 집사람에게 말을 해서는
　　　　안 된다. 이렇게 내가 빈다!

동준　　말하는 자유조차 빼앗아야만 시원하겠습니까?

하영　　그런 뜻이 아니다. 애비로서 할 바를 다 못한 나를 용서해
　　　　다오. 이제 와서 어떻게 하겠느냐?

동준　　누가 어떻게 해달라고 했어요? 나는 작가 윤경심을 만나겠
　　　　단 말입니다.

하영　　꼭 만나야겠느냐?

동준　　누가 어린애인 줄 아시오? 나에게도 이제는 나의 의사대로
　　　　행동할 능력과 자신이 있어요.

하영　　그럼 네가 나의 아들이라는 것만은 비밀리에 부쳐다오 소
　　　　원이다. 응? 그것은 나와 그리고 어린것들에게 불행의 불
　　　　씨밖에 안 되니 말이다.

동준　　(쌀쌀하게) 나더러 희생을 하라 이말이군요?

하영　　이해해다오!

동준　홍! 언제나 희생당하는 것은 우리편이군요. 그러나 그것만
　　　으로는 안 되겠는데요!
하영　그것만이라니?
동준　이유 없이 희생을 당하는 사람의 슬픔을 아십니까?
하영　뭐라구?
동준　꿈을 따먹고 사는 당신네들은 모를 걸요. 하고픈 말을 채
　　　하지도 못한 채 멍이 들도록 제 가슴을 치며 살아가는 사
　　　람의 아픔을 당신네들은 모를 거요!
하영　동준아!
동준　함부로 이름을 부르지 말라니까요! 당신과 나는 아무 관계없는
　　　사람입니다. 있다면 그것은 앞으로의 이 집안의 행과 불행을
　　　좌우할 열쇠를 지닌 사람이 바로 나라는 것뿐이죠!
하영　(애원하며) 동준아. 네가 뭣을 요구하는지 다 안다!
동준　뭐라고요?
하영　내가 할 수 있는 데까진 돕겠다. 얼마나 있으면 되겠니? (주머
　　　니를 뒤지며) 지금 가진 것은 이것 뿐이다만 내일이고 모레
　　　고… (수표를 꺼낸다)
동준　(수표를 받으며) 저에게 주시겠던 말이죠?
하영　애비도 마음이 없었던 건 아니다. 그렇지만… 돕게 될 테니 그
　　　리 알고 어서 받어!
동준　(광적으로 웃으며 혼잣소리처럼) 그렇지 돈이면 돼! 돈으로
　　　안 되는 일은 없었지! (갑자기 표정이 굳어지며 하영에게)
　　　그렇지만 나는 안 될걸요! 이 가슴 속에 맺힌 울분과 슬픔
　　　만은 돈으로 벽을 발라 준대도 안 풀릴걸요! (하며 수표를

책상 위에 내던진다.)

하영   동준아!

동준   (불쑥 일어서며) 어머니가 살아 계셨던들 돈이 필요했을지도 모르죠. 돈이 없어서 굶주리다 죽은 어머니와 누이동생을 생각하면 돈은 나의 원수인데 왜 그걸 내게 주는 거요? 왜? (어느새 그의 뺨에 눈물이 흘러내리며 손은 떨리고 있다. 하영은 가책과 번민에 사로잡혀 소리 없이 울고 있다.)

동준   내가 동냥하기 위해 온 줄 아시오? 한 다리가 없어졌으니 불구자라고 생각하시겠죠? 내 앞 가슴에 달린 훈장이 안 보입니까? 총탄이 빗발치듯 하는 고지에서 싸워서 이긴 내가, 왜 불구자란 말이오?

하영   내가 잘못 했다! 이 돈은 너에게 줄 돈이 아니었어.

동준   (차츰 흥분이 가라앉으며) 그렇죠. 그건 한 낮에 꿈꾸는 사치스런 사람에게나 돌려주는 게 나을 테죠! 사랑이란 싸워서 독차지해야 한다고 믿는 사랑의 승리자에게나 필요한 양식일 테니까! 그러나 누가 참되게 살았고 누가 더 사랑을 하였던가는 두고 봐야 할 일이요. 내가 살아 있는 한 당신네들의 사랑의 말로를 지켜볼 테니까요!

동준은 문 쪽을 향해 나간다.

하영   가는 거냐?

동준   일이 다 끝났으니 가야죠.

하영   앞으로 나를 만나 주겠느냐?

동준   그럴 필요가 있을까요? 내가 이 집에 나타나기를 누구보다
      도 두려워하실 텐데…

하영   밖에서는 만날 수 있겠지?

동준   아버지와 아들의 자격으로서가 아니라면…

하영   네 어머니의 무덤에 꽃을 심게만 해주면 된다. 응?

동준   흥… 시체 앞에 명의(名醫)를 불러오는 격이군

하영   용서해라!

동준   나에게는 지금 미워하고 저주하는 능력밖에 없어요. 그리고
      두 번 다시 이 집에 나타나지 않을 테니 돈을 준비할 필요
      도 없을 거요! (하며 나가려 할 때 경심이 등장. 세 사람 사
      이에 복잡한 시선이 교차된다.)

경심   벌써 가시나요?

하영   (당황하며) 바빠서 그냥 가겠다는구면!

경심   나를 만나러 오셨다던데… (하며 앉는다.)

동준   (돌아서며) 작가 윤선생님이십니까?

경심   제가 윤경심인데요…

동준   저는 저… (하며 하영과 시선을 마주친다.) 선생님의 소설을
      애독하는 독자이 한 사림입니나. (하영는 위기에서 모면한
      듯이 왼쪽 창가로 피한다.)

경심   (금새 표정이 부드러워지며) 그러세요? 자 앉으세요? 어서
      요!

동준   예. (하며 하영 쪽을 본다.) 실은 진작부터 찾아뵙고 좋은 말
      씀이나 듣겠다고 벼르면서도 뜻대로 되질 않아서 두어 차
      례 서신으로만…

경심   옳아! 댁이 바로 (서랍에서 편지를 꺼내며) 바로 이 편지를
     주신 주인공이시군요?
동준   부끄럽습니다.
경심   (한층 흥미를 느끼며) 어쩌면 세 번이나 편지를 주시면서
     주소도 성함도 안 밝히시고… 홋호… 저는 누구이길래 이
     토록 내 작품에 비상한 관심을 가지고 읽으셨나 하구… 홋
     호… (하영에게) 여보 바로 들으셨죠? 오늘은 아침부터 어
     쩐지 무슨 좋은 일이 일어날 것만 같은 예감이 들었는데…
     역시 이렇게 귀한 손님이 찾아 오셨군요. 홋호…
동준   (의자에 앉는다.) 예감이라구요?
경심   내게는 예감이랄까 육감으로 징조를 알려주는 버릇이 있답
     니다. 홋호…
동준   불길한 일도요?
경심   오늘 오전에는 반가운 손님이 다녀갔는데 또 이렇게 귀한
     독자 손님이 오셨으니 얼마나 운이 좋은 날이에요!
동준   다행입니다.
경심   서신으로 대강 사정은 알았습니다만 무슨 불행한 사정이
     있으신 것 같이 여겨졌는데…
동준   실은… 저의 일신상의 문제에 관해서 선생님의 고견을 듣
     고 싶어서요.
경심   (사이) 연애 문젠가요?
동준   (쑥스러운 듯) 예.
경심   연애란 가장 소중하고 아름다운 것이지요. 말씀하세요.
동준   제가 군대에 들어가기 전에 서로 사랑하는 여인이 있었는

데요… 제대하고 와보니까 다른 남자와 결혼을 해버렸더군
요.

경심   요즘 흔한 일이죠. 그래서?

동준   그 사내가 바로 나의 중학 동창이며 내가 아우처럼 사랑하
던 녀석이었죠.

경심   안되었군요.

동준   그게 처자가 있는 몸이라서 이럴 때는 어떻게 했으면 좋을
지… 그래 마침 선생님의 「공상도시」라는 소설을 읽으니까
저의 경우와는 남자와 여자라는 조건만 다를 뿐 아주 흡사
해서요… 앞으로 선생님께서 이 소설의 결말을 어떻게 맺
으실 작정인가 궁금해서 이렇게…

경심   미리 알고 싶단 말씀이시군요?

동준   그걸 보고 나도 태도를 결정할까 해서죠. 그럴 경우의 사랑
이나 결혼이 행복해질 수 있을까요?

경심   (미소를 띠우며) 요컨대는 당사자의 의식에 매였지요.

동준   의식이라니…

경심   나의 소설에서는 황순이란 음악가가 자기의 선배 언니의
남편과 결혼했잖아요. 그런데 만일 그들이 일시적인 사랑
의 유희를 위해서라면 안 될 일이지만 (강조하여) 진심으
로, 진정으로 사랑을 느끼고 앞으로 운명을 같이 할 된 의
지만 있다면…

동준   긍정할 수 있습니까?

경심   그렇죠!

동준   그럼 그 본처는 어떻게 되나요? 마음도 몸가짐도 용모도

나무랄 데 없는 현모양처가 그 때문에 불행해진 데 대해서 선생님은 앞으로 어떻게 해결을 지을 계획이신가요?

하영 (돌아서며) 그건 작가로서는 말 할 수 없다고 했지 않아?

경심 어머나! 아무리 젊은 손님이라고 그렇게 함부로 하대하시는 법이 어디 있어요? 당신은 그게 틀렸어!

동준 (웃으며) 어떨랴구요? 자식 같은 나인데…

경심 남의 인격을 존중할 줄 알아야죠!

동준 그건 사실입니다. 그 개인의 인격을 존중한다면 그와 같은 결혼은 있을 수 없지요? 자기를 누이처럼 사랑해 준 언니의 남편을 가로채 간 그 음악가의 행위는 아무리 좋게 보려고 해도 긍정할 여지가 없다고 보는 데요…

경심 (심각해지며) 그러나 사랑이란 절대적인 것이니까요. 어떤 경쟁자가 나왔을 때, 사랑이란 스스로 싸워 빼앗는 것이라야만 아름답죠! 보세요. 춘향이도, 로미오와 줄리엣도 모두가 그랬죠. 따라서 경쟁에 밀려나갔다는 것은 그만큼 사랑이 약했다는 증거지요.

동준 그럼 선생님은 그 아내가 남편을 사랑하지 않았다고 생각하십니까? 제가 보기엔 두 사람의 애정의 거리를 가져오게 한 그 음악가야말로 가정과 사회의, 아니 전 여성의 수치라고 생각하는데요!

경심 뭐라구요?

하영 여보게. 질문이 좀 지나친 것 아닌가?

동준 죄송합니다. 선생님의 얘기에 그만 휩쓸려서…… 용서하십시오.

경심   (웃으며) 괜찮아요. 아무튼 이 소설의 결말은 두고 봐야지
         지금은 뭐라 말할 수 없어요.

동준   그러시겠죠! 아무튼 저의 사견으로는 선생님께서 그 아내에게
         좀더 따뜻한 애정을 베풀어 주십사 하는 것뿐입니다. 그런 정숙
         한 아내가 불행하게 된다면 독자들도 불만으로 여길테니까요.

경심   아주 열렬한 지지자시군요?

동준   나와 같은 처지니까요. 총각 마음은 총각이 안다지 않아요?
         핫하…

경심   (웃으며) 기대에 어긋나지 않게 쓰겠습니다. 두고 보세요.

동준   그럼 이만… (하며 일어서서 하영을 바라본다.)

경심   좀더 노시다 가실 걸…

동준   아니올시다. 안녕히 계십시오.

경심   자주 놀러 오세요! 기다리겠어요.

동준   아마 다시는 못 올겝니다. 시골로 이사를 가게 되어서요.

경심   그러세요? 그럼 편지라도…

동준   예. 그럼! (하영에게 목례를 하고 나간다. 경심, 뒤따라 나간
         다. 하영은 지금까지 참아 온 긴장이 풀리자 거의 쓰러지듯
         이 의자에 주저앉는다.)

하영   동준아! 용서해라! 선희! 나를… 나를… (하며 울음을 터뜨
         린다.)

         잠시 후 경심, 명랑하게 등장.

경심   아! 오늘은 왜 이렇게 유쾌한 일만 잇달아 일어나는지… 홋

흐… 참 재미있는 청년이죠? 센스가 있어 보이니 앞으로 소설을 쓰면 좋을 거라고 했더니 그렇지 않아도 쓰겠다는 군요! (행복한 표정으로) 훌륭한 소설을 써 낼거야! 나의 육감이 틀림없어! 홋호…

하영 (소리를 빽 지르며) 조용히 좀 해요! 조용히 좀!

경심 아니, 왜 이러세요? 누가 얼마나 떠들었기에 그렇게 소릴 지르세요?

하영 (애원하듯) 여보 나 혼자 있게 해주구려! 조용히 좀… 응?

경심 참 회사 일이 잘 안 풀렸나요? 신경을 써서 피로하신 거예요. 목욕하시고 오늘밤은 일찍 주무세요. 장순 엄마! (하며 부산히 나간다.)

하영 (절망적으로) 아! 내가 천벌을… 선희! 저주받아야 할 사람은 나요! 경심은 오직 공상도시 속에 들어앉아 자신의 꿈만 지키기를 원하고 있소. 그러니 나를… 나를 증오하고 저주하오! 모든 화근은 내게 있으니 경심의 공상도시는 제발 허물지 말아다오! 동준아!

〈막〉

작품 해설

희곡 「공상도시」는 나의 극작생활에서 최초로 쓴 장막극이다. 그리고 해방 후 본격적인 소극장 연극 운동을 표방하고 나선 제작극회(制作劇會)가 1958년 봄 제3회 공연작품으로 첫선을 보인 작품이고 보면 나에게 있어서는 여러 가지로 의미가 부여되는 작품이다.

1955년 단막극 「密酒」로 극작가로 등단한 뒤 나는 주로 단막극만 써왔다. 물론 그 이전인 1951년 3월 고향인 목포에서 3·1절 기념 종합예술제에 2막극 「별은 밤마다」를 공연한 적이 있지만 솔직히 말해서 희곡 작품의 질이나 연극에 참가한 사람들의 역량으로 봐서는 이른바 아미추어 연극의 테두리를 못 벗어났었다. 그 당시 지역사회에서의 연극 공연은 어느 모로 보나 촌티를 못 벗어났으리라는 점은 쉽게 짐작이 갈 것이다.

그러나 1956년 서울로 올라와 몇몇 동인들과 제작극회를 탄생시켰을 때의 우리들의 기백은 불처럼 뜨거웠다. 그리고 여기 동인으로 굳게 뭉친 면면을 보면 쉽사리 알 수가 있다. 임희재, 오사량, 최창봉, 김경옥, 조동화, 노희엽, 최상현, 구선모, 최백산, 박양경, 전근영, 그리고 좀 늦게 김유성, 이두현, 박현숙 등 극작, 연출, 연기 등 각 분야에서 신선한 바람을 일으킬 재목감들이 총망라되어 있었다. 뿐만 아니라 모두가 그 당시 대학을 나온 지성과 교양을 갖춘 30대라는 점에서도 각 언론기관이나 극계에서는 비상한 관심거리가 되기도 했었다.

제작극회의 목표는 한마디로 새 시대와 함께 하는 진정한 「현대 연극」을 지향하는 데 있었다. 이 말은 종래의 작업극단이 아직도 신파연극의 아류에서 못 벗어났을 뿐만 아니라 화술이나 동작 등 그 표현법이 과장되고 비현실적이고 부자연스러운 데서 맴돌고 있었기에 우리는 그것을 타파하자는 주장으로 이른바 내면적 연기의 추구를 큰 과제로 삼았다.

그러므로 희곡 자체도 종래의 대극장에서 흥행성을 노리는 가식적인 희곡에서 벗어나서 인간의 내면성이나 심리를 표출하는 진지한 인간성 추구의 연극을 목표로 삼았고, 번역극보다는 창작극에다 더 비중을 크게 두었다. 공연도 서울만이 아니라 가능하다면 지방까지 진출하려는 의욕을 나타냈다. 그 첫 실천으로 우리는 1958년 3월 남대문에 있었던 '서울문리사범대학(명지대학의 전신)'에서 발표회를 가졌으니 그것이 바로 「공상도시」였다.

3일간 공연을 마치자 두 달 후 전남 광주극장에서 2일간 5회 공연을, 목포극장에서 2회 공연을 결행하였다. 이렇게 지방공연이 성사된 배경은 당시의 광주일보가 적극적으로 후원하여 초청해준 데 크게 힘을 입었다.

서울 공연에는 오사량(吳史良)이 연출을 맡고 주인공인 여류소설가와 그 친구 역은 베테랑급 성우이기도 했던 천선녀(千仙女)와 고은정(高恩晶)이 맡았었다. 그러나 지방 공연에는 김소원(金素媛) 안영수(安永洙)가 맡았고 연출도 김경옥(金京鈺)으로 바꿔야만 했었다. 관객들의 반응은 더 말할 것도 없었다. 나로서는 제2의 고향이나 다름없는 곳이라 문자 그대로 금의환향이라 할 수 있는 공연이기도 했다.

이와 같은 사연은 내가 그 후 50년 동안 연극 외길을 걸어 나올 수 있게 한 원동력이자 나의 출발점이라는 점에서도 「공상도시」는 아끼고 소중하고 정감이 가는 작품이다. 나는 빛바랜 원고를 다시 찾아 이번 희곡집에 싣기로 했다. 그러므로 「공상도시」로부터 시작하여 팔순이 되는 오늘날까지 이어진 연극 인생은 이미 50년 전에 막연하게 풀었던 공상 아닌 꿈을 실존의 세계로 인도한 희곡 「공상도시」는 나에게 있어서 큰 모멘트가 되었다.

지금 읽어보면 낯이 뜨거워질 정도로 미숙한 대목이 곳곳에 도사리고 있지만 그것은 그것대로 나의 연극인생의 시발점임을 말해 주는 증거임에 틀림이 없다. 그렇지만 누가 뭐라해도 나는 그 꿈의 소중함을 잊을 수가 없다.

그런데 이 작품이 공연되자 뜻하지 않은 파문이 일어났다. 이 작품의 주인공의 모델이었던 여류자가 P여사가 크게 분개하여 그토록 아끼던 나에게 심지어는 절교까지 선언을 한 것이다. 나로서는 변명을 거듭할 수밖에 없었다. 작품의 모티브는 작가 P여사의 사생활의 일부에서 따왔지만 내가 그리고자 하는 건 작가의 인간적 고뇌와 갈등이었을 뿐 그 분의 인격을 손상케 하거나 폭로를 꾀한 의도는 추호도 없었기 때문이다.

　한동안 P여사의 오해와 분개를 씻어내기 위하여 나는 나름대로의 고민도 컸었다. 그러나 세월이 약이던가. 다시 그 분과 나 사이의 끈끈한 정의는 전보다 더 돈독해지고 인간관계도 진솔하게 회복시킨 점에서도 「공상도시」는 나에게 하나의 교훈이 되기도 했다.

　내가 굳이 최근에 쓴 신작 사이에 「공상도시」를 끼어넣게 되었는가 라는 사연을 헤아려 주었으면 좋겠다.

處容

(全10場)

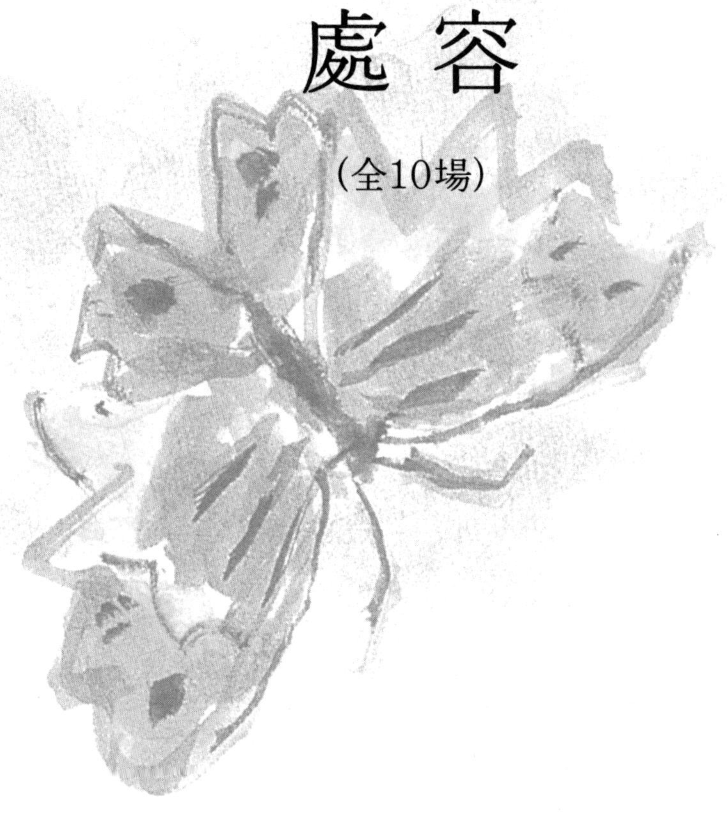

2002년 10월5일 울산문예회관대극장
차범석 작, 임영웅 연출, 이준호 작곡, 최청자 안무, 박동우 미술
출연 : 강부자, 남경주, 김성기, 강효성, 이희정, 배해선 외

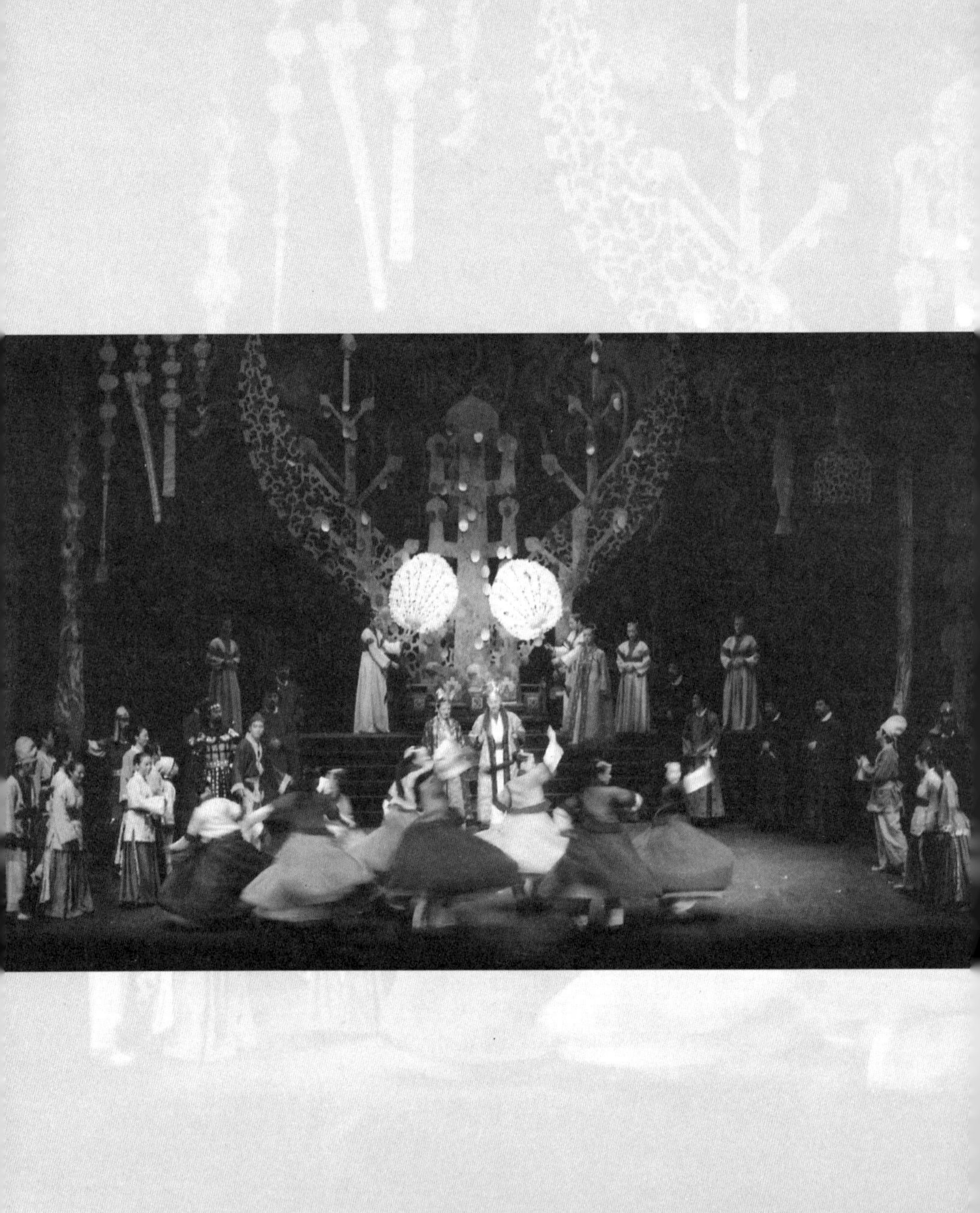

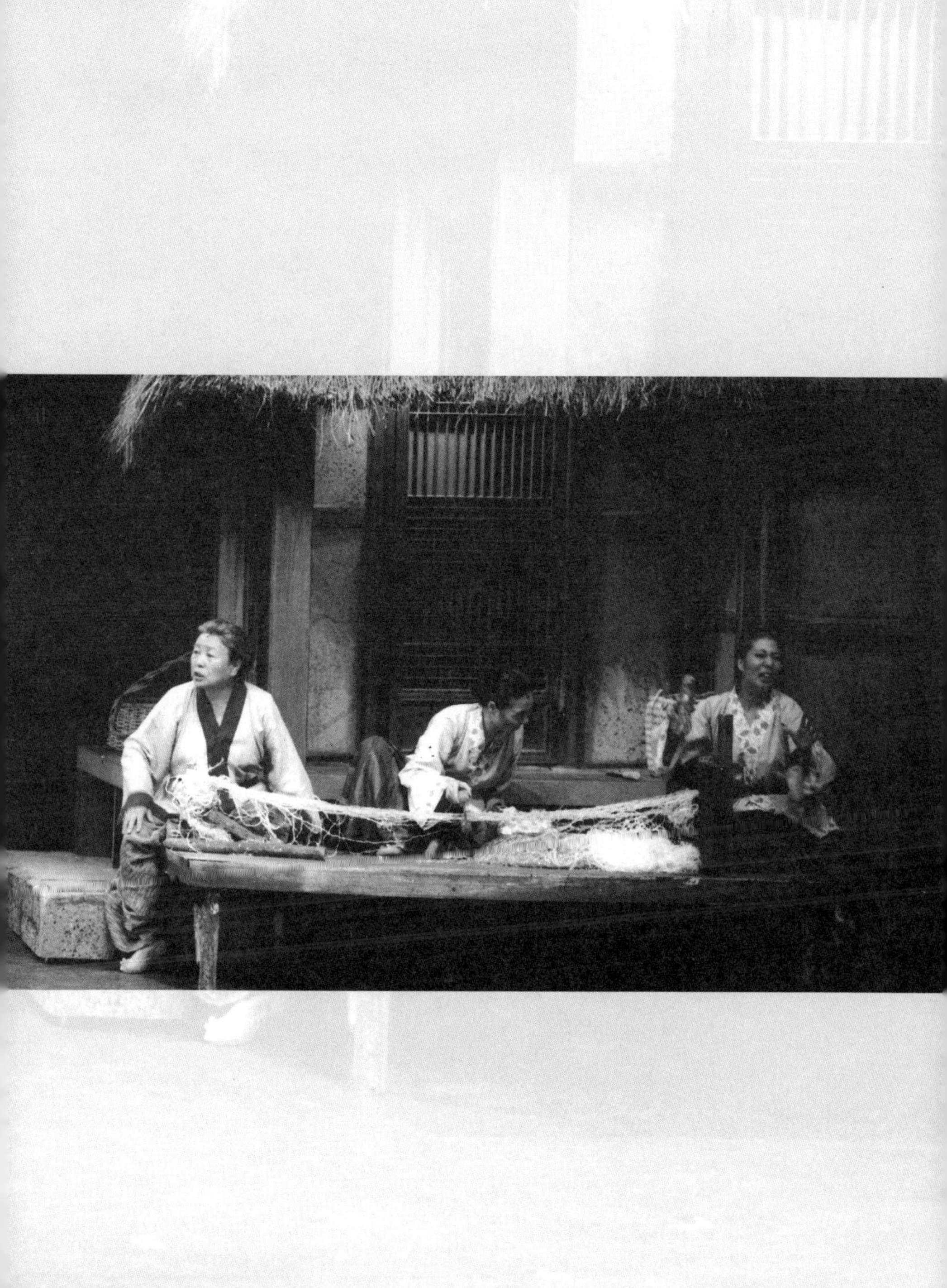

◎ 등장인물

처용
헌강왕(신라 49대 왕)
공주
왕비
육손
이슬
보살여래
일관
왕무당
동리아낙 굴화네, 치소네, 마실네, 처랑네,
        낙수네, 읍소네, 치랑네, 음네네, 실읍네 외
마을사람 치소, 치구, 치랑 외
무사
군사 갑, 을
신하들 각간, 사공, 상대등, 이찬 등 다수
궁녀들
관기들
교꾼 1, 2, 3, 4
그 밖의 많은 사람들

◎ **시대**

신라 49대 헌강왕 때

◎ 곳

개운포, 서라벌

서 곡(序曲)

서곡, 천지를 뒤흔드는 천둥소리. 동물들의 포효와도 같은 폭풍소리.

암벽에 부딪혀 깨지는 풍랑소리는 하늘과 땅을 갈라놓게 하는 발악과 억압이라 해도 좋다.

무대는 암흑 속에서 잠시 침묵. 어디선가 쿵쿵거리는 소리가 땅 밑 깊은 곳에서부터 들려온다. 그것은 음악이 아니라 생명력의 박동이다. 버티려고 애쓰다가 무너져 내리는 소리이자 절망을 눈앞에 둔 공포의 깊이일 게다. 무대가 차츰 밝아진다.

마을 사람들이 지친 듯 삼삼오오 짝 지어 나오며 춤을 춘다.

합창곡이 시작된다.

이상 더 지탱할 수 없는 커다란 힘(자연)의 위협 앞에서 기도하고 애걸하다가 마침내는 좌절과 절망의 나락으로 빠져 들어가는 처절한 몸짓이다.

• 합창 •　　　　우리에게 빛을

하늘이 노하셨다
땅이 성나셨다
한달 보름 모진 비바람

전생에 무슨 죄 지었나
가난이 무슨 죄인가
비바람아 멎어다오

죽지 못해 살아온
억새풀 같은 목숨들
가난하지만
법 없이도
살아갈 착한 풀잎들
아… 아…
우리에게 빛을
아… 아…
우리에게 빛을 다오.

　노래와 춤이 끝나갈 무렵 군중들의 간절한 기도에 응답이라도 하듯 파도 소리, 바람 소리가 한층 드높아지다가 이윽고 무거운 침묵, 무대가 뿌옇게 밝아온다. 그러나 밝은 빛은 아니다. 안개가 끼기 시작하더니. 삽시간에 쓰러진 마을 사람들의 형체를 알아볼 수 없을 만큼 짙게 뒤덮는다. 그것은 또 다른 공포이자 위협이다.
　무대 전체가 짙은 안개로 자욱하여 한치 앞을 내다보기가 힘들다. 침묵이 흐른다.
　쓰러져 있던 마을 사람들이 하나 둘 잠에서 깨어나듯 꿈틀거린다 그들은 허우적거리듯 우왕좌왕하다 갈 바를 못 찾는다.

치소   낮이가, 밤이가?

마실네   안개다.

처랑   밤이다.

마실네   (아까보다 크게) 안개다!

처랑   (우기듯) 밤이다!

치소   (긴 한숨) 하늘도 무심하제… 한 달 보름 동안 퍼붓던 그 비
         바람은 어디 가고 또 무슨 놈의 안개! (허공을 향해 외치며)
         차라리 불기둥을 퍼부어라! 내 평생에… 이런 재앙은 처음아
         이가! (하늘을 쳐다보며) 이건 안개도 아이고… 밤도 아이
         다… 세상이 끝났다는 불길한 징조인기라.

마을사람들 우린 다 죽는 거다!

         이때 말굽 소리가 들린다. 위압적인 모습의 군사 갑, 을이 급히
         들어선다.
         마을사람들이 겁을 먹고 한 귀퉁이로 피해간다. 군사 갑이 군중
         을 위압하듯 버티고 선다.

군사 갑   들거라 (사이) 대왕마마의 하명이시다.

         마을 사람들이 무슨 영문인 줄 몰라 어리둥절하여 땅바닥에 무
         릎을 꿇는다.

군사 을   심상치 않은 요즘의 날씨가 무슨 연유에서 온 변괴인지 그

원인을 바로 밝혀 내는 자에겐 나라에서 후한 상을 내리신
다는 하명이다.

군사 갑 무당이든, 지관이든, 점복가이든 빠짐없이 참여하여 그 원
인을 밝히라는 왕명이시다!

군중들이 웅성거리기 시작한다.

군사 갑 재해를 막는 자에겐 큰 포상이 내릴 것이다.

군사들이 퇴장한다. 마을 사람들은 지금까지 억눌린 상태에서 풀
려나자 아직도 믿기지 않는 듯 서로 웅성거린다. 무대가 전환한다.

〈암 전〉

제 1 장

　해 묵은 당산나무 아래 제청이 차려 있다. 주변에 마을 사람들이 에워싸듯 모여 있다. 일관을 비롯한 신하들의 모습도 보인다.

　무대 배경으로 납(鉛)빛 바다와 하늘은 아직도 짙은 안개 속에 갇혀 있고 제단에 켜 있는 크고 작은 촛불도 흐리다. 파도소리가 아슬하게 들려온다. 무대 전체가 잿빛으로 싸여 있어 음침하고 싸늘하다.

　왕무당을 중심으로 소무와 박수무당이 좌우에 늘어선 가운데 굿판이 한창이다. 마을 사람들도 간간이 손을 비비고 고개를 떨구어 축원하는 모습이 자뭇 을씨년스럽다. 주문을 읊조리며 춤을 춘다.

·합창·　　비나이다

　　비나이다 비나이다
　　산신님께 비나이다
　　지신님께 비나이다
　　헐벗고 주린 백성
　　가진 거라고는 정성 뿐

드릴 거라고는 지성 뿐
더도 말고 덜도 말고
천지간에 밝은 빛 내리소서
어둠일랑 걷어주소서
불쌍한 백성 가엾게 여겨
산신님께서 보살피시고
지신님께서 굽어보시고
더도 말고 덜도 말고
천지간에 밝은 빛 내리소서
어둠일랑 걷어주소서
비나이다 비나이다…
산신님께 비나이다…
지신님께 비나이다…

마을사람들도 거의 광신자처럼 열띤 동작으로 변해가며 군무를 춘다. 이때 무대 한쪽에서 한 청년이 등장한다. 등에 개나리 봇짐 하나 달랑 지고 있을 뿐 지닌 거라고는 없다. 그러나 훤칠한 키에 떡 벌어진 어깨에 이목구비가 또렷한 용모가 범상치 않아 한눈에 도 호감이 간다. 처용이다. 언덕진 곳에서 노래를 부르며 등장한다. 세속을 초월한 듯 밝고 투명하다.

·합창·　적막강산

적막강산
무주공산
바람도 비도 햇빛도
없는 이 강산

뉘라서 쉬어가고
뉘라서 놀다갈까
임자 없는 나룻배야
강심을 무심타 마라

바람이 없는데
돛이 절로 움직일까
주인 없는 강산에
달만 뜨면 뭘 하나
적막강산
무주공산…

처용의 의젓하고도 사람을 압도하는 듯한 태도에 모두들 어리둥
절해서 서로를 쳐다만 본다.

왕무당   이놈! 여기가 어디라고 함부로 주둥아리를 놀리느냐? 떠돌
이 주제에 뭐… 적막강산?
처용   (바로 받아넘기며) 그렇지! 무주공산. 이건 주인 없는 빈 산
이지! 헛허…
왕무당   열린 입이라고 함부로 놀리다간 제 명에 살지 못 할꺼다!
처용   (덩실덩실 춤을 추며) 산엔 산신님이, 땅엔 지신님이 주인이
면 바다에는 해신이 계신다는 이치도 모르오? 헛허… 얼
쑤…
마을사람들   해신님?
처용   (계속 춤을 추며) 해신은 용왕님이시다. 우리 고을로 말할

것 같으면 삼면이 바다라서 산 좋고 물 맑으니 모두가 우
리들의 주인! 해신인 용왕님 덕이시다. 내 말이 틀렸소?

마실네 옳치! 용왕님이 맞다. (옆 사람에게) 안 그런가?

처용 (춤을 멈추고) 그런데 (왕무당에게) 아까부터 당신네들은 진
짜 주인인 해신님을 제쳐두고 산신님, 지신님만 불러대니
도대체 누구한테 제를 올린단 말이오? (멋대로 술항아리에
서 곡주를 퍼서 마신다.)

왕무당 그, 그건… 저…

처용 나도 한 번 판을 벌여 볼까 했더니만… 무주공산에 달을 찾
는 꼴이니… 헛허… 곡주 잘 마셨소! 윽… 헛허… (하며 돌
아서 나가려는데 군중 속에서 무사가 불쑥 나온다.)

무사 잠깐! (모두들 긴장한다.)

처용 저 말씀이오?

무사 어디 사는 무당이냐?

처용 무당은 아니지만 어려서부터 소리하고 춤추기를 좋아했지
요. 헛허…

무사 이름이 뭐냐?

처용 처용이오.

무사 처용? (마을 사람들도 웅성거린다.)

처용 집안 내력에 무당이 있었는지 모르겠지만… 나는 무당 아
니오.

무사 재주가 있으면 한 판 놀아보거라. 성사만 된다면 대왕마마
께서 후한 상이 내릴 테고…

마실네 잘 생긴 청년이 재주가 있어 보이는데. 한번 판을 벌려보소.

선무당이라도 좋으니 이 땅에 빛만 나오게 해주소. 이 어둠의 재앙을 물리칠 수만 있으모 우리도 마 정성껏 축원할낌더. 어서요!

치랑네　생긴건 멀쩡하게 생겼는데… 믿는 구석이라도 있는교? 아니모 술 한 사발 얻어 묵자고 수작부릴꺼 같으모 육손이한테나 가보소!

　　　　사람들과 군사들이 웃는다. 그 웃음은 조소 같기도 하다.
　　　　처용은 약간 화가 났다.

처용　　좋소! (악사들을 향해) 쳐라!

　애절한 살풀이 가락이 구음으로 시작되자 처용은 왕무당 허리에 감은 명주수건을 쓱 풀어 쥐고 춤을 추기 시작한다. 마을 사람들이 차츰 신이 난 듯 추임새를 연호한다. 이윽고 처용의 춤은 휘모리 장단에 맞춰 반복된다. 그것은 춤이라기보다 하나의 율동이다.
　마을 청년들이 하나, 둘 자리에서 일어나 합세하여 군무로 변한다. (이 대목의 춤은 전통적인 춤사위가 아닌 현대기법에 따라 안무되어야 한다.)
　춤이 절정에 도달했을 때 천둥소리가 귀청을 찢을 듯 울리고 먹구름이 하늘을 뒤덮자 무대가 금새 어둠으로 싸인다.
　군중들이 불안하여 서로 엉킨다. 이때 포효소리도 같고, 파도소리도 같은 괴상한 음향이 울린다. 군중들이 언덕 쪽으로 몰려간다.

치소　　바다가 열린다!

굴화댁   파도가 중천으로 솟구친다!
치랑   용이다!
일동   용이다! 용왕님이다!

       이와 동시에 먹구름이 짝 갈라지면 그 사이에서 용의 모습이 고
    개를 돌린다.

일동   용왕님이시다!

       모두들 땅바닥에 엎드린다. 이윽고 회오리바람과 함께 용은 모습
    을 감춘다. 무대가 암흑 속에 묻힌다.
       그 순간 멀리 구름 사이에서 한줄기 햇빛이 비추기 시작한다. 찬
    란한 황금빛이다.

처용   빛이다! 빛이다! 천지간에 헐벗고 굶주린 백성들을 위해 용
       왕님이 빛을 주셨다.

       이 말에 모두들 고개를 쳐든다. 바다 쪽이 서서히 밝아지고 오색
    찬란한 구름 꽃이 무대 가득히 핀다.
       마을 사람들은 열광적으로 해를 향하여 재배, 삼배를 하다 말고
    자연스럽게 춤으로 변한다. 그것은 희망과 소생의 기쁨이다. 마을
    사람들이 합창을 한다. 처용의 얼굴에도 황홀한 웃음이 꽃처럼 피
    어난다.

·합창·　　　용신에게 바치는 노래

　　　용왕님이 오셨다
　　　용왕님이 웃으셨다
　　　우리의 소원풀이
　　　우리의 원한풀이
　　　하나 남은 용왕님이
　　　천년 만년 지켜 주시리라
　　　우리는 바다의 겨레
　　　바다는 해신의 그늘
　　　해신이 계신 이상
　　　우리 삶은 반석이다

　열광적인 춤과 노래와 함께 무대가 급히 회전을 한다. 군사들 급
보를 전하러 가는 말굽소리가 요란하다.

〈암 전〉

제 2 장

동해 바다가 내려다보이는 개운포(開雲浦) 언덕. 그 아래로 경사진 내리막길과 질펀한 공터가 펼쳐 있다. 눈부신 태양과 그 햇빛을 반사하는 바다의 풍경이 전막의 분위기와는 정반대로 밝은 게 가히 황홀한 풍경이다.

언덕 위에 임시로 설치한 차일 아래 헌강왕이 교의자에 앉아 있다. 간소한 주안상이 차려져 있다. 헌강왕은 거나하게 취기가 도는 듯 상체를 좌우로 서서히 흔들다 말고 일어나서 먼 바다를 내려다본다.

· 독창 ·　　　서라벌의 꿈

헌강왕　　　만갈래 근본 모여드는 개운포에서
　　　　　　하늘로 타오르는 국운을 노래하니
　　　　　　용왕님 해신님 선왕들이여
　　　　　　서라벌 천년사직 열어 주소서
　　　　　　국운이 하늘에 닿아 서라벌이 영원토록 하소서

신하들	천년사직 이루는 역사 험난해도
	만백성 근심걱정 밤을 지새워도
	대왕마마의 꿈은 서라벌의 꿈
	대왕마마의 꿈은 천년사직의 꿈
헌강왕	동해 용왕이여 암흑천지 불 밝히는
	한줄기 밝은 빛 서라벌에 주소서
	그대 처용 동해용왕 밝은 빛이라면
	그대 등불 삼아 천년사직 불 밝히고
	만백성 고달픔 희망으로 노래하리라
	그대는 빛인가 서라벌 천년사직의 빛인가
신하들	대왕마마의 희망은 서라벌의 희망
	대왕마마께서 기원하신다.
	천년사직 불 밝히어 영원토록 영원토록
	서라벌의 국운 하늘로 치솟는다.

헌강왕   (앉으며) 일관은 아까 그 얘기를 계속하오. (술잔을 든다.)

일관   (읍을 하고) 예… (목청을 가다듬고 나서) 그러자 낭낭한 목청에 구성진 가락은 마치 노송을 불고 가는 바람인가 싶고, 힘차게 뻗은 팔과 내딛는 걸음걸이는 창공을 날으는 매와 같아서… (그의 연생은 매우 희극적이다.)

헌강왕   그 얘기는 아까 했지 않소? 그 다음 얘기를 소상히 말하오.

일관   예. 예… (춤과 노래가 절정에 달하는 순간 일어나 노래한다.)

·독창· 오 용신이여!

천지개벽 바다 요동치고

오랜 암흑 속에 불기둥 치솟고
검은 구름 두 갈래고 짝 갈라지고
오색찬란한 빛의 용신 나오시는데
그 모습 석화 같은 형형한 눈빛에
암흑천지 물리치는 뜨거운 불길 뿜어내고
오색찬란한 빛 개운포 비추니
천지간에 어둠 사라지고
광명천지 황금빛 세상 환해지니
남녀노소 우마가축들이 용신에게 함께 절했습니다.

일관   그리고는 용신은 하늘을 향해 크게 요동치며 사라졌다 합
          니다.

헌강왕   (감복하며) 용신의 덕으로 이 땅이 이렇게 평화롭고 풍요로
          울 수 있었음을 우리가 깨닫지 못한 탓으로 재앙을 내리신
          거야.

일관   대왕마마! 소신의 소견으로는 서라벌의 빛을 되찾은 이곳
          에다 용신의 덕을 기리는 큼직한 사찰을 성주하심이 좋을
          까 하옵니다만…

헌강왕   사찰을?

일관   예. 개운포는 앞에는 동해 바다가 열려 있고, 뒤쪽으로 문수
          산이 병풍처럼 둘러 있어, 절터로서는 명당 중의 명당이옵
          니다. 동해 바다가 잘 보이는 곳에 사찰을 성주하오면 대왕
          마마의 덕 또한 후대에 널리 빛날 것이옵니다.

헌강왕   (혼잣소리로) 음… 망망대해를 앞에 두고… 뒤로는 문수산
          이라… 그럼 절 명칭도 망해사라고 하면 좋겠군. 어떻소?

일관.

일관   망해사? 바라볼 망…, 바다 해…, 헷헤… 과연 풍류와 지덕
       이 남다르신 대왕마마의 혜안에는 그저 그저… (연거푸 절
       을 한다.)

헌강왕   그럼 용신의 노여움을 풀어드리며, 신라왕조의 무궁함을 축
       원하기 위하여 동해 바다가 잘 보이는 문수산에 망해사를
       짓도록 하라.

일동   성은이 망극하옵니다.

헌강왕   그리고 이번 재앙을 막은 그 처용이란 자에겐 약속한 포상
       을 내리고 그 공을 널리 알리도록 하라.

일관   (아래쪽 무사에게) 처용은 어찌 되었느냐?

무사   아뢰옵기 황송하오나 그 처용이란 자는 이미 개운포를 떠
       나고 없습니다.

일관   그게 무슨 말이냐?

무사   굿판이 끝나자 말 한마디 없이 그냥…

일관   (화를 내며) 방자한 놈! 감히 제 놈이… 여봐라. 처용을 당장
       끌어오라 일러라. 대왕마마의 부르심을 감히 거역한 불충
       부터 물어야겠다.

헌강왕   하하하… 일관 그만 두시오. (마음에 뭔가 짚인 듯) 처용이
       란 젊은이의 성품이 범상치 않구나! 여봐라! 내 친히 처용
       을 만날 것이니 나라 방방곡곡을 뒤져서라도 꼭 찾아오너
       라. 그런 기개와 도량을 지닌 젊은이를 가까이서 보고 싶구
       나.

일동   성은이 망극하오이다!

· 독창 ·　아, 그대 있음에

헌강왕　망망대해를 앞에 두어도
　　　　첩첩심산을 뒤에 두어도
　　　　내 마음은 흔들리지 않네
　　　　그대 있음에 두려움 사라지고
　　　　그대 있음에 불안도 사라지니
　　　　아… 한밤의 달이런가
　　　　처용은 서라벌의 별일지니
　　　　몸은 땅 위에 서 있건만
　　　　그 뜻은 구름 위에 별일래라
　　　　몸에는 지닌 것 하나 없어도
　　　　욕심은 솜털보다 더 가벼운
　　　　그대의 씩씩한 모습이여
　　　　아… 영원한 등불인가
　　　　처용은 서라벌의 달일지니
　　　　영취산 정기와 이슬로 자란
　　　　한 그루 낙락장송 우뚝 서 있으니
　　　　세상의 어지러움 겁나지 않고
　　　　속세의 험한 길도 두렵지 않아
　　　　그대는 관풍 앞에서도 흔들리지 않은
　　　　아… 영원한 태양인가
　　　　처용은 서라벌의 지킴일지니

관기들이 춤을 춘다. 그것은 매우 활기 있고 약동적인 춤이며 신
라인의 풍류와 기상이 넘치는 춤이다.
　헌강왕의 표정도 밝다.

〈암 전〉

제 3 장

　초가집들이 옹기종기 모여있는 마을 그 한 귀퉁이에 처용의 초가삼간이 있다. 그 앞은 넓은 마당이다. 새가 울고 산들바람이 스쳐 가는 마을이 가난하지만 평화스러운 분위기임을 금새 느낄 수 있다. 방문 아래 큼직한 남자 신이 놓여 있다.
　부엌 쪽에서 처용모가 바가지를 들고 나온다. 어딘가 쓸쓸한 표정이다. 까치가 울며 퍼드득 날아간다.

처용모　까치야! 고맙다… 니 덕에 손나 산나 기별도 없이… 훌쩍 떠났던 우리 처용이가 불쑥 돌아왔다 아이가! 훗흐… 그 자슥은 바람이제. 영락없는 바람의 자슥이제. 삼신할매가 그렇게 점지하시기에 바람처럼 살아왔다아이가. 훗흐…

　금새 표정이 어두워지며 손에 든 바가지에서 보리쌀을 떠서 손가락 사이로 흘려보낸다.

•독창• 바람의 아들에게

너를 낳던 날
밤새 바람 소리에
나의 신음 소리도 안 들렸다.
식은 땀, 진통도
바람 소리가 삼켜버렸지
자식을 낳는 여자의 아픔이사
바람도 알지 못 할거야
네가 자라 세상에 눈 떴을 때
너는 바람 따라 떠났지
에미의 마음도 모르는 채
바람처럼 떠돌았지
그러나 에미는 안다
바람의 아들의 그 마음을
에미는 안다
바람의 아들에게도
꿈은 있을 테니까

처용모가 절구통에다 보리를 쏟아 붓고는 절구질을 한다. 이때 이슬이가 대바구니에 물건을 담아들고 사람의 눈을 피하듯 뜰 안에 들어선다.
이슬이가 성큼 다가서며 미소 짓는다. 처용모가 알아보고 일손을 놓는다.

처용모   이슬이. 언제 왔노? 봄바람에 춤추는 갯버들 같네… (이슬이 내미는 대바구니를 받고) 흠…

웬 파전에다… 도토리묵에다… 흰 쌀밥까지?

이슬   (말을 잇지 못하고 웃는다.)

처용모   그렇잖아도 오랜만에 돌아온 자슥한테 끓여줄 곡식도 없어

겨우 보리쌀 구하다가… 이렇게… (울먹이며) 이게 에미 노

릇인지… 뭔지… 전생에 무슨 죄가 있어서 이래 쪼그랑 바

가지 신세인지…

이슬   인자 처용이가 돌아왔으니 걱정 없어예.

처용모   누가 아나? 언제 또 훌쩍 떠나갈지…

이슬   홀어머니 혼자 두고 우째 가겠는교.

처용모   언제는 나 데불고 갔더나?

이슬   인자 마음 잡고 홀어머니도 모실끼고… 또…

처용모   응?

이슬   (수줍어서) 모르겠심더. 흠…

이때 방문이 휙 열리며 처용이가 상반신을 내민다. 윗도리를 홀
랑 벗었다.

처용   (눈을 비비며) 어무이! 냉수 좀…

이슬   에구머니… (시선을 돌린다.)

처용   이슬이 언제 왔노? 헛허…

처용모   저고리 입어라. 남사스럽게 처자 앞에서…

처용   (가슴을 문지르며) 이슬이는 우리 집 식구나 다름 없지예…

이슬아! 내 말 맞제? 하하…

처용모 나이만 묵었지 아직도 코흘리개 인기라!

처용 핫하…

처용모 홋호… (부엌 쪽으로 가며) 어서 세수하고 밥 묵자. 이슬이
가 반찬 가져 왔다아이가! 집 떠나모 누가 따뜻한 밥 주겠
나. 갈 땐 가더라도 밥은 묵고 가야제! (부엌 쪽으로 퇴장.)

처용이 윗저고리를 걸치며 방에서 나온다. 이슬이가 안절부절못
한다. 처용이 세숫대야에 물을 떠서 세수를 한다. 이슬이가 얼른
못에 걸린 수건을 들고 그에게 내민다.

처용 고맙다. 우리 어무이한테 늘 마음 써준다카는 이야기 들었
다. 내가 꿩이라도 한 마리 잡아 줄끼구마.

이슬 괜찮다. 처용이 어무이는 내 어무이나 마찬가지아이가.

처용 그렇게까지 생각해주니 고맙데이. 이런 고운 마음 누가 빨
리 알아줘서 좋은 인연 만나야 될긴데.

이슬 (토라지며) 시끄럽다!

처용 이슬아!

이슬 니 마음 다 안다. 이리저리 돌아다니면서 예쁜 처자 많이
만났겠제.

처용 이슬아!

이슬 (닿을 듯 바싹 다가서며) 니, 내 좋아하나? 싫어하나?

처용 뭐… 뭐라고?

이슬 올 가을에는 혼인시켜 준다카더라!

처용 누가?

이슬　　누군 누구! 처용이 어무이지.

처용　　뭐?

이슬　　 내 마음은 처용이 니뿐인기라. 만약에 니 마음 변하모 내가만 안 있을끼다! 알겠제? 안 그래도 육손이 때문에 속상해 죽겠는데…

　　　　이슬, 애절한 눈빛으로 처용을 바라보며 노래한다.

・독창・　　**사랑은 눈으로**

눈을 보면 알아요
노을이 붉어지면
내 눈도 붉게 타오르고
호수 위에 단풍잎 한 잎
물그림자가 흔들려요
아… 사랑은 눈으로 해요
눈만 보면 알아요
청자빛 하늘 아래 서면
그대 눈은 비취빛으로
말없이 토하는 입김도
나에게는 룰벹같아
밤과 낮이 뒤바뀌는
우리 마음은 가을 나그네
아… 사랑은 눈으로 해요
눈만 보면 알아요
먼 산 아지랑이 속에서도
가물거리는 건 사랑의 눈

사랑은 눈으로 보면 알아요
사랑은 눈으로 느껴요

이슬, 부엌 쪽으로 나간다. 처용도 뒷뜰 쪽으로 퇴장. 울타리 밖
에서 불쑥 고개를 쳐드는 사람이 있다. 육손이다. 얼굴은 붉으죽죽
하고 주먹코에 실눈꼬리가 아래로 쳐져있어 얼핏보기엔 흉물스러
우나 어딘지 장난꾸러기처럼 유머러스한 면도 보인다.

육손   (관객 쪽을 향해) 보셨죠? 처용이가 잘 생겼다고 이슬이가
저렇게 좋아한다 아인교! 근데 내사 얼굴이 이래가 이슬이
는 내한테 눈길 한번 안 줍니더! 동네 아낙들도 나를 용금
소 이무기 보듯 괴물 취급한다 아인교!
허지만 언젠가는 내한테 손을 싹싹 빌면서 나를 기다리는
날이 있을껌더. 근데… 그 날이 언제 올란지… 벅수골 무당
이 내한테도 그럴싸한 재주가 있다 카던데…

육손이가 손을 펴 보인다. 손가락이 여섯이다.

육손   삼신할매가 내한테 장난을 쳤는지 재주를 주었는지 모르겠
지만 이래 손가락을 하나 더 줬지 뭔교! 헷헤… 사람은 저
마다 타고난 팔자인기라. 지금은 이래 살아도 희망은 있심
니더. 이쁜 여자도 만날껌더! 이쁜 이슬이가 내 좋다하고.
동네 아낙들도 내만 보모 육손 나으리 오셨는교 하면서 절
을 꾸벅하는 날이 올낌더. 내 말 맞지예!

・독창・ 사람도 가지가지

사람도 가지가지 운명도 가지가지
서로가 좋아진 걸 누구를 탓할까
키 큰 남자는 키 작은 여자
깡마른 여자는 배불뚝이 남자
동갑내기 장사는 본전차지가 인생
사람팔자는 산 팔자 물 팔자
비 오는 날 꽃신 신고 개인 날 나막신 신고
토시 끼고 게 구멍 쑤셔도
탓할 사람 없는 인생
자기 잘난 맛에 사는 세상
들판에 부는 바람 부는 방향도 제 멋대로
가다가 쉬는 사람 쉬었다 가는 사람
가고 오는 길은 제각각이지만
마지막 돌아갈 곳은 북망산 골짜기니
먼저 갔다고 슬퍼 말고
늦게 간다고 자랑 마라

유손, 노래를 부르며 집 뒷편으로 간다. 이때 시끄럽 무시와 고사 갑, 을이 들어선다. 서로 뭐라고 수군덕거린다. 부엌에서 처용모가 나온다.

군사 갑 여기가 처용의 집 맞소?

처용모 예? 예…

무사 처용인 어디 있소?

처용모   어디서… 오셨는데…

무사   처용을 급히 데려오라는 왕명이요!

처용모   (입이 떡 벌어지며) 와, 왕명? 처용이가… 무슨 죄를 지었다
         고…

군사 갑   어디 갔소? (방 쪽으로 가려하자 방문 앞을 막아선다.)

처용모   (필사적으로) 우리 처용이… 없소! 먼, 먼 길 떠난 지가… 처
         용인 없심더. 없심더!

군사 갑   (방문을 열어보며) 어딜 갔지?

무사   당신은 누구?

처용모   예… 처용이는 내 자식임더.

무사   잘됐군. 처용이가 있는 곳을 알고 있지?

처용모   내사 모름니더!

군사 을   자식이 어디 있는지도 모른다는 게 말이 되나? 어서 처용
         이가 있는 곳으로 갑시다!

         무사들, 처용의 어머니를 데려가려 한다. 부엌 쪽에서 겁에 질려
         보고만 있던 이슬이 무사들을 막아선다.

이슬   우리 어무이를 와 잡아가는교? 안 됨더!

무사   잡아가는 게 아니라 처용이를 찾으러 가는 걸세.

이슬   처용이가 무슨 죄를 지었다고…

군사 을   비켜라!

         군사 을, 이슬을 밀친다. 이슬 넘어진다. 이슬, 무사들을 다시 붙

잡는다.

처용모　내가 갈 테니 제발 그만하소. 이슬아!
무사　해지기 전에 처용을 데리고 서라벌로 돌아가야 하니 어서 앞장서시오. 자.

　　　　군사들, 처용의 어머니를 데리고 가려한다. 이때 집 뒷편에서 처용이 뛰어 나온다.

처용　무슨 짓들이요?
군사 갑　처용인가?
처용　예?… 예.
군사 을　그럼 가자.
처용　가다뇨?
무사　서라벌로 같이 가야 되겠다!
처용모　우리 처용이가… 무슨 죄를 지었다고… 안 됩더! 내가, 내가 가겠심더! (매달린다.)
이슬　(처용에게) 무슨 잘못 했나?
처용　(태연하게) 내게 잘못이 있다면 바람처럼 구름처럼 떠돌아 다니는 죄 말고 뭐가 있겠나? 하하하…
처용모　처용아!
처용　어무이 별일 아닐낌더. 걱정 말고 계시이소! 잠시 갔다 올 테니. (무사들에게) 갑시다!
처용모　처용아! (땅바닥에 쓰러진다. 처용이가 부축한다.) 안 된다!

(울타리 너머를 향해 절규한다.) 동네 사람들! 내 아들 좀 살려 주이소!

처용 염려마시소!. 누가 죄인이라 하던교? 오라고 하니 가는 것 뿐인데… (무사에게) 자, 갑시다.

이슬이가 다가간다.

처용 이슬아! 어무이가 크게 놀라신 거 같은데… 내 돌아올 때까지 어무이 하고 같이 있거라. 응?

이슬 걱정마. 내가… 내가… (말문이 막힌다.)

처용, 군사들과 함께 나간다.
마을 사람들 웅성거린다.
그 가운데 육손이도 보인다.
입가에 야릇한 미소가 떠오른다.

이슬 걱흥! 두고 보자! 흠…

〈암 전〉

제 4 장

서라벌궁 안. 정면 높은 계단 위에 헌강왕의 옥좌가 마련되어 있
다. 층계마다 조신들이 늘어 서 있다.
옥좌에 헌강왕과 왕비가 나란히 좌정했고 그 옆에 공주도 자리
하고 있다. 장내 구조는 권위와 영화를 자랑하듯 미의 극치를 이
루었다. 관기들의 화려한 춤이 익어간다.
헌강왕의 표정은 더 없이 밝다. 계단 맨 아래층에 처용이 서 있
다.

헌강왕　　처용은… 좀 더 가까이 올라와 고개를 들거라.

처용이 서너 계단 올라와 정좌한다. 헌강왕이 왕비에게 시선을
던진다. 왕비도 만족한 듯 공주에게 시선을 돌린다. 공주도 수줍음
가운데도 호감에 이끌리는 표정이다.

헌강왕 그대는 백성들과 서라벌을 위해 천재지변을 극복하는 데
      큰 공을 세웠도다. 뿐만 아니라 응분의 포상을 약속하였음
      에도, 굳이 사양한 그대의 덕행을 과인은 간과할 수 없어
      여기 그 증표로… 천부경을 하사하겠노라.
처용   황공하옵니다. 대왕마마. (엎드린다.)

      시종이 비단에 싼 천부경과 은장도를 헌강왕에게 올리자 헌강왕
      은 천부경을 꺼내 보인다. 옥과 금이 상감된 천부경이 찬란하게
      빛을 반사한다.

헌강왕 이 고을은 예로부터 물 맑고 산세가 수려하여 서라벌을 비
      추는 거울이었노라. 오늘은 특별히 그대 고을을 생각하며
      세상의 이치를 비추는 천부경을 그대에게 내리니 세상을
      비추는 도량이 되도록 하라. 또한 이 고을은 옛부터 쇠부리
      터로 명성을 떨쳐왔으니 내 그 마음을 담아 공주로 하여금
      그대에게 은장도를 하사하노라.

      이 말이 떨어지자 장내에 환성이 파도처럼 밀려온다.

•독창, 합창• **은장도의 노래**

   공주   은장도는 쇠가 아닌 불
               쇠가 불이 되고
               불이 쇠로 변하기까지
               아… 아…
               두견새는 몇 날을 울었나

광풍은 몇 밤을 지새우셨나

은장도는 쇠가 아닌 아픔
불과 물 속을 넘나들며
찢기는 아픔을 견디기까지
아… 아…
해당화는 몇 차례 피고 지고
파도에 부서지는 바위소리를
그것을 헤아릴 사람 누구인가
그대는 아시나 모르시나.

처용이 천부경을 계단 위에 놓고 물러앉는다.

처용   대왕마마! 이 몸은 민초 배운 것도 가진 것도 없는 이옵니다. 바람 따라 구름 따라 떠도는 한낱 미물에 불과하옵니다. 그런데…

헌강왕   그러기에 오늘부터 그대에게 급간이란 벼슬을 내리게 하였노라. 그렇게 되면 천민이 아닌 어엿한 벼슬아치이니 장차 부마로서도 부끄러울 게 없지 않는가?

처용   (놀란 듯) 부마라고요?

헌강왕   그대를 부마로 간택하는 데는 그럴만한 사유가 있었기에 결정하였노라. 또한 그대의 모친도 이 자리에 모셔왔으니 하하하… 자, 처용의 모친을 들라하라…

처용모, 궁녀들과 함께 들어온다. 곱게 단장한 차림새가 옛날 모습하고는 전혀 딴판이다. 처용이 놀라움과 기쁨에 몸 둘 바를 모른다.

·태화강 강가에 서서

천년을 두고 흐르는 태화강은
만년을 두고도 그 모습일세
하늘의 별들도 영겁을 두고 변치 않으니
아⋯ 진정 변치 않은 것은 사랑
아⋯ 그것은 어머니의 사랑

가난도 수모도 마다 않고
일구월심 자식을 위한 지성은
태화강이 동해로 흘러내리듯
언제나 이 마음속에 흘러내리니
아⋯ 진정 변하지 않은 것은 사랑
아⋯ 그것은 어머니의 사랑

처용   어무이! 우째 여기까지 오셨습니꺼?
처용모 니가 떠난 후 그저 눈물만 흘리고 있는데 대왕마마께서 가
      마를 보내주가 내사 아무 탈없이 왔다아이가.
      내 자식이 부마가 된다니⋯ 이게 꿈인지 생시인지⋯
처용   그건 아니 됩니다.
처용모 대왕마마께서 명을 내리신 기라. 죽을 목숨, 숨 붙여주었는
      데, 두말 하모 안된다.
처용   어무이.
헌강왕 그대는 효심이 지극하니 어머니의 의중을 따르리라 믿는다.

(왕비를 돌아보며 미소 짓는다.)

·이중창· 처용은 영원한 별

헌강왕	처용은 영원한 별
	처용은 영원한 별
	가진 것 없어도
	탐내지 않고
	자연을 벗삼아
	호연지기를 갖추니
왕비	안으로는 효심으로
	밖으로는 의리인정
	세상을 살아가는
	화랑의 후예이니
합창	그 신명 그 풍류
	그 누가 따르겠나
	처용은 화랑의 후예
	처용은 서라벌의 별
	처용은 영원한 별

헌강왕과 왕비의 만족스러운 표정에 처용은 몸 둘 바를 모른다.
좌중이 온통 축하 분위기로 변한다.

〈암 전〉

제 5 장

처용의 집. 뜨락에 사인교가 놓여있다. 마을 부녀자들이 모여 앉아 수다를 떤다. 사인교를 신기한 시선으로 둘러보기도 하고 만져보기도 한다. 모두들 노래하며 춤을 춘다.

·합창·   **탑돌이 가세**

가세 가세 탑돌이 가세
망해사 절 구경 가세
궂은 것은 육손이 몫이고
좋은 것은 우리 몫이니
가세 가세 탑돌이 가세
망해사 절 구경 가세

신라 성대 태평천하
금전구주(金殿九疇)에
달 밝아오면
극락이 따로 있나

용이 구름을 만났으니
개운포가 극락이지
가세 가세 탑돌이 가세
망해사 절 구경가세

굴화네   성님은 복도 많제. 처용이가 이래 가마를 보내와서… 망해
         사 절 구경시켜 준다카니…
치소네   말 조심해라! 처용이가 뭐꼬? 인자 부마인기라! 부마!
마실네   우리 같은 무지랭이들 하고는 앞으로 상종도 안 할끼다.
처랑네   그나저나 이슬이만 불쌍하게 됐지 뭐꼬!
낙수네   참말이다. 이슬이가 안됐지에!
음네네   비빌 언덕이 있어야 비비고 자시고 있제. 이슬이만 헛물 켠
         기라.
치소네   처용이는 어려서부터 뭐가 달라도 달랐지에! 우리 마을에
         서 부마님 나왔으니 경사인기라! 홋호…
굴화네   경사이고 말고! 이래 사인교 타고 망해사 탑돌이도 가고…
         참말로 꿈만 같심더… 꿈이라예. 홋호…
음네네   망해사 탑돌이 뿐이가. 해초 뜯어가 입에 풀칠하던 우리 성
         님이 서라벌 구중궁궐에서 호강도 하게 되었제! 홋호…
읍소네   지난날 처용이가 잡혀갈 때는 우리 성님 죽는 줄 알았다아
         이가! 헛허…

    이때 방 안에서 처용모가 비단 옷으로 곱게 단장하고 나온다. 옛
날 모습하고는 전혀 딴판이다. 모두들 탐복한 눈빛이다. 손뼉을 치
다 말고 부러운 눈으로 바라본다.

실읍네	누군교? 우리 성님 맞는교? 누가보모 용연에 선녀가 내려
	온 줄 알겠심더.
일 동	호호호…

	이때 이슬이가 쓸쓸하게 나온다. 머리도 헝클어지고 옷매무새도
	흐트러져 있다. 눈빛은 흐리고 멍하니 허공만 바라보는게 어딘지
	실성한 사람 같다.

처용모	이슬아.

	이슬은 대답도 없이 한 구석에 쭈그리고 앉는다.

굴화네	어디 아프나?
이슬	(땅만 내려다보고 있다.)
마실네	망해사 절 구경 가자. 탑돌이도 하고… (잘난 척 하며) 망해
	사 법당 북쪽 널직한 터에 (팔을 벌리며) 이래 큰 탑을 두
	개나 세웠다카더라. (이슬은 대꾸도 안한다.)
처용모	이슬아, 미안하데이. 니 마음은 내가 다 안다. 니가 처용이
	때문에 병난 것도… 하지만 인연이라카는 게 내 마음대로
	되는 것도 아이고… 처용이도 지 팔자라 대왕마마께서 시
	키는 대로 따를 수밖에… 내사 니가 마음에 걸려 가슴이
	답답하지만도 우야노? 니가 용서 해야제 잉?
이슬	(벌떡 일어난다.)

굴화네   이슬아 참아라! 우리 무지랭이 백성들은 이래도 참고 저래
        도 참는기라!
음네네   내리막이 있으모, 오르막이 있다 아이가!

        이때 육손이 들어온다. 등에 개나리 봇짐을 달랑 걸머졌다.
        마을 사람들은 일제히 그를 돌아다보더니 키득키득 비웃는다. 마
        실네가 문득 장난끼가 생기자 머슴처럼 허리를 굽히고 총총걸음
        으로 육손 앞으로 다가가서는 절을 꾸벅한다. 모두 킬킬댄다.

마실네   (비아냥거리며) 육손 어르신네! 어디 나들이 가십니꺼?
일동   홋호…
육손   (시침떼고) 그래. 나도 간다.
치소네   어디 먼길 가시렵니꺼?
육손   망해사 탑돌이 간다. 와 잘못 됐나?
굴화네   부정탄다! (다른 사람들에게) 육손이하고 함께 가면 부처님
        께서 노하실게다! 니는 안된다! (처용모에게) 성님! 퍼뜩 가
        마에 오르시소!

        이때 교꾼 네 사람이 군사 갑, 을과 나온다.

교꾼들   자, 그럼 떠납시다.

        처용모가 가마에 오르자 교꾼들이 가마를 든다. 그 모습을 보자
        모두들 부러운 듯 손뼉을 친다.

음네네   (육손에게) 저리 비켜서라. 공주 시어머니 행차이시다! 홋
        호…
마실네   쉬~ 쉬~ (육손을 밀치며) 부정탄다! 물러섰거라!

        아낙네들은 〈탑돌이 가세〉 노래와 춤을 추면서도 시종 육손을
        향해 멸시와 조소를 던지며 퇴장한다.
        까치가 울고 간다. 갑자기 쓸쓸해진다.
        무대엔 육손과 이슬만 남는다.

육손   빌어먹을! 사람을 무시하기가? 잉? (돌팔매질을 하며) 이
        썩어 문들어질 것들아! 부처님이 너거들한테 복 내리실 줄
        아나? 어림도 없다! 헹! 내가 복 주지 말라고 빌끼다. 복도
        깨비가 복은 못 줘도 화는 준다카는 말 모르나? 이슬아. 우
        리도 탑돌이 가자!
이슬   탑돌이?
육손   (부화가 치밀며) 내처럼 못생긴 놈은 망해사 절 구경가면
        안 되나?
이슬   안 될 것도 없지… (길게 한숨) 하지만 니나 내나… 다 깨진
        그릇 아이가! 설사 부처님께 빈다고 들어주시겠나?
육손   그래도 난 부처님께 빌끼다!
이슬   (비웃듯) 뭘 빌게 있다고…
육손   못생긴 얼굴 대신 잘 생긴 얼굴로 해 주십사 하고 빌끼다.
이슬   (측은하게 쳐다본다.)
육손   니도 내 얼굴이 밉제? 모두가 이 못생긴 쌍판 탓 아이가!

그러니까 부처님께 못생긴 얼굴 잘생기게 해 주십사 하고
빌란다. (발길로 돌을 걷어차며) 두고봐라!

이슬　　니나 내나 쓸모 없는 몸… 내사 할 수만 있으모 서라벌
　　　　가가 시녀라도 할란다. 그라모 처용이 볼 수 있다아이
　　　　가.

육손　　이슬아! 탑돌이 가자. 부처님한테 소원 빌러 가자!

이슬　　싫다.

육손　　와? 못생긴 내하고는 같이 가는 게 싫나? 내하고 같이 가모
　　　　부정타나?

　　　　두 사람의 시선이 마주친다. 그러나 이슬의 표정은 쓸쓸하다 못
　　　　해 슬프다.

육손　　망해사로 가자. 부처님한테 빌자!

이슬　　…

육손　　니도 내도 사람 대우받게 해달라고 빌자! 흉칙한 이 쌍판대
　　　　기 좀 바꿔달라고 빌란다!

이슬　　가봤자 창피만 당할기다!

육손　　니가 같이 가기 싫으모 내 혼자라도 갈끼다!

이슬　　빈다코 니 얼굴이 어떻게 될 줄 아나? 니나 내나 못생기고
　　　　배고픈 천덕꾸러기 아이가!

육손　　아이다. 니도 내도 잘 살 수 있다.

• 이중창 • **운명을 바꾸자**

육손	나의 죄는 추악한 얼굴
이슬	나의 죄는 천민의 자식
두 사람	천신에게 버림받은
	천대받고 멸시받는
	운명의 굴레
	우리는 죄 없는 죄인
	우리는 하늘을 보네
	그러나 어차피 버려진 목숨.
	우리는 죄인이 아니다
	내 육신, 하늘에 바쳐서라도
	우리의 운명을 바꾸는 길뿐
	추악한 얼굴이 죄인가
	천민의 자식이 죄인가
	운명을 바꾸자
	내 운명, 찢겨진 내 인생이여
	운명을 바꾸자
육손	난 한번 한다면 한다! 두고 봐라! (뛰어 나간다.)
이슬	육손아!

〈암 전〉

제 6 장

무대가 회전되면서 망해사 건물이 정면으로 나타난다. 그 좌우로
두 개의 석탑이 우람하게 서 있다. 달밤이다. 여기저기 청사초롱
봉축등이 걸려있고 선남선녀들 손에도 등이 들려있어 자못 환상
적이다. 탑돌이의 음악과 춤은 불가에서 전해지는 전통적인 형식
으로 표현한다. 이윽고 처용과 공주가 함께 등장한다.

·이중창· 물빛처럼 바람처럼

그리운 마음 사모하는 마음으로
당신 기다려 왔어요. 그대 기다려 왔어요
당신 모습 물빛으로 고이 담아 꿈꾸듯 노래했어요
물결처럼 다가오는 그대 사랑
꿈결처럼 내 마음에 자리하는데
아! 나는 바람처럼 구름처럼 살아왔네
저 푸른 하늘 바라보며

하얀 구름처럼 피어오른 당신에게
아! 내 마음 목련이 되어
사랑을 노래해요.
꽃잎처럼 피어오르는 사랑을 전해요
동해 바다 춤추는 물새처럼
홀로 피었다 지는 연꽃처럼
나는 그렇게 세상 살아왔네
아! 그대 고운 마음 내 마음에 물결치네
아! 그대 사랑 가슴깊이 새겨 두리라

헌강왕, 왕비 일행이 등장하여 탑을 둘러본다. 헌강왕 일행은 새로 창건된 사찰을 감회 깊게 바라보다 말고 석탑 앞으로 나온다. 대리석으로 조각한 팔각원당형(八角圓堂形)의 양식이 돋보인다.

헌강왕 (왕비에게) 부처님께 무슨 청원을 올리셨소?
왕비 공주가 옥동자를 낳게 해주십사 하고 빌었지요. (처용과 공주를 돌아본다. 공주는 싫지 않은 듯 미소 짓는다.)
헌강왕 그럼 공주는?
공주 아바마마의 만수무강과 만백성의 화합을 기원하였사옵니다. 마음속 깊숙이 품은 뜻을 어찌 말로 다 하겠습니까. 소녀의 마음을 춤으로 펼쳐 보이겠사옵니다.

•음악• 공주의 춤

이윽고 음악이 흐르자 공주가 하얀 비단 수건을 손에 들고 춤을 춘다. 때로는 나비처럼 때로는 학처럼 우아하게 춤추는 공주의 모습은 천상의 여인을 연상케 한다.

　이때 나무 그늘에 엎드려 있던 군중 속에서 한 사람이 고개를 든다. 육손이다. 수건으로 얼굴을 반쯤 가렸다. 공주의 아름다움에 황홀해진 채 제정신을 잃고 바라만 본다.

육손　(중얼거리며) 사람이 아이다… 여자도 아이다… 분명 하늘 나라에서 내려온 선녀인기라. 사람이면서 사람이 아닌… 아… 저래 아름다운 여자가 세상에 어디 있었나! 저 여자가 참말로 사람인게 맞나? 내가 꿈을 꾸는거가.

　공주의 춤이 익어가자 처용도 어우러져 춤을 춘다. 두 사람의 춤이 계속 되며 주변은 차츰 어둠 속에서 묻힌다. 환상 속에 갇힌 육손만이 남는다.

·독창·　꿈꾸는 자여!

　　　　꿈이라도 좋아
　　　　그 자리에만 있어 줘
　　　　영원히 있어 줘
　　　　이 몸 둘이 될 때까지
　　　　그대만을 찾아 헤매인
　　　　꿈꾸는 자여!
　　　　꿈속에서나마
　　　　아… 그대 꿈꾸는 자여!

　절규하듯 애절하게 노래하며 석탑 아래 엎드려 간절하게 축원을 한다.

육손　　부처님! 나도 남들처럼 살게 해주이소! 사람답게 살아보고
　　　　싶습니다. 제발 부처님 제 소원 좀 들어주이소! 이 흉칙한
　　　　얼굴 좀 바꾸어 주소. 부처님! 사랑하는 사람을 품에 안고
　　　　싶습니더! 부처님! 제발 소원임더! 흉칙한 내 얼굴 좀 바꾸
　　　　어 주이소! 흑…

　　　　육손이 엎드려 몸부림친다.
　　　　이때 허공에서 한줄기 빛이 쏟아지며 석탑을 비춘다. 자애로운
　　　　목소리의 노래가 은은하게 들려온다. 이윽고 석탑 안에 보살여래
　　　　상이 은은히 나타난다. 환상적이며 신비롭다. 그것은 실상이건 허
　　　　상이건 상관없다. 다만 육손에게 있어서는 절대적인 구원이자 믿
　　　　음의 대상이다. 무대에는 보살여래와 육손만 남는다.

·이중창· 인생은 기다림

보살여래　서둘지마오. 기다려요.

육손　　(대사) 나를 바라보는 모두의 눈빛이 싫소!

보살여래　실체는 내 자신, 남이 아니오.

육손　　(대사) 못생긴 이 얼굴을 어떻게 하고…

보살여래　못생긴 게 아니오. 남과 다를 뿐이오.

　　　　아름다운 꽃에도 가시가 있고 화려한 꽃일수록 독이 있는 법.

　　　　인생은 그것들에서 벗어나기 위해 오직 기다리는 법.

육손　　(대사) 언제까지 기다립니까?

보살여래 겁내지 마오. 서둘지도 마오.

　　　　　언젠가는 다시 돌아오리라. 인생은 기다림,

　　　　　인생은 기다림.

육손　　　(대사) 정말입니까?

보살여래 (대사) 남 앞에서 당당하게 나가오. 당당하게 얼굴을 내밀

　　　　　어요. 지레 겁먹지 마시오. (노래) 자신을 가지는 일, 기다리는

　　　　　일, 인생은 기다림.

　　　　그 소리는 마치 은은한 종소리처럼 여운을 남긴다.

·음악·　육손의 변신

　　　육손이 문득 무엇을 발견한 듯 연못가로 가서 엎드린다. 가렸던
수건을 풀어낸다. 수면에 비친 자기 얼굴을 들여다본다. 다음 순간
육손은 엎드린 채 굳어버린다.

　　　몸이 떨리기 시작한다. 어깨가 잔물결 치더니 흐느끼기 시작한다.
다음 순간 육손은 지금까지 억제해 왔던 감정을 폭발시키듯 절규
한다. 그러면서 달을 향해 얼굴을 쳐든다. 전과는 전혀 다른 새로
운 얼굴로 변신했다.

　　　엎드려 있던 육손이 서서히 고개를 쳐든다. 그리고 자신도 모르
게 손으로 얼굴을 어루만진다.

보살여래 보았소? 옛 얼굴이 아니오. 어디에 내놔도 떳떳한 얼굴. 사랑을 할 수

　　　　　있는 얼굴, 영원한 얼굴이오!

육손　　　아… 거울… 거울… (그는 여기저기 휘둘러보다가 석탑 아래 있

는 작은 연못을 발견한다.) 옳지! 저기 연못에 비춰보자. 달빛
아래 비친 내 얼굴을 보자…! (연못에 얼굴을 비춰본다)
아… 내 얼굴! 내 얼굴! 아… 부처님! 고맙심더! 참말로 고맙심
더!

보살여래　그대 얼굴이오. 당당한 얼굴이오.

육손　(두 손을 펴보며) 아… 손가락도… 여섯이 아닌… 다섯으
로…

보살여래　그렇소. 본시가 다섯이었소… 다섯인데도 남에게 지지 않으려고 스스
로 육손이라 우겼을 뿐… 본시가 다섯이었소.

육손　(엎드린다.) 부처님! 고맙심더! 고맙심더!

〈암 전〉

제 7 장

궁 안에 있는 처용의 집. 침실과 거실. 화려하게 손질한 꾸밈이
귀족계급의 주택임을 금새 알 수 있다. 거실에 공주가 을씨년스럽
게 앉아 있다. 뭔가 언짢아하는 표정이다. 안방 쪽에서 처용이 사
냥복 차림으로 등장한다. 손에 활이 들려 있다. 공주는 보는 척도
않은 채 앉아 있다.

처용　　다녀오리다.

공주　　(겉으로는 태연한 채) 꼭 가셔야 합니까?

처용　　대왕마마께서 한사코 동행하라는 분부인 걸 어쩔 수 없잖
　　　　소.

공주　　나보다도 꿩 사냥이 더 소중하다는 말씀입니까?

처용　　대왕마마께서 서라벌 곳곳의 민심을 살펴보시려는 행차인
　　　　데 어찌 동행을 거절할 수 있겠소. 나는 그저 행차를 따라

다니면서 산과 들과 바다 바람을 쐬는 것뿐이오.

공주 이 궁궐에서 저와 함께 있는 시간보다는 산 따라 물 따라
　　　다니시는 게 더 큰 행복이란 거 알고 있어요.

처용 궁 안은 어쩐지 몸에 맞지 않는 옷을 입은 것처럼 불편해
　　　요.

공주 바람 같은 당신의 마음이 저한테 돌아오기를 기다렸습니다.
　　　포석정에 꽃피고 눈 내리는 세월 동안 밤마다 애타게 기다
　　　려 왔습니다.
　　　하지만 이런 기다림이 저에겐 슬픔이며 고통인 것을 당신은
　　　조금이라도 생각해보셨나요?

처용 부인. 산처럼 물처럼 사는 나 때문에 고생이 많으리라는 생
　　　각이 없는 건 아니오 부인에게 마음이 없는 건 아니오. 끝
　　　없는 권력과 탐욕으로 뒤얽힌 궁 안의 지독한 냄새에 나는
　　　숨이 막힐 것만 같소!

공주 그만! 그 이상은 듣고 싶지가 않아요. 그런 마음을 짚어내
　　　지 못하는 제 자신이 미워요!

·이중창· 알 수 없는 당신의 마음

열 길 물 속은 알아도
한 길 사람의 마음은 몰라요
진정 알 수가 없는 당신의 마음
아… 알 수 없는 당신의 마음
꽃 피고 새 우는 봄날
당신만을 기다려야 하는 여자의 마음
긴 겨울은 기다리는 자만이

봄의 기쁨을 안다는 것
그대는 왜 모르시나요
봄에는 꽃 가을에는 단풍
철 따라 새 옷을 찾는
여자의 마음을 왜 모르시나요
대사를 위해서 나를 버리는
질서를 위해서 나를 버리는
남자의 마음을 왜 모르시나요
진정 알 수 없는 당신의 마음
아… 알 수 없는 당신의 마음

공주 울음을 억지로 참으며 내실 쪽으로 급히 퇴장한다. 처용은
잠시 허공을 쳐다본다. 허탈하다.

· 독창 ·　　**적막강산**

적막강산
무주공산
바람도 비도 햇빛도
없는 이 강산
뉘리시 쉬어가고
뉘라서 놀다갈까
임자 없는 나룻배야
강심을 무심타 마라

〈암 전〉

제 8 장

처용의 시골집.

처용모가 마루 끝에 있는 베틀 앞에 앉아서 베를 짜고 있다. 집은 전보다 윤택해 보이고 처용모의 얼굴도 밝다. 처용모는 천천히 노래를 부르면서 베를 짠다. 동리아낙들이 실구리를 감으며 노래한다. (이 노래는 민요조로, 단조롭게 된 노동요 풍으로 작곡한다.)

· 합창 · 베틀노래

하늘에는 별이 총총
내 가슴엔 수심이 첩첩
가지 많은 나무에는 바람 잘 날 없으니

날이 가물면 상추 밭 걱정
장마 지면 콩밭 걱정
처녀 총각은 혼인 걱정
손자놈은 노리개 걱정

할애비는 담뱃대 걱정

어메 어메 우리 어메
나를 뱄을 때 뭘 잡수셨소
무장아찌 보리밥 새우젓에
냉수만 마시고 콩밭 맸지

어메 어메 우리 어메
시집 올 때 혼수감은 뭣이었소
박달나무 홍두깨에 얼빛 한 개라
이도 저도 못 하고 질질 끌어 황톳길.

굴화네가 등짐을 지고 나온다. 발걸음이 무겁다. 뜰 안에 들어서자 허리를 펴고는 긴 한숨을 내뱉는다.

읍소네 　굴화네, 어디 가나?
굴화네 　극락길인지 지옥길인지 내사 모르겠다! 아이고… 복통 터
　　　　지겠다고마 (마루에 걸터앉는다.)
치소네 　홋흐… 또 싸웠나? 허구헌날 쌈박질을 하다니 힘도 좋네

베를 짜며 얘기한다.

굴화네 　정말이지, 인자 몬 살겠다!
처용모 　무신 일 있었나?
굴화네 　그 문디 같은 놈이 기집한테 풍덩 빠져가… (말을 잇지 못
　　　　한다.)

처용모   기집한테? (일을 멈추고 바라본다.)

굴화네   포구 바닥 주막집 여편네라카데! 여러 사내놈 홀려가 알맹
          이는 (과장해서) 쏘옥 빼먹은 거머리 같은 년한테 걸렸으니
          내 허패가 뒤비진다아이가!

읍소네   (다시 일을 계속하며) 쯧쯧… 걸려도 된통 걸린 모양이제!

굴화네   그라이 이번에는 아주 뿌리째 뽑아버리기로 작심하고 이래
          나왔어예!

치소네   뽑아? 무슨 뿌리? 오뉴월에 무시를 뽑나?

굴화네   남정네 뿌리라카면 그것 말고 또 있나! (주먹으로 사타구니
          를 가리키며) 두 번 다시 그것 내두르지 못 하게시리 뽑아
          버릴끼다! 두고 보소!

치소네   그 뿌리 뽑고나모 동짓달 긴 밤을 우예 보낼라꼬? 주막집
          여편네 얼굴에 도화빛이 흐르던데. 뽑지 말고 힘이나 길러
          주는기 옳제!

처용모   홋호… 헛허…

굴화네   남의 일이라고 웃지 마소!

처용모   홋호… 기다리거라. 기다리면 돌아온다!

굴화네   공주님을 며느리로 두신 분이사 근심걱정 없겠제! 흥!

처용모   (정색을 하며) 난 늙어 비틀어져도 자식 덕 안 본다! 누가
          자식 덕 볼라고 키웠나?

굴화네   자식 덕 볼라고 자식 낳았지 그라모 와 낳았소?

처용모   내사 더 이상 바라는 거 없다! 늙은 육신 편할라꼬 자식 낳
          았나? 흥! 어서 가서 그 뿌리를 뽑든지 심든지 니 일이나
          하거라!

굴화네　(화를 내며 일어나서) 홍! 인자 마구 사람을 내쫓는기요? 잘
　　　　 난 아들 있다고 세도 부리는거가! 행! (짐을 들고 돌아서며)
　　　　 두고 봅시더! 음지가 양지 되고…

처용모　(곧 바로 받으며) 양지가 음지 되고… 맞다! 그게 사람 사는
　　　　 세상이다! 봄이 가면 여름 오고… 물 흐르듯이 순리대로
　　　　 사는 세상이 아무 탈 없다 아이가!

　　　　 이때 울타리 너머로 상민으로 변장을 한 처용이 들어서려다 굴
　　　　 화네와 마주치자 외면을 한다. 굴화네가 돌아서 보려고 하자 얼굴
　　　　 을 가린다.

굴화네　어디서 많이 보던… 사람인데… (하며 퇴장)

　　　　 처용모가 무심코 바라보다가 자리에서 일어나 뜰로 내려선다. 처
　　　　 용이 급히 들어선다.

처용　　어무이! (땅바닥에 엎드리려 한다.)

처용모　늬가… 우째… 여길…

처용　　절 받으시소! (하며 땅바닥에 엎드려 넙죽 절을 한다. 처용
　　　　 모는 뚫어지게 바라만 본다.) 놀라셨지예? 홋흐…

읍소네　부마웃은 다르다카던데 와 저런 꼴인교?

처용　　어무이 보고 싶어 왔입니다. (손을 잡으며) 며칠 동안 묵고
　　　　 가려고…

처용모　(의연하게) 안됨더.

처용   어무이!

처용모   무신 사연인지는 모르겠지만도 여기 머무르시면 안됨더!
          돌아가시소! (땅바닥에 무릎을 꿇는다. 아낙들도 어리둥절
          하다.)

처용   어무이요!

처용모   (간절하게 애원하듯) 부탁임더! 사정은 듣고 싶지도 않거니
          와 이 집하고는 아무 상관없는 분을 머물게 했다가는 제가
          불편함더. 어서 돌아가셔야 됨더!

처용   저는 지금 어무이밖에 없습니다! 궁도 싫고, 관직도 싫고,
          부마도 싫습니다! 저는 그저 물결 따라 바람 따라 세상사
          욕심 없이 살아가는 게 제 소망입니다.

·이중창· 꿈, 그것은 꿈

              꿈이었소. 모두가 꿈
              고관대실도 금은보화도
              아침 이슬 같은 것
              한때나마 나를 혹하게 한
              모든 것은 꿈이었소
              내가 가는 길은 거기 없었소
              내가 한때 탐한 것들
              그것은 모두가 꿈이었소
              아… 꿈에서 깨어나고 싶소
              아… 꿈에서 깨어나게 해주오
              반짝거린다고 모두 금이 아닌 것.
              그것은 오직 꿈.

이때 울타리 밖에서 이슬이 힘없이 나온다. 전보다 더 야위고 초라하다. 눈만 퀭하니 커지고 안색도 창백하다. 그녀는 허공을 향하여 뭐라고 중얼거린다.

처용   이슬아!
이슬   (사람을 못 알아보고) 히히히… 서라벌 갔다아이가. 내 님 뺏어간 공주는 싫다카이! 히히히…
처용   우째 된 일인기요?
처용모 (이슬의 머리를 쓰다듬어주며) 참하고 얌전한 것이 불쌍하게도… 나는 오래 전부터 며느리감은 이슬이기를 바랬다아이가! 그렇다고 이제 와서 잘못을 가리자는 게 아이고.
처용   아… 그게 아니라…
처용모 여자 마음이사 다 같은기라! 이슬이를 이상 더 귀찮게 만들라카나? 그라모 안되는기라!
처용   (놀라며) 어무이!
처용모 나도 귓구멍 열려 있어가 소문 다 들었다. 알고도 모르는 척 해제! 내사 그럴 수박에 없으니까네 (다시 애원하듯) 서라벌로 돌아가거라.
처용   그렇지만 이슬이가… 아… 이렇게… 아… (괴로워한다.)
처용모 (태도가 엄하게 돌변하며) 돌아가이소! 부마로서의 체통과 위신을 생각하셔야지요. 그리고 나라 일을 위해서라도 이래 돼서는 아니뵙더. 늙은 에미… 억장이 무너짐더! 어서, 어서 가소!

처용   어무이!

처용모   내하고는 아무 상관없는 몸인기라! 어서 떠나시소! 늙은 에
         미 산송장 치르기 전에… 제발 부탁임더! 내 심장 터져가
         죽는 꼴 안볼라카모. 어서 가소. 어서 가소! (땅 바닥에 엎
         드려 흐느낀다.)

처용   (저만치 서 있는 이슬에게) 이슬아. 너를 위해 의원을 보낼
         테니 그래 알고…

이슬   (마루에 놓인 칼을 집어든다.) 싫다!

처용   이슬아. 안 된다! 이슬아!

         이슬은 칼을 들고 베틀 쪽으로 가더니 짜던 베를 난도질한다. 베
         틀에서 천이 흘러내린다.

처용   안 된다! 이슬아!

         이슬은 신이 난듯 하며 껑쭝껑쭝 춤을 춘다. 처용이 울부짖으며
         말리려고 덤빈다.

처용모   (울음을 삼키며) 제 하고 싶은 대로 내버려두소! 오죽하면
         저렇게 미치겠는교?

처용   이슬아! 안 된다카이!

처용모   이슬인 이 에미가 거둘 테니 걱정마소. 부마는 궁으로 가소.
         그라고 내 운명이라고 생각하시고 보듬어 안으소. 사랑도
         인연이 닿아야 열매가 맺어지고, 내가 뿌린 씨는 내가 거두

는 게 자연의 이치아인교? 어서 가이소, 어서 가이소!

・ 사랑은 눈으로

눈을 보면 알아요
눈으로만 말해도 알아요
노을이 붉어지면
내 눈도 붉게 타오르고
호수 위에 단풍잎 하나에도
물그림자가 흔들려요
아… 사랑은 눈으로 해요
눈만 보면 알아요

이슬은 킬킬대며 춤을 춘다. 처용은 그 이상 보고 있을 수 없게
되자 밖으로 뛰어나간다. 처용모가 길게 한숨을 내뱉는다.

처용모   가엾어라! 이슬아.

〈암 전〉

제 9 장

공주의 침실과 거실, 그러나 거실은 불이 꺼져 있어 어둡다. 침실 창 너머로 달빛이 흘러들어 방 안은 은근하고도 관능적인 분위기에 싸여 있다. 공주가 창가에 앉아 노래하고 있다.

• 사랑과 미움

가겠노라 가는 이 없고
오겠노라 오는 이 없건만
진정 내 곁을 떠났는가
기다려도 불러봐도
대답 없는 님이기에
사무치는 그리움은 구만 리 밖
사랑과 미움은 한 나뭇잎 속
펴면 사랑이요, 흔들리면 미움인 걸
사랑했기에 미워지는 이 마음을
아… 누가 이 마음을

어둠 속에서 등장하는 육손

공주   (소스라치게 놀라 자리에서 일어나며) 누, 누구냐?
육손   (대답이 없다.)
공주   (불안과 공포에 떨며) 누구냐? 말하거라!

얼굴에 복면을 하여 알아볼 수가 없다.

공주   왜 대답을 못 하는고?

육손이 복면을 푼다. 처용의 모습으로 둔갑한 잘 생긴 얼굴이다.
공주는 반긴다. 음악이 흐른다.

공주   아… 돌아오셨군요. 사람을 그렇게 기다리게 해놓구… 여
         보! 기다렸어요! 돌아오리라 믿었어요. 하늘같은 당신인걸!
         여보 어서… 들어가셔요!

공주가 다시 그의 손을 이끌자 육손도 그 이상 거역을 못하고 침
실 쪽으로 퇴장한다. 길게 드리워진 침실의 커튼이 미풍에 춤을
추듯 출렁댄다. 침실 앞에서 무용수 남녀가 〈사랑의 춤〉을 춘다.
그것은 오랫동안 서로의 마음속에 감추어둔 감정의 뜻이 한꺼번
에 무너져 내린 듯 뜨겁고 달아오른 정열적인 춤이다. 밀착되었다
가 떨어지고, 떨어졌다가 다시 엉키어 몸과 마음을 불태워 버릴
것 같은 농도 짙은 춤이다. 춤이 끝나고 무용수 남녀 침실로 퇴장.

이윽고 무대 한쪽에서 처용이 등장한다. 그의 복장은 꿩 사냥 떠났을 때와 같은 차림이다. 먼 여행길에서 돌아온 사람의 가벼운 피로감과 안도감이 오히려 편안해 보인다. 처용은 두리번거린다.

처용   부인, 돌아왔소! 이게 내 운명이라면 운명에 순응하리라. 결국 이렇게 돌아올 것을… 미안하오. 부인의 마음 하나 헤아리지 못한 날 용서하오. 부인 어디 있소? 부인!

처용이 방 여기저기를 살피다가 침실 쪽으로 들어가려다 말고 그 자리에 못 박힌 듯 선다.
무대 한 구석 커튼 저편에서 뜨거운 사랑의 밀어를 나누는 남녀의 실루엣이 꿈처럼 물결친다. 환상적이며 탐미적이다.

처용   이게 무슨 조화인고? 침상에 분명 두 사람이? 부인 말고 또 누가? 이게 어찌 된 일인고… 아… (괴로움에서 벗어나려고 몸부림친다.)

   • **처용의 노래**

민을 수가 없네
달빛 따라 바람 따라
온갖 품 견디어 온
나에겐 견딜 수 없는 치욕
참을 수 없는 모욕
아… 단 한번의 실수가 허용된다면
나에게도 방법은 있건만
아… 민을 수가 없네

그럴 수가 없네

처용   단칼에 두 목숨을 지옥의 불기둥 속으로… (소리가 더 거칠
어지며) 해신님! 용왕님 내가 할 수 있는 일이 무엇입니까?
자비로운 부처님. 저에게 어찌 하라는 겁니까? 말씀해 주
시소! 뭐라고 한마디만… 한마디만… 으… 으…

    처용은 마루바닥에 엎드려 통곡한다. 공주가 침실 쪽에서 등장하
다가 그를 발견하자 몸둘 바를 몰라, 거실 한 구석으로 피해서 공
포와 불안에 떤다. 이윽고 육손 나온다.
    엎드려 통곡하던 처용이 몸을 일으키더니 맹수처럼 울부짖는다.
그것은 내부 깊숙한 곳에서부터 끓어오르는 착잡한 감정을 토해
내는 소리이다.

· 처용가

새발 발기 다래
밤드리 노니다가
드러사 자리 보곤
가라리 네히어라
둘흔 내해엇고
둘은 뉘해언고
본대 내해다마란
아사날 엇디하릿고

서라벌 밝은 달밤에
밤 깊도록 놀고 지내다가

들어와 잠자리를 보니
다리가 넷이로구나
둘은 내 아내 것이지마는
둘은 누구의 것인고
본디 내 아내이지만
빼앗긴 것을 어찌하리

공주를 쳐다보는 처용의 뺨에 눈물이 흘러내린다. 처용은 이미 해탈의 경지이다.

처용   부인! 나는 본래의 처용으로 돌아가겠소. 미움도 사랑도 넘어서서 저 동해 바다의 물결처럼 나대로의 길을 가겠소.
바다는 만 갈래의 근본이 모여드는 곳.
분노는 증오를 낳고 증오는 복수를 부르오.
하지만 미움도 분노도 사랑 앞에서는 하잘 것 없는 일.
내 그대들에게 모든 것을 돌려주리라.
어차피 빈손으로 왔던 세상이라 모두 버리고 가는 게 세상사인 것을.
빈 몸으로 가는 몸 여기 천부경도 두고 가리다.

처용, 천부경을 두고 나간다.
공주와 육손은 충격과 후회와 자격지심에서 새로운 눈물을 흘린다.

· 이중창 ·　　사랑의 굴레

　　　　나의 죄는 추악한 얼굴
　　　　우- 우-
　　　　나의 죄는 나약한 마음
　　　　우- 우-
　　　　돌이킬 수 없는 운명
　　　　흔들렸던 씻지 못할 사랑의 굴레
　　　　눈을 감아도 보이는
　　　　눈을 뜨고도 안 보이는 것
　　　　그것은 운명의 굴레, 사랑의 굴레

　　　　　　　　　　　　　　〈암 전〉

제 10 장

궁궐 안. 정면 단상에 헌강왕과 왕비, 공주가 좌정하고 있다. 문
무백관들이 배석하고 있다.
　백성들이 구경을 하려고 붐빈다.
　풍악이 울리며 관기들의 춤이 시작된다. 춤이 끝나자 헌강왕과
왕비가 자리에서 일어나 계단에 선다.

・이중창・　　**인생의 굴레**

인생의 굴레는 돌고 도는 수레
밤이 가면 아침이 오듯
슬픔이 가면 기쁨이니
처용이 우리 곁을 떠남은
단순한 이별은 아니라오
마음의 상처를 이겨내며
슬픔을 보람으로
어둠을 빛으로 바꾸려는

처용의 지혜와 용기
그것은 서라벌의 자부심
화랑도의 얼이니

이에 화답하듯 모두들 합창을 한다.

·합창·

사랑과 미움은 한 나뭇잎 속
펴보면 사랑 흔들리면 슬픔
그것은 서라벌의 자부심

헌강왕　오늘 이 자리는 처용이 떠나는 슬픔과 아쉬움의 자리이나,
처용뿐만 아니라 우리 모두에게 새로운 출발이자 시작이니
차라리 기쁘게 여기나 바이오.
일 동　성은이 망극하옵나이다.
헌강왕　처용이 안 보이는데 어디 있는고?

모두들 두리번거린다. 이때 평민복 차림에 개나리 봇짐을 진 처
용이 등장한다.

·독창·　　돌아가리라

돌아가리라
미움도 분노도 넘어
동해 바다 사랑이 넘실거리는
저―물결, 개운포로 나는 돌아가리라

내 마음 분노–그 분노를 넘어
사랑을 노래하는 물결치는 동해 바다
그곳 개운포로 나는 돌아가리라
가지고 갈 것 하나 없는 인생사
모두 버리고 가는 세상사
관용의 사랑을 전해주며 사랑으로 물결처럼
나는 돌아가리다.

처용   (헌강왕 앞으로 나가 큰절을 올린다.) 미천한 소인을 어여삐
여기시고 보살펴 주신 하해와 같은 성은에 보답하지 못 하
고 이렇게 떠나게 되니 몸 둘 바를 모르겠십니더.

헌강왕   그대가 보여 준 사랑은 천세 만세에 이어질 지표가 될 것이
다. 용서와 화해가 그 얼마나 값진 것인가를 몸소 보여 준
그대의 언행은 후세에 길이 전하게 될 것이다.

처용   황공하옵니다. 이 몸은 개운포 바닷가에서 파도를 벗삼고
산천초목과 함께 살아도 대왕마마께서 베풀어주신 성은은
길이길이 가슴에 담아 보답할 것이옵니다.

헌강왕   (공주에게) 공주는 무슨 할 말이라도?

공주   (품에서 천부경을 꺼내 처용에게 주며) 받으시오.

헌강왕   그건 과인이 처용에게 준 천부경 아닌가?

공주   주인에게 돌려드리겠습니다. 어서 받으세요.

처용   (천부경을 받으며) 이 거울은 세상을 사랑으로 비추는 거울
이니 어딜 가나 세상을 비추는 거울이 되어 헐벗고 배고픈
백성들에게 희망과 용기를 전해주고 사랑과 관용을 세상에
전하는 증표로 삼을 것이오.

모두들 처용에게 감동의 눈길을 보낸다. 처용이 하직 인사를 하
고 무대를 가로질러 나간다. 아쉬운 작별이다.

·합창·　　그것은 오직 사랑

　　　　처용의 슬기는 서라벌의 혼
　　　　처용의 용기는 서라벌의 힘
　　　　처용의 관용은 영원한 사랑
　　　　용서와 화합으로
　　　　흩어진 힘을 모아 탑을 쌓으니
　　　　그것은 천년의 영광
　　　　용서와 화합으로
　　　　이승과 저승을 잇는 다리를
　　　　아… 영원한 사랑
　　　　아… 유구한 질서
　　　　그것은 오직 사랑, 사랑…

무대 뒤 높다란 봉우리 위에 서 있는 처용이 부르는 노래가 메아
리친다.

·　　　적막강산

　　　　적막강산
　　　　무주공산
　　　　바람도 비도 햇빛도
　　　　없는 이 강산
　　　　뉘라서 쉬어가고

뉘라서 놀다갈까
임자 없는 나룻배야
강심을 무심타 마라

　여기에 화답이라도 하듯 합창 〈그것은 오직 사랑〉이 다시 울려
퍼진다. 오색 구름이 무대를 메꾸고 꽃잎이 흩날린다.

〈막〉

작품 해설

신화나 설화를 소재로 한 작품은 흔하게 있다. 멀리는 그리스나 로마의 신화를 후대작가가 극화했거나 각색한 작품이 있는가 하면 이웃 나라 일본에서도 그런 작품을 흔히 찾아볼 수 있다.

그런 경우 하나의 공통점을 찾아낼 수가 있으니 그것은 다름아닌 '뿌리'를 찾아나서는 의지의 발로이다.

그 뿌리는 다시 두 가지로 나눌 수가 있으니 그 하나는 인간 본질의 영원성에 바탕을 두는 경우와 다른 하나는 자국(自國) 민족의 정체성이나 우수성을 재발견하려는 데 있다. 모부가 나름내로의 의미를 시닌 창작정신의 결정이리라.

근자에 와서 우리나라 문학, 미술, 음악 그리고 연극에서도 그와 같은 맥락에서 뿌리 찾기의 창작을 해 나온 흔적이 있어 매우 고무적이다. 그것은 쉽게 말해서 자아의 재발견이자 주체의식의 확립이라고 해도 과언은 아니다. 이른바 '우리 것'에 대한 애착과 재평가이며 지금까지 외세에 의존해서 연명해 나온 과거사와의 결별일진대 우리 민족의

저력임은 숨길 수 없는 사실이다.

울산시로부터 처용 설화를 소재로 뮤지컬 극본을 써 달라는 청탁을 받았을 때 나는 조건반사적으로 그 ‘뿌리찾기’의 구체적 실천임을 직감했다. 다시 말해서 처용 설화의 본향이 바로 울산이요, 신라문학의 대표성을 띈 향가가 바로 「처용가」일진대 그것은 곧 경상도 지역의 뿌리 찾기의 일면임을 그 누구도 부인 못할 엄연한 사실이다.

그러나 나는 다시 생각을 가다듬었다. 「처용가」에 담긴 주제가 무엇일까라는 점이다. 나는 언젠가 대학 강당에서 『한국연극사』를 강의한 일이 있었다. 그때 나는 향가로 남아있는 처용가는 우리 문학사상 최초의 간통문학으로 볼 수 있다고 사견을 말한 적이 있다. 간통이라는 말이 부도덕하게 들려서 저항감을 느낄 사람도 있겠지만 그것은 어느 의미로 봐서는 너무나 인간적인 의미를 지닌 말이기도 하다.

게다가 그 간통하는 아내와 정부(실은 역인이지만)를 향해 분노와 저주와 복수 대신 웃음과 가무로 대응했던 처용의 행위는 해학적이며 대륙적인 관용의 표현이라고 해도 과언은 아니다. 그러므로 처용가가 지니는 의미는 결코 협소한 지역성에 머물러 있을 작은 에피소드〔逸話〕가 아니다. 그것은 인간 본연의 얘기이자 범세계적인 우주성에 다 바탕을 둔 시가이기에 우리가 긍지와 자부심을 가져도 되는 문화유산이다.

나는 뮤지컬 「처용」을 창작하면서 바로 이 점을 중요시했다. 즉 우리의 뿌리를 찾되 그 범세계성에 바탕을 두어 지역사회는 물론 우리 민족이 함께 공감대를 형성할 수 있는 작품이 되기를 염원했다. 그러므로 그것은 처용설화에다 바탕을 두었으되 어디까지나 민족적이며 범세계성의 의미가 부각되어야 한다는 명제 아래서 '용서와 화합'이라는 아주 추상적인 말을 떠올렸다. 누구나, 그 말은 오래 전부터 강조해 온 정치적인 이념이 아니냐고 반문할 것이다. 그러나 원초적으로 나라와 민족의 번영 없이 문화도 예술도 없다는 상식적인 대전제 아래서 화합과 용서는 바로 우리 민족 지상의 과제이자 넓게는 인류평화를 향한 절실한 염원이며 기도이기도 하다.

이 지구상에 지금 전쟁이 없는 나라가 몇인가. 정치, 군사, 경제, 종교 등 어떤 명목으로든 전쟁은 지속되고 있다. 그래서 빈부의 차는 날로 심화되고 아사, 빈곤, 살육, 침략은 여전히 계속되고 있는데도 우리는 뒷전에서 자유와 평화와 민주주의를 냉수 마시듯 외치고 있다.

진정한 평화와 자유가 어디 있는가. 아니 그것을 해결은 못 지어도 줄일 수 있는 방법이란 국제사회간의 용서이자 화합이다. 더 차지하는 일이 아니라 비우는 일이다. 그렇게 하기 위해서 앞으로도 얼마나 더 아픔을 견디어야 하고 희생을 치러야 할지 그 누구도 장담 못한다. 그러나 우리는 그것을 위해 더딘 걸음일지라도 내딛어야 한다. 그것이 어쩌면 뮤지컬 「처용」이 지니는 주제라면 주제이자 작가의 소망일지도 모른다.

그렇다고 연극은 주제가 그 전부는 아니다. 더구나 뮤지컬은 교과서적인 교훈이나 지식의 나열이 아니다. 그것은 다양한 사회적 계층을 상대로 즐거움과 꿈을 주는 예술이다. 따라서 그것은 어디까지나 살아 있는 사람과 사람의 관계에서 빚어지는 아주 구체적인 삶의 표현이자 이 시대를 살아가는 사람들에게 공감대를 나누어 가지는 예술이다.

처용설화에 관한 학술적인 논문이나 역사적 서적은 그 방면의 전문가에게 맡겨질 과제이다. 우리는 처용설화의 골격을 토대로 하여 숨쉬고 피가 통하는 인간관계를 통하여 그 정신을 되찾는 일이다. 그래서 인물의 성격이나 직업, 인간관계는 결코 현실을 떠날 수가 없다. 원작(설화)에 충실하다보면 황당무계한 전설 따라 삼천리 같은 옛날이야기로 그치고 말 것인즉 그것을 넘어서려는 노력은 필자뿐이 아니라 연출(임영웅), 작곡(이준호), 음악감독(박칼린), 안무(최청자), 무대미술(박동우) 그리고 많은 출연자들이 다 함께 져야 할 책임이기도 하다.

연극계의 추세가 뮤지컬이니 우리도 해보자는 소박한 발상은 결코 잘못된 일은 아니다. 다만 세상사가 일회용 소모품이나 전문화되지 않은 호기심만으로 이루어졌다가 사라지는 이 나라 풍토에서, 울산에도 예술이 있고 예술을 사랑하는 사람이 있어, 우리도 보란 듯이 넉넉하게 살아보자는 150만 시민의 자긍일진대, 앞으로 「처용가」의 그 정신이 이 땅에 뿌리내리기를 기원하는 마음 간절하다.

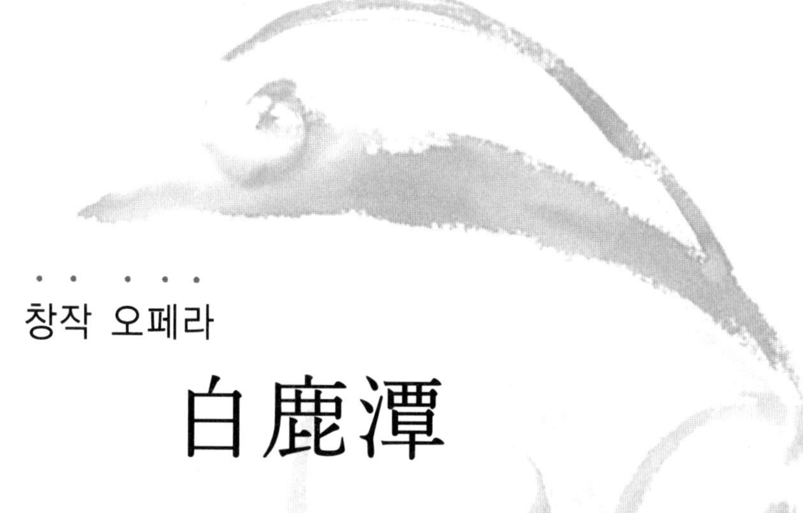

창작 오페라

白鹿潭

(全10場)

2002년 12월5일 제주문예회관대극장
차범석 작, 김정길 작곡, 장수동 연출, 이동호 지휘, 전지현 예술감독
출연 : 김방술, 고유정, 현선경, 최은덕, 김상곤, 김광진, 김형전 외

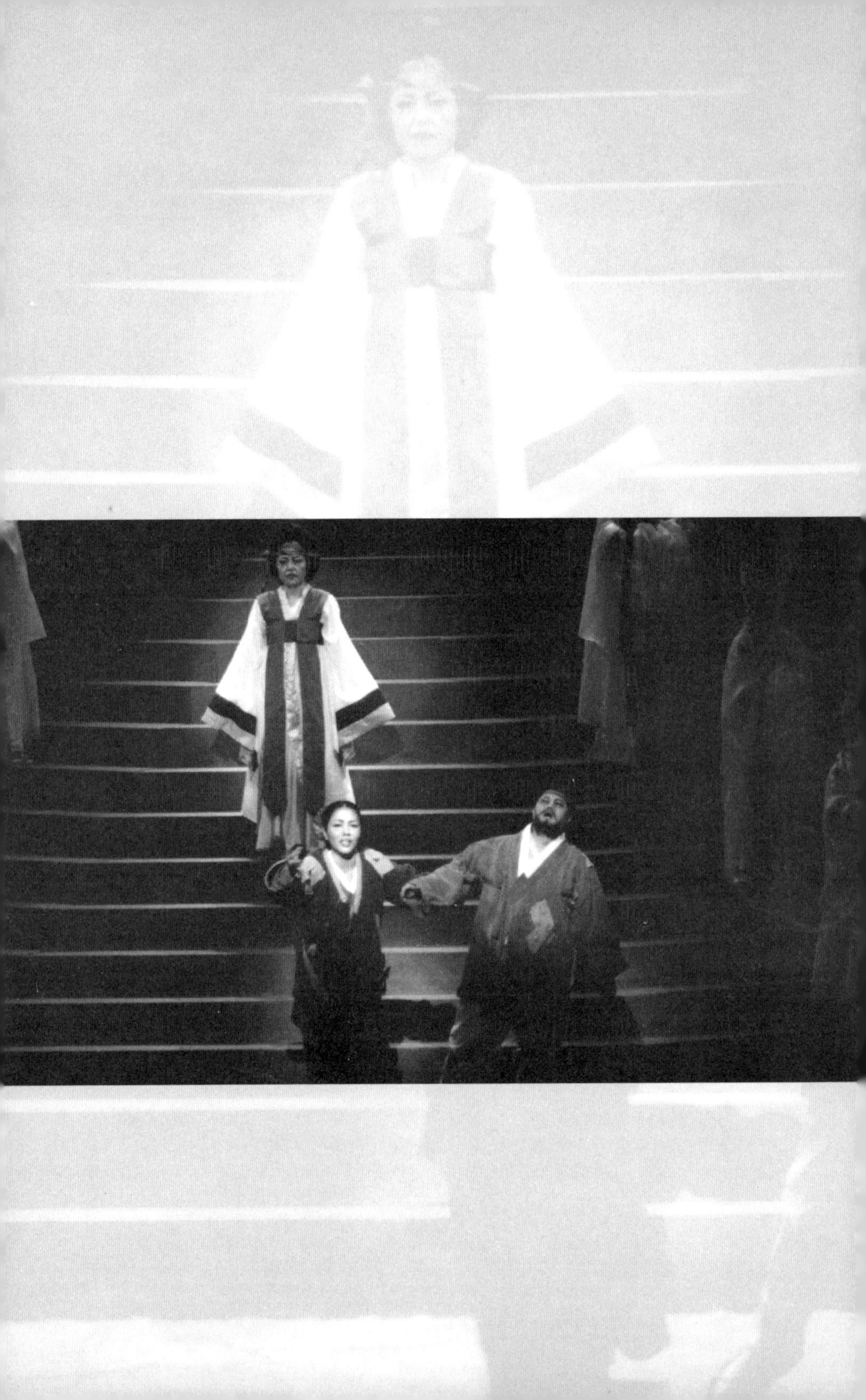

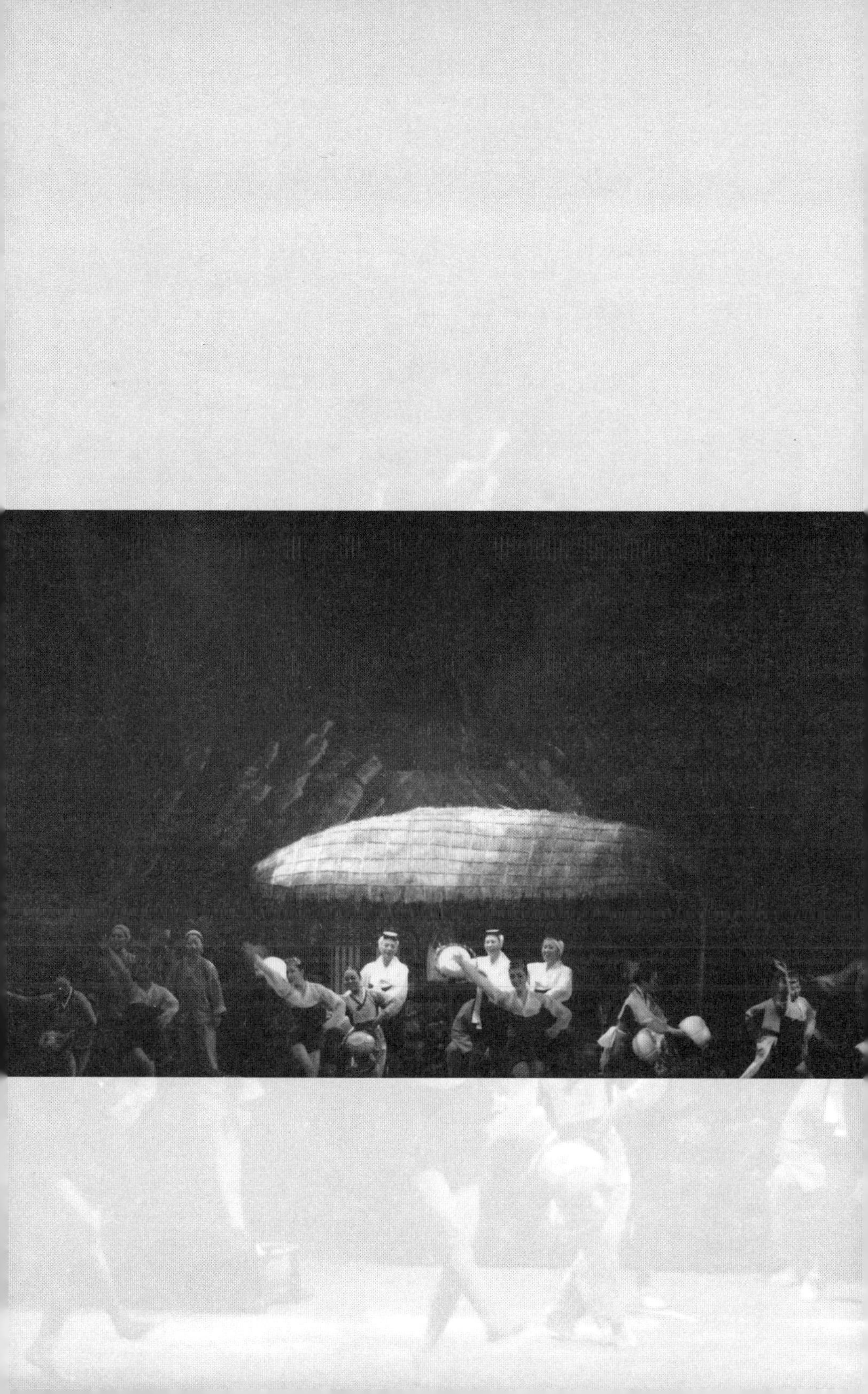

◎ 등장인물

　　구슬이

　　어머니

　　문길상(文吉相)　　구슬이의 남편, 유배인(流配人)

　　안종철(安鍾哲)　　제주목사(濟州牧使)

　　덕　쇠　　　　　　구슬이의 오래비

　　이방(吏房)

　　무당(巫堂)

　　설문대 할망(소리만)

　　정조(正租)

　　안일구(安一球)　　안종철의 아버지. 노론시파(老論時派)

　　문태훈(文泰勳)　　문길상의 아버지. 노론벽파(老論僻派)

　　조신(朝臣)들(갑, 을, 병) 노론시파 사람들

　　비바리들 5, 6명

　　마을 사람들 다수

　　형리(刑吏)

　　포도대장

　　포졸 갑, 을

◎ 시대

　　1780년 전후

◎ 장소

　　제주(濟州)　　대정면(大靜面) 고사리 마을,

　　조정(朝廷),

　　백록담(白鹿潭)

서곡(序曲)

백록담(주제곡)

— 정지용 시 「백록담」 참고

귀신도 쓸쓸하여 살지 않는
도체비꽃도 혼자 무서워
파랗게 질린다 백록담아

백골이 된 자작나무에
또다른 백골이 정답게 기대어
밀어를 나눈다 백록담아

영겁을 두고 시간조차 머물러
포도빛 물만 고인 해발 육천척
바람소리 새소리 물소리도 정다워라

아, 천지개벽의 아픈 상처인가
설문대 할망의 젖줄 사랑인가
사슴, 노루, 산돼지, 고라니 모색은 달라도
평화와 자유의 물 마시고 살찌우니

아, 백록담은 영원한 우리 어머니
아, 백록담은 생명의 젖줄
엄고란 붉은 열매는 생명의 신비
탐라의 꿈과 사랑의 요람 백록담이여.

제 1 장

서곡에 이어 주제곡이 흐르다가 무대 밝아진다.

무대는 제주 대정현 고사리 마을. 무대 오른쪽은 키가 낮은 관목 림이 우거지고 그 사이에 고사리며 떡갈나무가 우거진 언덕이다. 그 길을 내려서면 질펀한 평지 위에 유배인 문길상이 거처하는 적소. 땅에 엎드리듯 낮고 허술한 민가이다.

그 언덕과 적소 사이로 멀리 수평선과 망망대해가 내려다보이며 황량하고 처절한 분위기가 감돈다.

적소 둘레에는 대나무와 칡넝쿨로 얽어맨 울타리가 에워싸여서 함부로 출입할 수 없는 유배인의 장소임을 말해준다. 그리고 역시 대나무로 짠 형식적인 출입문이 반쯤 열려있다.

멀리서 파도소리가 밀려 왔다간 멀어진다. 바람이 제법 센 듯 해 면에는 하얀 파도가 이따금씩 이빨을 드러낸다.

불안과 초조의 음악으로 변하면서 무대 여기저기서 마을 사람들 이 삼삼오오 무리지어 등장한다. 그들의 표정은 머지않아 닥쳐올 어떤 충격적인 사태에 대한 궁금증과 긴장으로 설레인다.

마을사람 A　(레지타티브) 유배인은 누구?

마을사람 B　호조판서의 자제 문길상!

일동　　　　문길상?

마을사람 B　스물 일곱에 대과 급제한 노론벽파 사대부집 자제

일동　　　　노론벽파?

마을사람 C　노론시파의 원수.

마을 사람들의 자조(自嘲)와 자학(自虐)의 감정이 번져간다.
이때 멀리서 취타 소리가 들려온다. 마을 사람들이 긴장하며 언덕 위로 몰려가 바다 쪽으로 통하는 아랫길을 내려다본다.
바람이 전보다 세게 불어온다.

·합창·　　원악도

여성　　　　기다리는 사람 없어도
　　　　　　반갑지 않은 길손은 또 오는가
　　　　　　하늬바람 타고 오나
　　　　　　거친 물살에 떠밀려 오나

남성　　　　무슨 죄를 지었기에 수륙천리에
　　　　　　아… 귀양살이 선비만 오고
　　　　　　떠나가는 사람은 없으니

남성, 여성　원악도가 원수일세
　　　　　　원악도가 원수일세

바다 쪽에서 이윽고 포도대장을 앞세우고 포졸 갑, 을 유배인 문길상을 들것 위에 태워 올라온다.
문길상은 포박을 당한 채로 들것에 앉아있다. 상투는 흘러내리고

옷도 남루하다. 여러 날을 배에서 시달린 탓으로 피곤하고 초췌한 빛이 역력하다. 그러나 날카로운 눈빛과 창백한 표정은 보기에도 선비다운 의연함과 품위가 있어 예사롭지 않은 위인임을 말해 준다.

포졸들이 적소 쪽문 앞에다 들것을 내려놓는다.

포도대장   풀어줘라.

포졸들이 문길상의 포승을 풀어준다. 문길상이 가벼운 현기증을 느낀 듯 잠시 눈을 감는다. 마을 사람들이 불안과 호기심에 찬 두려움으로 지켜본다.

들것에 보따리가 하나 달랑 놓여있다.

포도대장   (레지타티브) 죄인 문길상은 듣거라.

문길상이 땅바닥에 무릎을 꿇는다. 마을 사람들이 술렁댄다.

포도대장   모반역도 문길상. 오늘부터 이 집 밖으로 나갈 수 없고, 그 누구와도 접촉을 금하노라. 양식이나 물품을 세공한 사는 유배인과 마찬가지로 엄벌에 처할 지니, 명심하렷다.

마을 사람들이 공포에 떨며 일제히 머리를 떨군다. 포도대장이 포졸들에게 몇 마디 지시를 내린 다음 왔던 길로 퇴장한다.

포졸 갑이 대나무 쪽문을 열고 옷 보따리를 내던지고는 집안으로 들어가라고 지시한다. 문길상은 말없이 먼 바다만 하염없이 바라본다. 그 모습이 마냥 처량하다. 포졸 을이 갑에게 가자고 눈짓을 보낸다. 두 사람이 들것을 들고 퇴장한다. 마을 사람 하나가 문길상에게 다가서려고 하자 다른 한 사람이 거칠게 막는다.

어느덧 무대는 어두워진다. 마을 사람들이 하나 둘 퇴장한다. 세차게 불어온 바람에 문길상의 머리카락이며 옷자락이 흩날린다. 갑자기 엄습해오는 고독감과 처절함에 문길상은 갑자기 바다를 향해 혼신의 힘을 다하여 고함을 지른다. 피를 토할 것 같은 울부짖음이다.

문길상　　으악… 으악… 으악…

고함소리가 파도소리에 휘말려 멀리 달아난다. 문길상은 자신의 감정과 몸무게를 지탱 못한 채 땅바닥에 허물어지듯 주저앉는다.

· 바다여 말해다오

하늘이여 대답하오
바다여 말해다오
여기가 어디메뇨
극락인가 지옥인가

극락이면 보살이 인도하고
지옥이면 잡귀가 기다리거늘
보이는 건 바다와 하늘
들리는 건 바람과 파도소리
아… 극락보다 더 먼 원악도여
지옥보다 험한 탐라도여
나는 이제 어찌 살란 말인가

하늘이여 파도여
나는 어찌 하란 말인가

문길상은 대나무 울타리를 부여잡고 통곡한다. 이때 오른쪽 숲에서 구슬이가 조심스럽게 고개를 내민다. 등에는 물허막을 담은 구덕을 걺어졌다. 소박한 감옷 차림이 차라리 청순하고 향기롭다. 문길상의 애통하는 모습에 충격을 받은 듯 얼굴이 흐려진다.

♦ 차라리 조개가 되어

아… 저 소리는
슬픔도 분노도 아닌
타오르는 불기둥이
무너지는 소리
어둠을 삼켜먹는 불길의 소리
깊이 박힌 탱자나무는
뽑을수록 파고드는 아픔일래라
아… 차라리 조개처럼
입을 다물어라
조개처럼 입을 다물어라

구슬이 소리에 문득 정신이 든 듯 문길상이 두리번거린다. 구슬이가 바위 그늘에 몸을 감춘다.

♦ 이중창 ♦

문길상   그 누군가 나를 부르는 소리

바람도 아닌 파도도 아닌
아슬한 꿈길에서 부르는 소리
구슬이　　　아… 차라리 바위가 되어
영원히 변치 않는 바위가 되어
영겁의 침묵으로 가라앉으리
문길상　　　누군가 내 옆에 있어서
목마른 마음을 적시어 준다면
그 누군가가 나를 부른다면

　두 사람은 서로가 이끌리듯 가까이 간다. 눈에서 눈으로 전해지
는 마력 앞에서 두 사람은 황홀한 표정이다. 다음 순간 구슬이가
쏜살같이 산길을 내려간다. 혼자 남은 문길상은 헛것을 본 듯 멍
하니 서 있다.

〈암 전〉

제 2 장

구슬이의 집. 전형적인 제주 민가. 마루를 사이에 두고 두 개의 방이 있는 일자형 집. 부엌에 이어 두영(텃밭)이 있다. 배추며 부추가 파릇파릇 자라고 있다.

동리 아낙네들이 마당에 모여 앉아서 담소 반 노래 반으로 즐기고 있다. 흥이 나자 허벅장단에 맞춰 춤을 추기 시작한다. 민요 〈이어도 살아〉를 편곡한 합창곡이다.

이때 행길 쪽에서 덕쇠가 등장. 개가죽 옷을 걸치고 어깨엔 활을 지녔다. 손에 죽은 토끼가 두어 마리 들려있다. 사냥에서 돌아오는 모양이다. 기칠고 무뚝뚝한 인상이다. 그의 미음속에 품고 있는 이떤 불만의 탓이라. 그의 눈에는 핏발이 서 있어 약간 술에 취한 듯 행동이 거칠다.

덕쇠가 들어서자 아낙네들이 춤과 노래를 멈추고 경계하는 눈빛이다. 덕쇠는 그들의 표정에는 막무가내다. 그는 정지(부엌) 앞에 있는 물항아리에서 냉수를 한 바가지 떠서 꿀꺽꿀꺽 소리내어 마신다.

아낙네들이 겁먹은 듯 지켜본다. 덕쇠가 바가지를 내동댕이친

다. 그리고 아낙네들을 노려본다. 아낙네들이 겁에 질려 피한
다.

·독창·   종놈의 노래
사람 구경도 못한 등신들.
백년 가도 종놈의 자식은 종놈
핫하… 헛허…
먹고, 자고, 싸고, 먹고
섬 구석에 처박혀 살며
세상 구경 한번 못한 귀신들아!
핫하… 헛허…
미역 캐서 뭍사람에게 바치고
전복 캐서 아전에게 바치고
허구헌날 밟히고 빼앗기며
눈물조차 말라버린 등신들아
핫하… 핫하…
소, 돼지보다도 못한 목숨
살았다 말하기도 부끄러운
죽었다 말하기도 억울한 목숨
백년 살아도 종놈의 자식은 종놈
핫하… 핫하…

덕쇠가 죽은 토끼를 휘두르며 아낙네들을 위협하자 아낙들이 질
겁을 하고 도망친다. 덕쇠가 그들을 뒤쫓아 나가려는데 덕쇠 어머
니가 불쑥 들어선다.
물질(잠수)에서 돌아오는 길이다. 해녀복 차림에 물질 도구를 한
짐 졌다. 눈빛이 날카롭고 의지가 강한 여장부다.

어머니 (날카롭게 제주 사투리로) 느, 이레 오라. 가를 말이 싯저(할
        말 있다.)

        어머니가 툇마루로 가서 물질장비며 소라 전복이 담긴 구덕
        을 바닥에 부려놓는다. 덕쇠는 약간 기가 죽은 듯 마루 끝에 앉
        는다.

어머니 (엄하나 침착하게) 느 아방이 종이었나? (사이) 최씨 가문이
        종이었나? 말하기라! (윽박지르며) 말하기라!
덕쇠   (주눅 들며) 아, 아니오…
어머니 삼대조 최승교 진사의 후손이라는 걸 잊었나? 이 몹쓸 놈!
        (뺨을 후려친다.)

      • 독창(어머니) • **조상의 얼굴에 침 뱉는 자**

                조상의 음덕을 저바리는 자
                인두꺼비를 쓴 짐승
                조상의 얼굴에 침 뱉는 자
                망아지 콧김보다 못한 놈

                호랑이는 아무리 배곯아도
                풀을 먹지 않는 법
                네가 우리 가문을 종으로 보다니
                자존심도, 밸도 없는 놈

                세상을 잘못 만나

유배온 지 반백년을
흰 허리 닳은 손톱으로
살아남은 우리가 종인가

일하기 싫으면 나가는 법
살고 싶으면 일하는 법
그것만이 섬에서 살아남는 길
그것만이 규율을 지키는 길

조상의 얼굴에 침 뱉는 자는
망아지 콧김보다 못한 놈
일하기 싫으면 나가는 법
섬에서 살기 싫은 자는
뭍으로 썩 나가라

어머니가 벌떡 일어나 바가지로 물을 퍼서 덕쇠에게 끼얹는다.
그러나 덕쇠는 돌처럼 쭈그리고만 있다.
얼마 전부터 돌담장 너머로 사람을 지켜보고 있던 구슬이가 덕
쇠에게로 다가간다. 구덕 안에 채소며 콩대가 담겨 있다.

· 독창 · 그 얼굴에 햇살이

한라산 봉우리에 흰눈 쌓이고
마른 감잎새에 서리 내려도
봄을 기다리면서 살아 나온 우리

돌아갈 기약은 없어도

언젠가는 돌아갈 삶이기에
온갖 시름 뿌리치며 살아온 우리

유배인의 후손이 죄인가요
권력을 휘두른 자들의 횡포이지
우리는 떳떳한 가문의 후손
바늘구멍만 있어도
빛은 찾아드는 것을
그 얼굴에 햇살을
그 얼굴에 햇살을

구슬이 다정스럽게 덕쇠의 젖은 어깨를 닦으려 하자 덕쇠는 거칠게 그 손을 털고 나가버린다. 분노에 차 있던 어머니는 울음보를 터뜨린다. 구슬이가 위로한다.

·이중창· 빛은 언제나

어머니   천한 사람에게는
          복도 귀하구나
구슬이   우리는 웃는 낯으로 살아요
어머니   젊어서는 남편복
          늙어서는 자식복이라던데
구슬이   구름에 가려진 달빛일 뿐
          어머니 썰물 뒤엔 밀물이 밀려오듯
          언제나 우리에게 빛을 비추나
구슬이   아… 찬란한 햇살이여
어머니   언제 또 빛은 비추나
구슬이   바다도 하늘도 말이 없는

            이 답답한 가슴에
어머니   빛은 언제 비추려나
구슬이   빛은 언제
            활짝 열어줄 빛이여 오라

                                        〈암 전〉

제 3 장

중간막 앞. 무대는 암흑. 이윽고 국청의 일부가 나타난다. 다만 두 줄기 조명이 국문을 받고 있는 영의정 문태훈(문길상의 아버지)과 그를 반대하는 승지 안일구(안종철 목사의 아버지)를 포함한 몇 사람의 조신들을 비춘다. 중앙 단상인 천장에서 내려진 발 저편에 왕(정조)이 앉아 있으나 얼굴은 선명치가 않다.
  (이 장면은 꿈속에서 이루어지기 때문에 조명도 환상적이라야 한다.)

조신들　우의정 문태훈은 용서 못할 역적.

　　　　노론벽파 문태훈을 극각 사형에 처하시오.

안일구　(레지타티브) 우의정 문태훈은 전하의 왕위계승을 극력 방해한 노론벽파의 주모자. 마땅히 사형에 처하시오.

조신들　문태훈의 아들 문길상 역시 용서 못할 역적.

안일구　노론시파의 장래를 위하여 노론벽파의 삼족을 멸하게 하소서.

조신들　역적 문태훈 부자를 엄벌에 처하소서.

문태훈　소신의 자식, 길상은 이번 거사와는 무관한 처지. 죽음만은 면케 하소서.

안일구   아니되오. 노론시파의 장래를 위하여 노론벽파의 삼족을
　　　　　 멸하게 하소서.
조신들   역적에게 엄벌을. 역적 일가에 엄벌을!

　　　　조신들이 극성스럽게 윽박지르자 문태훈도 혼신의 힘을 쏟아 항
　　　변하듯 전하에게 직언한다.

문태훈   상감마마. 소신의 자식에게만은 관용을… 길상은 아무 죄가
　　　　　 없으니. 상감마마! 굽어 살피소서!
정조   들거라. 모반역도 문태훈을 위시한 일당에게 즉각 사약을
　　　　　 내리되 문태훈의 아들 문길상은 관직을 삭탈하고 멀리 유
　　　　　 배토록 하라.
일동   성은이 망극하오이다!
문태훈   (발악하듯) 아니 되오! 아니 되오! 상감마마 통촉하옵소서!
　　　　　 길상아! 길상아!

　　　　이 말과 함께 무대가 급히 암흑 속으로 묻히자 어둠 속에서 문길
　　　상의 절규가 들린다.

문길상   (소리) 아버님! 아니 됩니다. 아니 됩니다. 이렇게 가시면 아
　　　　　 니 됩니다! 아버님!

　　　　　　　　　　　　　　　　　　　　　　　　　　　　〈암 전〉

제 4 장

어둠 속에서 거센 파도소리가 드높아지다가 사라진다. 무대가 밝아진다. 문길상의 집. 달빛이 밝다. 마루에서 자고 있던 문길상이 악몽에 시달리는 듯 신음하다가 벌떡 일어나 주변을 두리번거린다. 이윽고 길게 한숨을 몰아쉰다. 꿈을 꾼 모양이다.

길상은 달을 쳐다본다. 풀벌레 소리가 처량하다. 악몽을 씻어버리듯 길게 숨을 몰아쉰다.

● **탐라선이 노래**

탐라에는 계절도 없네
바람과 햇볕과 바다뿐
탐라에는 계절도 없네
하늘과 오름과 먼 바다뿐

꽃피고 새우는 소리도 지겨워
지금은 더 할 수 없는 형벌

쌓여만 가는 낙엽인가

아무도 붙드는 이 없고
비어 있는 공간인데
갈수록 조여매는 사슬 있어
아… 그것은 외로움이라는
이름의 형벌.

끝없는 바다가 두렵네
비어있어 더 외로운 바다
비어있어 더 슬픈 바다
나는 어찌하란 말인가

문길상이 돌아앉아 단소를 불기 시작한다. 이때 수건을 쓴 구슬이가 조심스럽게 등장. 손에 보자기를 들었다. 주위를 살핀 후 보자기를 문틈 사이로 밀어 넣자 툭 하며 가지 부러지는 소리에 구슬이가 놀라 몸을 움츠린다.

문길상이 일어난다. 구슬이는 땅바닥에 엎드린다. 문길상이 마루에서 내려와서 두리번거리다가 보자기를 발견한다.

그는 주위를 둘러본 후 보자기를 펴본다. 말끔하게 지은 남자 바지저고리다. 그는 옷을 펴보다 말고 어떤 예감에 사위를 다시 휘둘러본다.

·독창·　거기 누가 있소?

어둠은 눈을 가려도
소리는 못 가리네
두 눈은 가려도

뛰는 가슴만은 막을 수 없네
거기 누가 있소?
얼굴은 보이기 싫어도
목소리는 들려줄 수 있으련만
거기 누가 있소?

숨어있던 구슬이가 수줍은 듯 일어선다. 두 사람의 시선은 금새
뜨겁게 교차된다.

문길상   달은 중천에 떴으니
           그대는 분명 달은 아니겠죠
           차라리 호수였던들
           그대는 달이 될 수 있으련만
           아… 그대가 서 있는 그곳은
           동쪽도 서쪽도 아니니
           어느 나라 어느 곳인가요?

구슬이   (레지타티브) 여기는 오대산(五大山)에 둘러싸인 탐라섬.
문길상   (레지타티브) 오대산? 탐라섬?

· 이중창 ·   **설문대 할망의 노래**

구슬이   섬 가운데 한라산
           성산면에 청산
           표선면에 영주산
           안덕면에 산방산
           구자면에 두럭산
문길상   그토록 많은 산 가운데

                  내가 숨어서 살 산 하나 없네
구슬이   산이 있는 곳이면 누구나 살 수 있다오.
문일상   날짐승, 들짐승은 살 수 있어도
                사람은 산에서는 못 살아
구슬이   살 수 있소. 살 수 있소.
                설문대 할망이 계시니 걱정 없소.
문일상   (레지타티브) 설문대 할망?
구슬이, 문일상 설문대 할망은 생명의 근원
                설문대 할망은 구원의 손길
                제주도의 어머니
                제주도의 지킴이
                설문대 할망이 계시기에
                우리는 살아왔소.
                우리는 살고 있소.

  두 사람은 어느덧 가까이 마주선다. 이미 두 사람의 마음이 굳게
맺혀진 증거라도 되는 듯 표정은 마냥 밝다.

                                                    〈암 전〉

제 5 장

구슬이의 집 앞, 석양 때.

넓다란 남방아를 가운데 놓고 비바리들이 방아를 찧고 있다. 두 사
람은 물허벅 장단을 친다. 명랑하고 소박한 노래는 유머러스하며 구
성지다.

• 합창(비바리들) • **방아야, 방아야**

방아 방아 무슨 방아
시어멍(시어머니의 사투리) 눈치 보다가
손등 찧는 헛방아

방아 방아 무슨 방아
님 생각에 눈물 짜는 방아

방아 방아 무슨 방아
시어방에게 쌀보리

시누이에겐 좁쌀 방아

내가 먹자고 찧는 방아냐
다 잘 살자고 찧는 방아지
이것저것 다 찧어봐도
밤 방아만 못하구나
밤이슬에도 님 생각
달빛 속에도 님의 얼굴
날 새기 전에 뚝딱 방아야
핫하… 헛허…

비바리들이 자지러지게 웃는다. 이때 구슬이와 그 어머니가 들어
선다. 들일을 하다 온 어머니는 몹시 화가 난 표정이다. 구슬이는
구덕을 내려놓는다. 빨래와 막깨(제주도 특유의 빨랫방망이)가 엿
보인다. 구슬이는 죄 지은 사람처럼 저만치 서 있다.

어머니　못해! 그렇게는 못해! 이 두 눈에 흙 덮기 전엔 그렇게는 못
　　　한다!
구슬이　어멍!
어머니　까마귀 까욱하니 참새도 쪼쪼한다는 속담도 모르냐?
구슬이　어멍, 그게 아니오.
어머니　하필이면 죄인에게 정을 주다니. 냉수 마시고 정신 차려. 못
　　　한다! 안돼!

화가 머리끝까지 난 어머니가 방문을 거칠게 열고 들어간다. 구
슬이가 구덕을 내려놓는다. 비바리들은 심상치 않은 분위기에 눈

치를 챈 듯 서로 쉬쉬하며 퇴장한다. 무대에 구슬이만 남는다.

·아리아· **간절한 소망들**

이 마음을
누구에게 호소할까
바다는 알아주겠지
깊고 넓은 바다는
말 한마디 없어도
깊은 속사정 알겠지
죄 없는 죄인을 위한
나의 간절한 소망을

외롭게
갇혀 사는 사람에게
이끌리는 내 마음이사
나도 풀 수 없는 수수께끼

재 속에 묻힌 숯불인가
자꾸만 되살아나는 불꽃은
나도 풀 수 없는 수수께끼

아, 간절한 소망을
그 누구에게 호소할까

구슬이가 기둥에 기대어 운다.

〈암 전〉

제 6 장

    문길상의 집. 만천의 별이 쏟아질 것 같은 아름다운 밤하늘. 문길상이 단소를 불고 있다. 옷차림도 전보다 깨끗하다. 단소를 불다말고 벌렁 눕는다. 누군가를 기다리는 조바심을 첫 눈으로도 알 수 있다.

    이때 구슬이가 반찬이 든 작은 대소쿠리를 들고 조심스럽게 문을 밀치고 들어선다. 발자국 소리를 죽이며 살금살금 걸어가는 모습이 장난기가 있어 보인다. 가까이 가 잠시 기색을 살피더니 살그머니 돌아선다.

· 독창 ·　님의 얼굴

> 잠드신 님의 얼굴
> 옥보다 더 흰 살결
> 그늘에서 자라난
> 옥잠화에 비할까

끓어오른 마음의 불
미처 다 태우지 못해
차라리 흰 재가 되어
잠드신 님의 얼굴

구만리 먼 바닷길에
한과 눈물 다 버리고
밤하늘의 별과 함께
고운 꿈이라도 꾸소서

구슬이 조용히 돌아서 나오려는데 문길상이 누운 채 한 손을 펴 내민다.

・독창・ 달빛보다 촛불이

눈은 감아도 마음의 창에는
불빛 가득 찼네
밤하늘 뭇 별들이
달빛보다 더 밝으니
생각은 멀리 달아나고
그대 모습만 가까워지네

문길상이 가까이 오라고 손짓을 한다. 구슬이 자석이 끌려가듯 마루 쪽으로 간다. 포옹한다. 문길상이 구슬이의 손을 잡아 이끈다. 두 사람이 자연스럽게 안긴다.

• 이중창 •　　우리들의 만남은

문길상　　처음 만났을 때
　　　　　우리는 낯설지가 않았소
　　　　　두 번째 만났을 때
　　　　　우리는 가까워지길 바랬소
　　　　　그리고 나서는 날마다 기다려졌소
구슬이　　전생에 어디선가 만난 사람
　　　　　눈과 눈으로만 말해도
　　　　　서로의 마음은 물 속처럼 환했소
　　　　　그것은 사람의 힘
　　　　　저 높은 곳에서 내리신 운명
문길상　　그러나 맺을 수 없는 남남
　　　　　이승과 저승보다 더 높은 벽
　　　　　우리의 만남은 법으로 막혀 있어
　　　　　넘을 수도, 부술 수도 없는
　　　　　높고 높은 벽이라오
구슬이　　제아무리 높다해도
　　　　　한라산 상봉보다 높을까
　　　　　오르고 또 오르면
　　　　　상상봉은 거기 있으니
　　　　　우리는 쉬지 말고 오르는 길뿐

구슬이가 문길상의 품에 얼굴을 묻는다.

문길상　(레지타티브) 이러시면 안되오. 낭자. 이러시면 우리는 중죄
　　　를 범하게 되오.
구슬이　저는 서방님 곁에 있기로 마음 굳혔소!

문길상 믿을 수 없네. 아, 그 마음을 어찌 나더러 믿으라고. 죄인을
        용서할 분은 오직 한 분, 전하께서 사면이 내릴 때까지는
        나는 영원한 죄인.
구슬이 모든 것을 바치기로 작심한 저의 마음을 받아주소서. 해당
        화가 붉다해도 내 마음보다는 못하리라. 파도가 높다해도
        내 마음보다는 못하리라. 여자의 붉은 마음을 막아설 힘은
        없으리라

· 이중창 ·   우리의 사랑은 영원하리

문길상   죄인을 감싸주는
             그대의 마음 갚을 길 없네
구슬이   법보다 더 무거운
             사랑의 무게를 아시나요
문길상, 구슬이 용두암에 부서지는 파도도
             우리 사랑을 깨부수지 못해
             한라산 짙은 안개도
             우리 사랑을 가릴 수 없네
             설문대 할망께서 점지하신 사랑
             우리 사랑은 영원하리라

두 사람은 비로소 뜨겁게 포옹을 한다. 막이 서서히 내린다.

〈중간 휴식〉

〈암 전〉

제 7 장

전막부터 1년 후.

동헌(東軒) 앞마당. 무대 중앙에서 관기들이 춤을 추고 민중들의
노래가 한창이다. 새로 부임한 안종철 목사(牧使)를 환영하는 자리
라서 흥겹다. 주민들도 흥에 겨워 춤을 추고 노래를 부른다.

• 합창 •　　신관 사또 납신다

신관 사또 납신다
안종철 목사 납신다
매마른 땅에 단비 내리듯
만경창파에 고기떼 몰려오듯
안종철 목사 납신다
신관 사또 납신다

더도 말고 덜도 말고

설문대 할망의 영험함과

백주 할망의 보살핌으로

천세 만세 인도하소서

산중에는 영초 불로초

오름마다 말목장

바다에는 황금어장이니

무릉도원이 부럽지 않네

우리 영주섬이 바로 도원일세

경사로세 지화자 좋다

노래가 끝날 무렵 제주 목사 안종철이 동헌 대청에 등단한다. 용모가 탐욕스럽고 오만하다. 그의 지시에 따라 관기들이 절을 하고 물러난다.

안종철 (대사) 본관의 취임을 이토록 환대해주니 기쁘기 그지없소. 제주는 자고로 삼다도라 일컬어왔고 그 중에서도 여자가 많다고 들었는데 사실인가? 이방!

이방 그러하옵니다. 사또.

안종철 그럼 쓸만한 제주 미색을 하루 속히 보고싶군! 헛허… 핫하…

이방 분부대로 하겠나이다. 사또.

안종철 그건 그렇고… (사방을 휘둘러보며) 그 죄인은 어디 있는고?

이방 예, 예. 아까부터 대령하고 있습니다. (형리에게) 여봐라. 냉큼 헌신하라신다.

모두들 긴장한 시선으로 웅성거린다. 이윽고 오른쪽에서 두 사람
의 포졸의 인도를 받으며 문길상이 등장한다. 전보다 허약해 보인
다. 문길상은 고개를 떨어뜨린 채 단상 앞 땅바닥에 무릎을 꿇는
다. 안종철은 매섭게 쏘아본다. 말이 없다. 무거운 침묵.

안종철   고개를 들거라.

문길상이 서서히 고개를 든다. 그러나 무표정하다.

안종철   내가 누군지 아느냐?
문길상   (여전히 말이 없다)
안종철   흠… 모를테지. 벌써 2년 전 일이니… 그러나 나는 너를 잘
         안다. (경멸과 위협에 찬 표정이다.)

         (레지타티브) 너의 아비는 문태훈
                     노론벽파의 일당
                     정조시해 모역 사건의 주모자.
         (대화로)   틀림없지?

문길상   (심한 충격을 받으며) 아… 이럴 수가…
안종철   내 선친은 노론시파로 안일구. 노론시파로 너희 집안과는
         오랜 적수.
문길상   안일구? 아버지에게 역적의 누명을 씌운 안일구?

• 이중창 •　　운명의 수레바퀴

　　　　　　　아, 믿을 수 없는 운명의 장난
　　　　　　　아, 얄궂은 운명의 수레바퀴여.
안종철　　　　사람의 운명은 뜬구름 같은 것
　　　　　　　어디서 와서 어디로 가는지
　　　　　　　금새 있다가도 형체도 없이 사라지니
　　　　　　　운명의 수레바퀴는 끊임없이 도는 것
문길상　　　　원수의 아들이
　　　　　　　나에겐 또 무엇을 안기려나
안종철　　　　우리는 영원한 적수
　　　　　　　노론벽파의 씨가 남아 있는 한
　　　　　　　노론시파는 편할 수 없다
　　　　　　　우리는 영원한 원수 핫하…
문길상　　　　하느님, 산신령님, 용왕님.
　　　　　　　이런 형벌이 어디 있습니까
　　　　　　　대물림으로 내리는 형벌이라면
　　　　　　　차라리 내 스스로
　　　　　　　목숨을 끊어 이 치욕에서
　　　　　　　벗어나리다. 치욕에서 벗어나리다

　　문길상이 분노와 굴욕에 떨며 자리에서 일어나 뛰어나가려는데
군중 속에서 구슬이가 뛰쳐나와 막아선다. 좌중이 소연해진다. 구
슬이가 필사적으로 매달린다. 구슬이 머리는 쪽을 지어서 이미 유
부녀임을 알 수 있다.

구슬이　　안되오! 참으셔요! 참는 게 사는 길.
　　　　　참으셔요. 서방님!

안종철   (벌떡 일어나며) 서방님? 지금 분명히 서방님이라 했느냐?
          이방!
이방   예. 그렇게 들렸습니다. 사또.

구슬이가 대청 계단 아래 무릎을 꿇는다.

구슬이   쇤네.
            서방님을 위해서
            한 말씀 올리겠소
            부친의 모역 죄에 연류된
            그 죄는 씻을 수 없겠지만
            천성이 착하고 어질어
            법 없이도 살 수 있는 선비라오.

안종철   (호령을 하며) 이년! 그 아가리를 찢기 전에 엎드려 듣거라!
구슬이   사또!
안종철   (마루에서 내려오며) 국법을 어긴 유배인의 주제에 아녀자
          를 농락한 죄는 어디다 두고 법 없이도 살 수 있다 하느냐?
          그 법은 어느 나라 법인고? 죄인 문길상은 이실직고 마땅
          하렷다!

좌중이 술렁인다. 문길상이 대답하려 하자 구슬이가 가로막는다.

· 독창 ·   사랑이 죄라면

            그 범법은 쇤네의 죄

쉰네의 탓
차라리 쉰네에게
중벌을 내리소서

우리의 사랑이 죄라면
어떤 벌이라도 받으리라
사랑이 죄라면
칼을 물고 죽으리라
그러나 죄인 아닌 죄인에게
사랑을 바칠 자유조차 막는다면
그건 숨통을 억누르는 포악
왜 사랑했는가 묻지 마오
백록담의 푸른 물빛을 캐묻지 마오
태초부터 푸른빛은 영원히 푸르다오

안종철   발칙한 년! 여봐라. 저 두 년놈을 당장에 형틀에 묶어 곤장
　　　　30대를 쳐라!

　　　이 말이 떨어지기가 무섭게 장내는 어수선해지고 형리들이 형틀
을 맞들고 나온다. 고종들은 공포와 불안에 떤다. 이 동안 군중들
의 합창이 깔린다.

　　· 합창(군중) · **무슨 변이 터졌나?**

　　　무슨 변이 터졌나
　　　신관 사또 성화났네
　　　무슨 변이 나겠나

백성 다스리기보다
혈세 챙기기 일쑤고
선정 베풀기보다
주색잡기가 능사이니
무슨 변이 나겠네
무슨 변이 터졌네

합창이 계속되는 동안 무대에 두 개의 형틀이 옮겨진다. 두 형틀은 마주 바라보게 놓였다. 형리들이 문길상과 구슬이를 형틀에 앉히고 묶는다. 땅바닥에 수십 개의 장살이 쌓인다. 군중들이 경악과 동정과 불안으로 떤다. 두 사람은 흘러내리는 눈물을 삼키다가 구슬이가 고개를 번쩍 쳐들고 안종철을 쏘아본다.

구슬이   인간사에 천륜이 있듯 법에도 법도가 있다했소. 죄 없는 민초에게 이처럼 남형을 가하다니 어느 나라 법이며 누구를 위한 법이오?
안종철   늬년 죄를 늬가 모르느냐? 유배인 적소에 함부로 드나든 죄 아직도 옳다하는가? 하물며 처녀의 몸으로 통정까지 한 죄 삼강오륜을 어긴 죄를 모르는가!
구슬이   비록 육례를 갖추지 못했지만 우리는 떳떳한 부부. 엄연한 유부녀를 사랑했다는 이유만으로 처단하려는 그 속셈 불빛보다 더 훤하오
안종철   (부들부들 떨며) 저, 저 년 놈에게 곤장 30대를 쳐라!
이방   예… (크게) 곤장 30대를 치라신다!

형리들이 기다렸다는 듯 곤장을 집어들고 두 사람을 내리친다.
무거운 비명과 함께 무대는 암흑 속으로 변하며 두 줄기 빛이 구
슬이와 문길상만을 비춘다. 곤장을 내리치는 날카로운 소리가 들
린다.

문길상   부인, 나는 죽어도 부인은 살아야 하오.
구슬이   이 몸 백 번 죽어도 사또에게 굽히지 않겠소 차라리 이렇게
　　　　서방님과 마주 앉아 저승길 가게 되어 기쁘오.
문길상   이렇게 죽을 수는 없소! 이대로 꺾일 수는 없소!

　·독창·　우리의 사랑은 가시밭길

구슬이　　우리의 사랑탑을
　　　　　허물 수가 있나요
　　　　　어차피 인생은 가시밭길
　　　　　살아서도 가시밭길
　　　　　죽어도 가시밭길
　　　　　우리의 사랑이 죄이라면
　　　　　그 가시밭길에서
　　　　　편히 잠들고 싶소
　　　　　아… 죽음이 사는 길이오
　　　　　아… 사랑이 죽음의 길

〈암 전〉

제 8 장

전장부터 5일 후 밤. 구슬이의 집.

정지 앞에서 어머니가 탕기에 부채질을 하고 있다. 풍로의 빨간 불꽃이 꽃처럼 피어오른다. 방에서 여자의 앓는 소리가 가냘프게 흘러나오다가 뚝 그치더니 그릇 깨지는 소리가 난다. 어머니가 불안하게 쳐다보는데 구슬이가 비틀거리며 나온다. 어떤 환상을 좇듯이 허우적거리며 헛소리를 한다.

구슬이   (헛소리하듯) 그곳이 어디입니까? 그곳이 어딥니까?

구슬이가 허공을 쳐다보며 헤맨다. 아직도 핏자국이 남은 옷을 추스리는 손이 떨린다. 얼굴에는 상처가 남았다.

◆독창◆   나를 부르는 소리

그 분의 목소리… 그 분의 목소리가

　　　나를 오라고 해요
　　　설문대 할망께서
　　　이 몸을 오라고 해요
　　　문서방을 구할 수 있으니 오래요
어머니　잠꼬대 같은 소리!
　　　어망! 막지 말아요.
　　　내 갈 길 내가 가는 거예요
　　　내가 가야 할 길은 오직 하나
　　　죽음과 삶의 갈림길에서
　　　님께서 부르는 저 소리
　　　문서방을 구하는 길이 있다오.
어머니　미친 것! 아직도 문서방이냐?

　구슬이가 갑자기 헛것이라도 본 듯 뜰 한 가운데 엎드리며 큰절
을 한다. 그리고 허공을 향해 손을 비빈다.

아, 설문대 할망!

아, 거룩하신 설문대 할망
갈 사람은 가고
남을 사람 남는 법
가엾은 그를 구할 길을
인도해 주셔요
우리 두 사람의 목숨을 살려주오
우리에게 복과 지혜를
주시는 설문대 할망
우리의 빛과 희망이신
설문대 할망!

다음 순간 무대가 갑자기 어둠에 싸이면서 광풍이 휘몰아친다. 바람에 물건이 깨진다. 무대 후면에 한 줄기 눈부신 빛이 하늘에서 내리 비췬다. 그리고 괴물처럼 장대한 치맛자락이 하늘에서 내려온다. 매우 환상적이고도 위엄이 있는 음향이 함께 흐른다. 무대를 뒤덮듯 치맛자락이 바람에 나부낀다.

구슬이가 고개를 쳐든다.

구슬이   아, 설문대 할망이시다!

이때 아슬한 허공으로부터 설문대 할망의 신비롭고도 위엄 있고 자비스러운 목소리가 울려 퍼진다.

·이중창·   **그 누가 길을 막는가**

                 사람마다 갈 길이 다르나니
설문대할망   그 누군들 그 길을 막을쏘냐
                 바다로 갈 사람
                 오름을 찾을 사람
                 뭍으로 갈 사람
구슬이   저희는 어디로 가야 합니까?
설문대할망   산으로 가라. 한라산으로 가라.
구슬이   한라산도 높고 넓습니다
                 어디로 가야합니까?
설문대할망   백록담으로 가라.
구슬이   백록담?

·독창·　백록담의 노래

　　　　영겁을 두고
　　　　성스러움을 간직한 산
　　　　그 누구도 침범할 수 없는 곳
　　　　신비로운 엄고란의 붉은 열매는
　　　　희귀한 영약
　　　　백록담에 가면 구원의 손이 기다리리라
　　　　백록담으로 가라
　　　　백록담으로 가라

　　설문대 할망의 목소리가 차츰 멀어진다. 치맛자락이 서서히 허공으로 걷혀 올라가면서 다시 세찬 광풍이 휘몰아친다.
　　다시 생기가 돈 구슬이가 소리친다. 문길상이 등장한다.

·이중창·　그대 품안에

구슬이　　　　가자 백록담으로
　　　　　　　어머니의 품, 백록담으로
　　　　　　　우리가 살아남을 곳
　　　　　　　우리가 숨어살 보금자리 백록담으로
문길상　　　　아, 설문대 할망의 은혜
　　　　　　　죽어간 자에게 새 생명을
　　　　　　　아, 설문대 할망의 지혜
　　　　　　　갇힌 자에게 열리는 자유의 길
　　　　　　　아, 우리는 그 길을 따르리라.

〈암 전〉

제 9 장

한라산 속 깊은 원시림. 대낮에도 햇볕이 잘 안 드는 곳. 이름 모
를 새 우는 소리에 소름이 끼친다. 이윽고 문길상과 구슬이가 등
장. 두 사람 모두 남루한 옷에 피로가 겹쳐 기진맥진의 상태이다.
문길상이 쓰러진다. 구슬이 안아 일으킨다.

구슬이   서방님!
문길상   이상… 더는… 못 가겠소.
구슬이   기운을 내세요. 조금만 더…
문길상   한 발자국도… 갈 수 없소!

문길상이 절망적으로 쓰러진다. 구슬이가 의연하게 내려다본다.
슬픔을 삼키며 굳은 결의를 나타낸다.

• 이중창 •   인생은 가시밭길

구슬이   인생은 가시밭길
             왔던 길도
             가야할 길도
             험한 길인 것을
             여기서 주저앉으면
             만사가 끝이 나는 것을
문길상   시작도 끝도 없는 인생
             한번은 죽어야 할 몸
             당신을 고생시킬 바엔
             차라리 여기서 죽겠소
             나는 여기 있겠으니
             당신이나 어서 가시오
구슬이   부부는 일심동체
             기러기도 짝이 있는데
             서방님을 남겨두고는 못 가요
             처음 우리가 맹세한 말 잊었는가
구슬이, 문길상   용두암에 부서지는 파도도
             우리 사랑을 깨부수지 못해
             한라산 짙은 안개도
             우리 사랑을 가릴 수 없어
             신령님께서 점지하신
             우리 사랑은 영원하리다

두 사람이 뜨겁게 포옹하고는 순간 문길상은 실신한 듯 축 늘어
진다. 구슬 놀라 당황한다.

구슬이   정신 차리시오. 서방님
             힘을 내세요. 서방님
             여기까지 온 우리의 믿음
             헛되게 허물 순 없소
             힘을 내시오. 서방님!

        그러나 문길상은 대답이 없다. 겁에 질린 구슬이가 사방을 향하
여 필사적으로 외친다. 처절하게 메아리치며 울려 퍼진다.

구슬이   (대사) 사람 살려오! 거기 누구 없소? 사람 좀 살려주시오!

        바위틈의 작은 암자의 문이 열리며 무당이 나온다. 작은 키에 백
발이나 언동은 건강하다.

무당   누가 이렇게 떠들어? 백롬담 산신령이 노염을 타시겠다.
구슬이   (매달리며) 사람 좀 살려주오!
무당   (두 사람을 번갈아 보더니) 설문대 할망께서 보낸 사람이
          오?
구슬이   그걸 어떻게?
무당   흠… 아다마다

    · 노래 ·   **백록담의 지킴이**

             설문대 할망은 제주의 어머니
             나는 백록담의 지킴이
             할망의 말씀은 하늘의 말씀

할망의 뜻은 우리 모두의 뜻
내가 조석으로 공들이는 건
설문대 할망에게 바치는 치성이니
그 뉘라서 그 믿음을 버릴까

구슬이　죽어 가는 사람 있소
　　　죄 없는 죄인이오
　　　그에게 모든 걸 바친
　　　저의 간청 들어주오
　　　설문대 할망의 자비로
　　　우리 서방님 살려주오

무당은 문길상의 얼굴을 들여다보고 맥을 짚어본다.

무당　　(대소롭지 않게) 시러미 열매 먹으면 된다.

구슬이　시러미? 그게 뭐요?

무당　　암고란 열매.

구슬이　암고란? (사이) 맞다! 설문대 할망이 말씀하신 그 암고란!

무당　　설문대 할망을 만났어?

구슬이　그분의 목소리를 들었어요.

무당　　홋호… 제주 사람치고 설문대 할망의 은혜 안 입은 사람 없다. 나도 그분 덕에 살고 있다. (쌈지 안에서 뭔가를 꺼내고 있다.)

그 순간 안개가 자욱하게 끼며 시야를 가린다.

구슬이　웬 안개가 이렇게…

무당   안개가 아니라 설문대 할망의 한숨이다. 인간사가 걱정되어
       내뱉으신 입김이다.
구슬이   예?

           무당이 약봉지에서 시러미를 한 줌 꺼낸다.

·독창·   시러미의 노래

           시러미는 생명의 근원
           시러미는 사랑의 뿌리
           모든 생명은 시러미에서
           슬픔도 괴로움도 아픔도
           시러미 앞에서는 녹아내리니

           시러미를 먹은 자는 생명을 얻고
           시러미는 아픔을 가시게 하니
           오라, 받으라 시러미의 영험을
           그것은 오직 설문할망의 은혜
           우리는 모두가 설문할망의 아들 딸

무당   입에 털어 넣고 너의 침으로 녹여.
구슬이   저의 침으로?

           구슬이가 문길상의 입에다 시러미를 털어 넣고 그의 입에다 자
       기 입을 포갠다. 그 모습을 지켜보는 무당의 얼굴에 미소가 피어
       난다. 안개가 서서히 걷히기 시작한다.

• 독창(무당) • 둘이 하나 되어

이 세상에서 가장 아름다운
사랑으로 하나가 되는 모습
하나가 둘이 되어 믿음을 키워
내가 너에게 아낌없이 바치니
그 누가 마다할까. 그 치성을
설문대 할망은 만물의 근원
제아무리 악독한 자도
그 앞에서는 물이 되어 흐른다.
안개가 되어 사라진다.

이 사이에 문길상의 의식이 되돌아온다.

구슬이   여보!

문길상   여기가… 여기가…

구슬이   백록담

문길상   아, 백록담…

구슬이   이제는 살았소. (무당에게) 고맙습니다.

무당   백록담에 오면
         모두가 하나가 된다.
         하늘과 땅과 사람과 짐승이
         생명과 육체가 하나가 되어
         넘치지도 모자라지도 않는
         백록담은 억만년을 두고
         마르지 않았으니

그 누가 이곳을 침범할까.
문길상 백록담 푸른 물을 보고 싶소.
무당 성급하구나.
구슬이 보고 싶어요. 설대문 할망의 은혜에 감사하고 싶어요.
무당 저 능선 너머가 바로 백록담이다. 따라와.

세 사람이 일어나 산을 향해 걸어간다. 이 사이에 주제곡 마을사람들이 하나 둘 모여든다. 〈백록담〉의 합창이 흘러나온다. 구슬이와 문길상은 아이처럼 서로 손을 잡고 올라간다.

어느덧 무대는 어두워지는 대신 배경에 웅대한 백록담의 전경 사진이 가득 찬다. 장엄하다. 능선에 오른 두 사람이 열광적으로 고함을 지르다가 감격의 눈물을 흘린다. 무당이 저만치서 두 사람을 조용히 지켜보는 가운데 합창곡은 계속 흘러간다.

〈막〉

작품 해설

　제주도의 이국적인 풍광이나 생활 풍습은 한국이면서 한국이 아닌 또 하나의 독특한 틀 속에서 오랜 세월 잉태되었다. 그러기에 수많은 전설과 민화 그리고 신화도 전해지고 있다. 이런 많은 자료 가운데서 제주도의 특성을 지니면서 한국적인 보편성을 잘 나타낸 점은 제주 여성의 삶이다. '삼다의 조건' 가운데 '여성'이 들어 있다는 한 가지 사실만으로도 쉽게 알 수 있다. 그것은 제주 여성이 지니는 강인한 정신력과 도덕성이다. 온갖 고난과 압력에 저항해 나온 힘이 바로 제주 여성일진대 그것은 제주의 문화는 물론 정치 경제사의 밑바탕에 뚜렷이 깔려 있음을 쉽게 알 수 있다. 이 작품은 그러한 제주 여성에 관한 이야기 가운데서 비교적 사실에 밀착된 근거 아래 전해진 '홍윤애'의 생애를 참고로 하되 작가의 상상력과 극적인 구조 및 인물을 새로 설정하여 창작한 작품임을 밝혀둔다.

　특히, 오페라는 음악을 주종으로 하되 연극적 요소를 필연적으로 수반해야 하는 극형식이기 때문에 사실 그것만으로는 소기의 목적을 이

룰 수 없다. 특히 음악적 요인에 있어 남녀별 다양한 조화를 이루기 위해서는 무엇보다도 인물의 성격 설정이 필요하며 그것은 허구성을 요구한다. 뿐만 아니라 관객과의 극적인 공감대를 형성시키기 위해서는 역사적인 사실을 넘어서 또 하나의 창작적인 허구가 필수 조건이다. 게다가 제주의 고유문화와 유배문화의 밀접한 관계가 있다. 몽고와 일본의 침략 등으로 저항과 투쟁의 역사 속에서의 여인들의 강인한 투쟁력과 생활력도 무시할 수 없다. 그러므로 이 작품은 실존했던 홍윤애의 전기라기보다는 제주여성의 영원한 여인상을 보편화시킴으로써 자라나는 후세들에게 또 하나의 각성과 자존심을 재확인시키려는 데 그 주제가 설정되어 있음을 밝혀둔다.

그러나 이 작품은 계몽주의적이거나 목적극을 염두에 둔 것은 아니다. 처절한 인생 항로를 이겨내는 한 여인의 삶을 통하여 그것이 사회에 공헌한 바를 재인식시킴으로써 제주도민의 자존심과 그 독자성을 부각시키려는 데 의미를 부여한 것이다.

그리고 인물의 성명이나 환경은 작가의 의도에 따라 새로운 인물창조를 꾀하였으며 특정한 개인이나 그 인맥을 부각시킴으로써 오히려 누가 되기를 겸허하게 피하려는 의도도 밝히는 바이다.

제목 「백록담」은 하나의 상징이다.

다시 말해서 수천만 년을 두고 지켜온 제주도의 중심부에 자리하면서 도민들에게 신성한 성역으로 인식되었고 그곳에서 구원과 위경감마저 느끼는 차원에서는 하나의 신앙일 수도 있다. 그리고 그곳은 온갖 속세적인 욕구를 떠나 인간의 영원성을 상징하는 고귀하고도 신비스러움마저 느끼게 된다.

우리들의 이상향으로 상징되는 백록담은 우리들의 영원한 동경과 흠모와 신앙임을 확인하는 데 그 의미가 있다.

玉丹어!

(全10場)

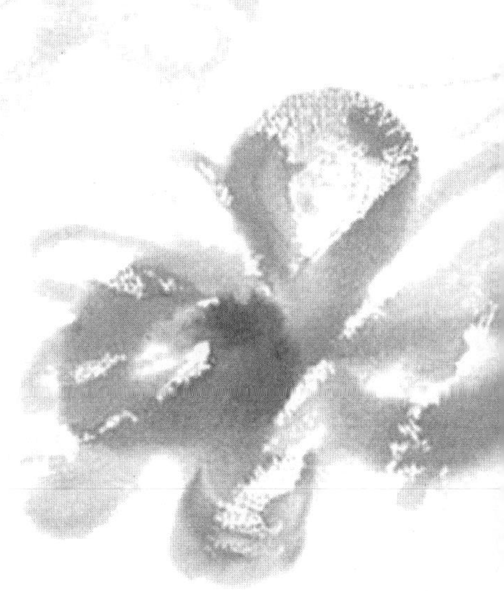

玉丹이가 살았던 1930년대의 木浦시가지, 오른쪽이 삼학도
(목포문화원 제공)

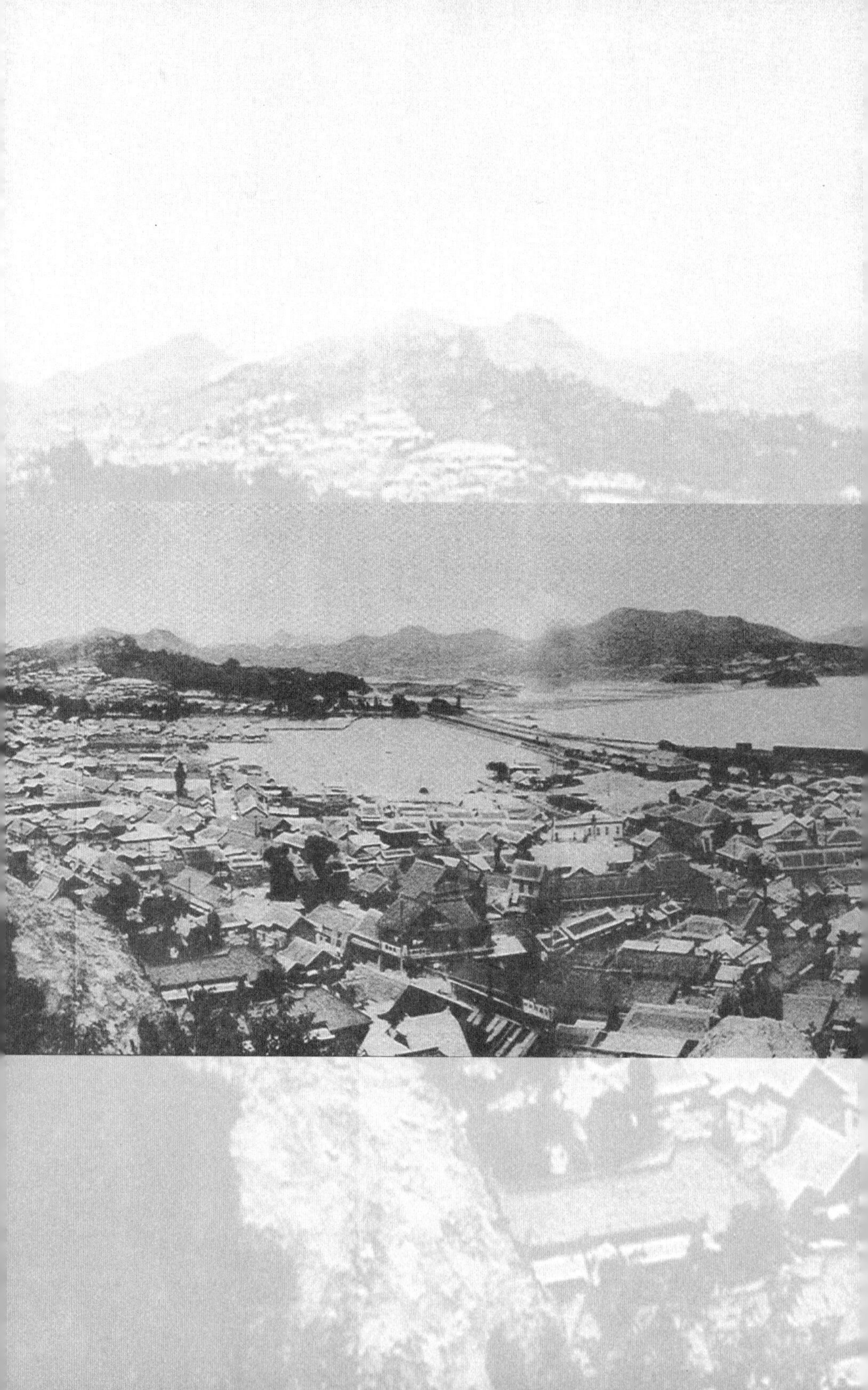

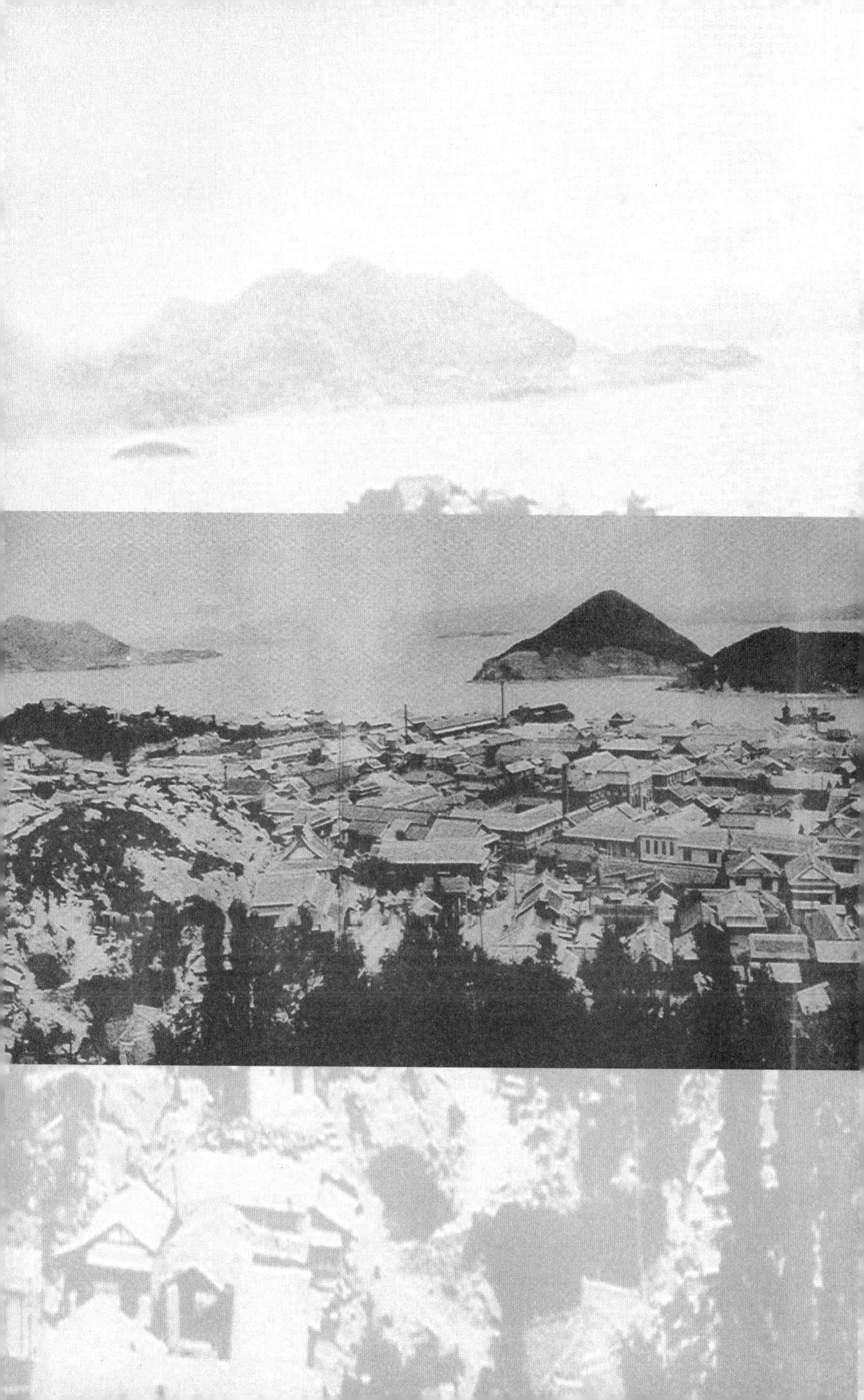

◎ 등장인물

옥단(玉丹 30대 후반부터 50대 초반) 떠돌이 품팔이꾼
봉춘(奉春, 30세) 함석통 땜쟁이
태길(泰吉, 60세) 봉춘의 아버지, 이참봉네 머슴
이참봉(李參奉, 55세) 지방 유지, 도회의원
하씨부인(50세) 이참봉의 부인
영찬(永贊, 24세) 그들의 아들, 동경유학생, 무정부주의자
영숙(永淑, 25세) 그들의 딸, 병약한 처녀.
오정수(吳定洙, 25세) 영숙의 남편, 영찬의 친구
영광댁(40세) 이참봉댁 찬모 겸 침모
치안대원(治安隊員) 갑, 을
岡本(오까모또) 고등계 형사
지서주임(支署主任)
쌀가게 여주인
청년 갑, 을
청소부 갑, 을
여수댁 대포집 주인
한씨 여수댁의 남편
기타 순사, 공동수도주인, 노인, 동리 처녀, 군중 다수

◎ 시대

1938년 겨울부터 1950년 초겨울

◎ 장소

남쪽 항구도시 목포, 그리고 하늘나라 (회전무대로 여러 장면을
표출함)

◎ **무대** (舞臺)

사실적인 건축이나 구조물을 필요로 하지 않은 가변 무대다만 무대 좌측부터 우측으로 대각선으로 오르막길이 나선형으로 설정되어 있다. 그 구부러진 대목마다 공간이 있어 다양하게 사용된다. 그 오르막길 굽이 굽이는 마치 옥단의 파란 많은 생애를 상징한 듯 보여져야 한다. 그 공간들은 이참봉의 집 대청마루, 봉춘의 좁은 공방(工房), 태길의 방, 경찰서 취조실 등으로 다양하게 사용된다.

무대 전면의 공간은 행길, 주막집 그리고 공동수도 등으로 설정된다.

다만 우측 가장 높은 공간이 사용 될 경우는 세찬 바람과 눈보라가 날린다. 그리고 옥단이 승천하는 공간은 되도록이면 초현실적이고도 신비감을 주는 장식이 필요하다.

제 1 장

정월 대보름 무렵. 해마다 해오듯 동네 걸궂(걸립)패들이 춤을 추며 들어선다. 그 뒤에 조무래기며 아낙네들의 구경꾼이 따른다. 입춘대길(立春大吉), 소문만복래(笑門萬福來)라 쓰여진 깃발이 명절 기분을 한결 돋군다. 한동안 풍물놀이가 계속된다. 물지게를 진 옥단이가 군중 사이를 비집고 등장한다. 물로 가득 채운 함석통이 좌우로 매달려 있어 그 걸음걸이는 보기에도 위태롭게 휘청거린다. 걸궂패들이 앞을 막아설 때마다 그 사이를 이리저리 피해가려는 옥단의 동작이 자못 희화적이다.

옥단의 차림새며 화장한 얼굴은 한층 우스꽝스럽다. 오등포등하고 몽땅하게 살이 찐 얼굴은 나름대로 화장을 했지만 비정상적이다. 약간 사팔뜨기인 눈은 아래로 처졌고 숯검정으로 그린 듯한 두 눈썹과 유난히 붉은 볼연지와 입술연지는 아무리 봐도 미인 축엔 못 낀다. 그래도 붉은 댕기를 물려 쪽진 머리에 싸구려 옥비녀를 낀 게 신통하기만 하다. 하늘색 저고리에 자줏빛 끝동을 댄 저고리와 진고동색 치마를 받쳐입고 허리띠로 찔끈 동여맨 허리통이며 넓적한 엉덩이와, 옷고름이 흘러내린 앞가슴은 한 눈에도 비정상적이다. 금새 터질 것 같은 비게 덩어리를 연상시킨다. 그러나 그 어색한 색채감(色彩感)이 간신히 옥단이의 여자임을 말해주되 되려 친근감을 느끼게 한다.

걸굿패가 퇴장하자 옥단이가 언덕길을 오르기 시작한다. 주변에 둘러서 있던 한 아이가 옥단을 향해 돌팔매질을 한다. 물동이가 쨍 하고 소리를 내자 옥단이가 돌아본다. 아이들이 우루루 한쪽으로 몰려가며 놀려댄다. 두 패로 갈라서서 노래하듯 놀린다.

아이들 (노래하듯 운을 붙여서) 옥단어… 옥단어… 뭘 먹고 살쪘냐… 호박 먹고 살쪘제… 아니다 아니다… 누룽밥 먹고 살쪘제… 옥단어 옥단어… 어디서 자고 나왔냐… 까치집에서 잤다냐… 누렁이 집에서 잤것제… 홋호… (하며 무대 밖으로 퇴장한다.)

그러나 옥단은 들은 척도 않고 중간쯤에서 걸음을 멈춘다. 물통을 내려놓고 물지게를 벗어 놓은 다음 머리에 썼던 연분홍빛 수건을 벗어서 이마의 땀을 닦는다. 그러고는 지금까지 참아왔던 긴 숨을 한 숨에 길게 내 뱉는다. 그리고는 길섶 돌 위에 걸터앉는다.

옥단은 걷어올린 옷소매와 앞가슴 치마 마장 사이에서 담배꽁초와 성냥갑을 꺼내며 혼자 말을 털어놓는다. 담담하고 무표정한 게 얼핏보기엔 근심걱정이라곤 없는 듯 싶다. 말투는 느리고 약간 어눌하지만 그렇다고 불쾌감을 주는 건 아니다.

옥단 홍, 남이사 호박죽을 먹건 누룽지 밥을 먹건 지것들이 뭔 걱정이라냐 (성냥을 그어 담배 불을 붙이고 나서) 내사 여지껏 어디가도 끼니는 안 굶고 살았다. (성냥갑을 치마마장

사이로 넣고) 내 이름 석자로 된 문패 단 집은 없다만 밤이
슬 맞고 살지는 않았단 말이여. (불쑥 울화가 치밀었는지
눈을 부릅뜨며) 그런디 까치집에서 잤냐고? (소리를 버럭
지르며) 옛기 이 지리산 호랭이 물어갈 놈들! 육신이 성성
한 내가 왜 까치집에서 잠을 자 자긴!

(담배 연기를 두어 번 빨고 내 뱉으며 스스로 감정을 잠재우
듯 다소 수그러지며) 내가 지것들(자기들)보고 밥을 달라고
했어 곡식을 달라고 했어? 내 복에 내가 살았다. 팔자대로
살아왔지 남의 신세 안 지고 살았어! 남의 것 넘어다본 일도
없다 이것들아! 그런디 이 싸가지 없는 새끼들이 건뜻하면
(흉내를 내며) 옥단어! 옥단어! (사이) 흥! 옥단이가 원 뒷집
똥개 이름이냐? 파장터에 기어든 도둑괭이 이름이냐? (소리
를 버럭 지르며) 이 오유월에 풍로 품고 죽을 인간들아! (자
리에서 벌떡 일어나며) 이래뵈도 내 이름은 우리 친정아부지
가 사주단자 짚어가며 지어주신 이름이란 말이여! 그런디
늬것들이 함부로 (흉내 내며) 옥단어! 옥단어! 혀? (다시 바
위에 걸터앉는다.) 싸가지 없는 것들!

흥! 시상에 세내도 된 이금 식사 없는 사람이 일나나 쎄고
쎈지 알고나 하는 소린감? (다시 담배 피우고) 개똥이, 말똥
이, 딸꼬말이, 서운네, 똥예, 뒷방예 …… 그런 것에 비하면
야 내 이름이사 얼메나 좋은가 말이다. (부드럽게) 다정스럽
고, 듬직하고, 믿음직하고… (다시 가시 돋힌 말투로) 그런디
옥단이가 돈을 달라던 옷을 달라던? 어디서 함부로… (문득
옛 생각이 난 듯 엄마가 강보의 딸을 안고 잠재우듯 정답게)

옥단이… 옥단아… 힛히… 잘도 생겼제… 아이고 이 볼테기! 한번 쭉 빨았으면 한도 원도 없겠네 (입맞춤을 하며) 쭉… 쭉… 헷헤… (노랫가락조로) 고물 묻힌 인절미라냐… 열일곱 살 처녀 젖무덤이라냐… 고금에 없는 내 옥단이… 삼신님이 주신 옥단이…

노래를 하다 말고 제풀에 슬픔에 젖어 왈칵 울음보를 터뜨린다. 잠시 후 옥단은 한 손에 들린 불 꺼진 담배꽁초에 눈이 간다. 금새 짜증을 낸다.

옥단   오살! 그새 담배불이 꺼졌구먼! (타다 남은 꽁초를 앞가슴 마장 사이에 쑤셔 넣으며) 담배도 아껴 피워사제. 아껴서 남 주관디… 쉬었으니게 이만 가사제… (이때 저 만치서 옥단이를 부르는 소리가 들려온다. 걸걸하게 쉰 목소리다.)

영광댁   (소리만) 옥단아!

옥단   (미처 못 알아듣고 일어나서 물지게를 진다.)

영광댁   (소리만) 옥단이 아니어?

옥단   누구여 (두리번거린다. 사람을 알아본 듯 반색을 한다.) 영광댁이 아님감! 홋호… (이윽고 함지를 머리에 이은 중년의 영광댁이 언덕을 올라온다.)

옥단   어디 갔다 오시오?

영광댁   아이고! 이 짐 좀 받아 줘! 고개 빳겠어! (옥단이가 영광댁 머리에 인 함지를 거들어 내려놓는다.)

저만치서 정태길이가 지게를 지고 천천히 올라온다. 그는 과묵하고 동작이 느린 게 곰 같다. 한 쪽 다리를 약간 절룩거린다. 지게에는 갈비짝이며 과일 초롱이 얹혀 있다. 그는 땅만 내려다볼 뿐 말이 없고 표정도 없다. 머리는 스포츠형으로 깎았으나 희끗희끗 은빛이 석양에 반사된다. 콧등에 마마 앓은 자국이 서너 개 남아 있다.

영광댁   봉춘 아범. 숨 좀 돌리고 가. (태길은 말없이 지게를 내려놓는다.)
옥단   윗다 뭔 장을 이렇게 푸짐하게 봤소?
영광댁   선보러 온단다. (속치마 밑 단속곳에서 담배와 성냥갑을 꺼낸다.)
옥단   선이라뇨?
영광댁   선도 몰라? 선! 어이구 멍청하기가 굴뚝에다 대고 불소시개 넣는 격이구먼! 흠… (담배불을 붙인다.) 우리 영숙아씨 선을 보러 온단다. 신랑집이 나주서 병원하는 부자란다.
옥단   (별다른 흥미를 못 느끼는 듯) 영숙아씨도 시집갈 생각은 있었던갑소잉?
영광댁   그럼 처녀 귀신 되기를 바랬겄냐? 여자 나이 스물 다섯이면 늦어도 한참 늦었제잉 (담배 연기를 내뿜다 말고) 옥단이 올해 몇이냐?
옥단   (어리둥절 해서) 예?
영광댁   늬 나이 말이어
옥단   (소녀처럼 수줍음을 타며) 몰라라우! 힛히…
영광댁   늬 나이도 몰라?

옥단　　(옷고름을 손끝에 감으며) 몰라라우!

태길　　(고무신짝을 벗어 털면서 불쑥) 옥단이 나이는 고무줄 나이
　　　　지라우.

영광댁　고무줄 나이?

태길　　늘었다 줄었다 대중을 못하겠으니께.

옥단　　(눈을 흘기며) 워따 생사람 잡겄네. 내가 언제 늘었다 줄었
　　　　다 했다고… 봉춘아부지도 알고 보니께 음큼하요잉?

태길　　그럼 내 말이 틀렸어?

옥단　　나가 몇 살이건 이녁이 뭔 상관이라요? (그렇게 말하는 옥
　　　　단의 시선은 은근히 태길에게 호감을 품고 있음을 알 수가
　　　　있다.)

태길　　상관이야 없지만… 언젠가는 스물 다섯이라고 했다가 또
　　　　언제는 스물 여덟이라고 했다가…

옥단　　(성깔을 내며) 헐일 없으면 낮잠이나 잘 일이지, 남이사 나
　　　　이를 퍼먹든 주어 먹건 상관 말란 말이요! 흥!

태길　　(어이가 없어 멍하니 쳐다보며) 아니…내가 어쨌다고 …그
　　　　러콤…

영광댁　훗호…

옥단　　남의 속도 모르고 웃기는…

영광댁　느그 두 사람 타시락거리는 걸 보니께 꼭 부부싸움 하는 것
　　　　같다. 헛허…

옥단·태길　(동시) 뭐라고라우?

영광댁　그려 ! 얘기가 나온 김에 아주 (손뼉을 딱 치며) 해버려라.
　　　　잉?

옥단   어머머… 내가 시집갈 마음먹었으면 폴시 갔지 누가 저
         런… (하며 태길을 돌아본다. 태길은 들은 체 만 체 일어나
         지게를 진다.)
영광댁   참봉댁 마나님께 내가 얘기해주랴?
옥단   그런 서푼어치 값도 안 나가는 소릴 허들 맛쇼! 난 사내라
         면 신물난단 말이요!
영광댁   (웃으며 일어난다.) 알것다 옥단이 늬 마음… 과부 마음 과
         부가 알제… 훗호… (문득) 참, 내일 아침 일찍 물 좀 길러
         대사 쓰것다. 잔치 치려면 큰항아리 하나는 채워사제. 알았
         제?
옥단   알았어라우. (저만치 짐을 지고 내려가고 있는 태길에게) 봉
         춘아부지! 봉춘이 헌티 내 물통 땜질 다 되었는가 말 좀 해
         줏쇼잉? (태길은 대꾸가 없다.)
영광댁   그럼 나 먼저 간다. 옥단아.
옥단   예.
영광댁   그리고 잔칫날에는 오랜만에 늬 하모니카 솜씨도 듣자잉?
옥단   그렇게 허지라우. 영광댁, 살펴 가싯쇼잉?

         혼자 남은 옥단은 무심코 하늘을 쳐다본다. 바람이 스쳐간다.

옥단   (관객에게) 이만하며 눈치 채셨겠지라우? 제가 살아가는
         꼴… 난 물장수요, 물장수! 훗호… 하루에 저다 나르는 물
         이 (잠시 샘을 하다가) 많게는 스무 지게 적게는 열댓 지게
         는 되니께 혼자 살기는 탈없지라우.

품쌌? 그야 주는대로 받지라우 헷허… 내 처지에 이팝 보리
밥 가리것소? 홋호… 그래도 집집마다 싹싹하게 대해주니께
물값 뗀 적은 없었지라우. 말이야 바른 말이지 내 물 값 떼
먹느니 차라리 문둥이 콧구먹에서 마늘씨 빼먹는 게 낫지!
홋호… (웃다 말고)
아니어! 꼭 한사람 마음에 걸리는 촉새 같은 망구가 있지라
우. (아래쪽을 가리키며) 공동수도깐 꼬시락쟁이 망구! 머리
카락이 꼬시라진게 꼭 보리밭에 종달새 둥치처럼 생겼지라
우. 게디가 몽니 사납기가 놀부 심뽀 닮아서… 글쎄 공동수
도 관리인이랍시고 무슨 벼슬이나 한양 나댄다 이거지라
우…
이 목포 바닥은 원래가 바다가 가깝고 유달산이 온통 바위
산이라 식수 귀하기가 유별난 곳이지요. 그래서 중간에 관에
서 시내 곳곳에다 공동 수도를 설치해 시간제로 물을 사먹
게 했지라우. 그런디 그 꼬시락쟁이 망구가 수도국직원을 어
떻게 구어 삶았는지 공동수도를 맡게 되더니만 횡포가 이만
저만이라야지라우! 물값 외상은 꿈도 못 꾸지요! 물통에 물
이 넘치는 게 아깝다면서 물통 팔부 쯤에서 수도꼭지를 콱
잠궈 버린다니께요. 그야 물을 아껴 쓰라는 마음이사 알고도
남지만 물통 가득 채워주지도 않고 물 값은 제대로 받아가
니 그 심뽀가 얄밉다 이거지라우.
쯧쯧… 참기름 장수 엉뎅이에선 풀도 안 돋는 다지만 그 꼬
시락쟁이 망구 앉은 자리에는 개미도 낙상할 것이구먼! 그
것뿐인 감요? 유달산 꼭대기 죽교리에서 헐레벌떡 물을 사

려고 내려왔는디 시간 다 됐다고 수도꼭지에 자물통 잠그고
는 휭 들어가 버리니 글메 찬바람이 쌩하지라우!

산동네에서 물지게 지고 내려 왔다가 빈통 지고 돌아가는
사람의 심정 생각한다면 그래서는 안 되지라우. 안 그렇소?
그렇게 생살에 칼질하고는 왕소금 확 뿌리는 심뽀로는 복
못 받지요. 생각만 해도 몸서리 친다니께요. 없는 사람 도
와주지는 못할 망정 쪽박을 깨서야 쓸것이오?

(긴 한숨) 이런 얘기하면 나보고 제정신이냐고 면박 주겠지
만 그 뭣이냐. 일본 옥상(아줌마)들은 어쩌다 물 길어주면 수
고했다고 앙꼬떡도 주고 차도 줍디다. 그런디 어째서 우리는
같은 조선 사람끼리도 그런다요? 난 낫 놓고 기역자도 모르
는 무지랭이지만 사람 살아가는 도리는 그게 아니라고…

(말하다 말고 섬찟 놀라며 물지게를 진다. 아랫길 쪽에서 정
복차림의 순사가 올라온다. 옥단은 본능적으로 공포감에서
방어하듯 돌아선다. 순사가 지나치려다가 무심코 돌아본다.
그 순간 시선이 마주치자 옥단이 잽싸게 시선을 피한다. 순
사가 비아냥거리는 눈짓으로 경례를 한다.)

순사   수고가 많소이다. (하면서 옥단의 불룩한 젖가슴을 넘어다
        본다.)

옥단   왜 이, 이런데유? 남사스럽게.

순사   수상한 물건 감춘 건 아니겠지? 헛허… (순사가 허리에 찬
        사벨(대검)을 짤랑거리며 올라간다. 놀란 옥단은 흐트러진
        옷매무새를 접는다. 그리고는 길게 숨을 뱉는다.)

옥단   오사헐 놈! 수상한 물건이라고? 늬 놈이 그걸 알면 어쩔 것

이어! 응큼한 놈 ! 내가 네놈 속셈 모를 줄 알고 ? 헹! 병 주고 약 주고, 등 치고 배 만지는 그 수작들 말더라고! (소리를 버럭 지르며) 느그들 그 썩어 문들어진 맘뽀부터 고쳐사제 언젠가는 천벌 받을거여! 퉷! 퉷! (침을 내뱉는다.)

〈암 전〉

제 2 장

전장부터 이틀 후 밤. 이참봉 집 안채의 대청마루. 백촉짜리 백열
등이 대낮처럼 밝다. 교자상을 둘러앉은 동네 부녀자 5, 6명이 담
소를 나누고 있다. 사랑채 쪽에서 주흥이 익어 가는 듯 박장대소
가 터져 나오자 부인네들도 킬킬거리며 즐거운 눈치다.

땅꼬네   이참봉 웃음소리가 기중 큰 게 신랑감이 마음에 들었는갑
         소잉?
쌍둥이네 마음에 든 건 신랑감보다 사돈어른일거여. 땅꼬엄마, 이약
         못 들었어? 사돈 될 사람이 큰 병원에다 과수원까지 있다
         는디.
땅꼬네   신랑 될 사람이 일본 유학생이라던디요? 영숙아씨 오빠가
         중매했담서?
땅꼬네   (입을 삐죽거리며) 혹시 벽돌담 쌓는 친구 아닌가 모르제.
         (하며 약과를 깨문다.)

쌍둥이네 벽돌담? 그게 뭔디?

땅꼬네 (주위를 살피며 낮은 소리로) 이거 있잖여? 쌍둥이네 (하며
　　　　두 손으로 마작패 허무는 시늉을 한다.)

쌍둥이네 그게 뭘 하는 짓인디?

땅꼬네 마작! 마작도 몰라?

일동 (크게) 마작?

땅꼬네 (소리를 죽이며) 이참봉댁 아들말이여…

아낙 C 영찬이 학생?

땅꼬네 소문난 마작꾼이래! 하라는 공부는 안하고 밤낮 하숙방에
　　　　들어 박혀서 마작만 하니께 얼굴이 채독 걸린 사람모양 희
　　　　무끄레하지! 누가 보면 아편쟁이라고 할 것이구먼.

아낙 B 허긴… 얼굴에 혈색이 안 나고 등이 구부정한 게… 힛히…

아낙 C 혈색 없는 건 이 집 내림이지라우.

땅꼬네 (킬킬거리며) 내림은 내림이지! 힛히…

쌍둥이네 땅꼬네는 뭐가 그렇게 우습냐?

땅꼬네 (낮은 소리로) 폣병 환자 치고 지집 안 좋아하는 사람 있던
　　　　가? 힛히… 부전자전이제! 그랑께 맨날 약병을 품고 산디
　　　　야! 헷헤…

아낙 E 성님! 그 입 조심하시오 잉? 마나님 귀에 들어가는 날엔 없
　　　　는 상투 뽑힐 것인게.

땅꼬네 그나저나 스물 다섯 노처녀 혼담길 열렸으니 오죽 좋은가!
　　　　우린 떡이나 먹고 구경이나 하는 거여 홋호…

아낙 B 땅꼬 엄마는 동네 방송국이라 모르는 일 없지라우.

땅꼬네 아무렴! 모르는 일 빼고는 다 알고 말고! 홋호…

일동   헛허…

　　이때 이참봉의 부인 허씨가 쟁반에다 술병과 안주접시를 받쳐들
고 나온다. 풍채며 용모가 듬직하여 첫눈에도 대가집 마나님이라
는 인상을 풍긴다. 모범단 연보라 저고리에 검정 치마가 잘 어울
린다. 쪽진 머리에는 금비녀가 물렸다. 언행이 서글서글하고 개방
적이라 웃으면 금니빨이 훤히 드러난다. 경상도 사투리가 친근감
을 준다.

허씨　　시엄마야! 와 그래 묵다둔 쑥떡처럼 앉아만 있노 잉? 과일
　　　　도 묵고 약과도 묵거라. 잉? 자 술도 한 잔 하고… 헛허…
　　　　(술병을 내려놓는다.)

아낙 B　웬 술이라우?

허씨　　잔치상에 술이 없다니 말도 안 되는기라 홋호… (앉는다.)

땅꼬네　별 말씀 다 하시오! 싫건 먹고도 남졌소! 안 그런가? 쌍둥
　　　　이엄마!

일동　　홋호…

허씨　　땅꼬엄마 넉살 좋기로는 우리 동네 으뜸이제! 헛허… 내 야
　　　　주 가져 왔으니까네 묵자! 잉?

아낙 C　약주를요!

허씨　　맞선 날짜 받자마자 급하게 앉힌 술이라 아직 술이 덜 익은
　　　　기라. 참봉영감께선 술맛이 달짝지근해서 바깥손님들 입맛
　　　　에는 안 맞는다카지만 우리들에게는 안성맞춤인기라… (술
　　　　을 따르며) 자, 쭉 들거레이!

사랑채 쪽에서 다시 웃음소리와 박수소리가 터져 나온다. 잔칫집 분위기가 무르익어 간다.

허씨   우리도 한판 놀자. 퍼뜩 들라카이! 잉? (술을 마시다 말고) 우리 영숙이 시집 몬 보낼까봐 걱정이 천근이었는데… 인자 마 묵은 채가 싸악 내려간기라 핫하…

땅꼬네   (아첨하며) 그러시고 말고라우. 영숙아씨야 인물 좋겠다 가문 좋겠다 손끝 얌전하겠다… 팔도강산 어디다 내놔도 나무랄데 없는 신부감이지라우 헷헤…

그의 아첨하는 꼴에 모두들 눈짓을 한다.

허씨   자식 자랑은 팔불출의 하나라 카지만도 우리 영숙이사 마 몸이 좀 허약한 것 말고는 흠 잡을 데 없는기라!

땅꼬네   암요. 게다가 사돈께서 의사이시라니 좋은 약이사 얼마든지 있을 것이고. 뭣이 걱정이겠소? (옆 사람들에게) 안 그런가? 잉?

허씨   아모…인자 우리 영찬이 장가만 보내면 내사마 걱정 없는 기라… 홋호…

이때 옥단이가 부엌 쪽에서 설거지통을 들고 나와 수채구멍에다 물을 비운다. 머리에 수건을 썼고 치마 위에다 몸빼 바지를 끼어 입어서인지 그 모습이 곰처럼 우스꽝스럽다.

허씨   옥단아. 부엌일 다 치웠으면 너도 한 잔 하거라. 잉?

옥단   (수건을 풀어 옷을 털며) 야… (가까이 다가오며) 모두들 오
        셨는기라우? 헷헤…오메 땅꼬엄마랑… 쌍둥이네도… 헛
        허… 요렇굼 모이신께 영판 좋소 잉? 헷헤…
땅꼬네   옥단이가 욕본다 잉? 흠흐…
옥단   별 말씀을 다 하시요! 이까짓 일이 일이라요?
허씨   참말로 큰일 칠 때 옥단이가 없으면 난 마음이 안 놓인기
        라… 마른 일, 젖은 일 척척 치워주니까네. 얼마나 좋노! 헛
        허… 고맙데이! 헛허… 자 늬도 한잔 하거레이! (잔을 권한
        다.)
옥단   아이고… 죄송스러워서… 워쩐디유? (받는다.)
쌍둥이네 오랜만에 옥단이 하모니카 소리 좀 듣자.
일동   …그려! 그려!
아낙 C   참 그리고 그 뭔 딴스 배웠다며? 춰봐.
아낙 A   딴스?
아낙 C   서양춤 배웠디야.
옥단   …배우긴요… 영찬 학생의 춤 흉내내기지라우 홋호…
허씨   우리 영찬이헌테서 배웠다고?
아낙 B   뭐니뭐니해도 옥단이는 궁둥이 춤이 제격이제! 헛허…

        이 사이에 옥단은 마루로 올라와 허씨가 권하는 술잔을 거듭 받
        아 단숨에 마신다. 이때 영광댁이 부엌에서 나온다. 행주치마를 걸
        쳤다.

영광댁   벌써 한판 벌렸구먼? 홋호…

허씨   사랑채는 사랑채고 우리는 우리 아이가! 오랜만에 우리도
         노래도 부르고 춤도 추자 헛허…
영광택   그럼 마님께서 먼저 운을 떼셔야지라우.
허씨   나보고 노래하라고?
일동   그럼요! 마나님께서 하셔야제.
허씨   옹야! 이래 좋은 날 노래 안하고 언제 하겠노! 한잔 더 마시
         자! 목이 칼칼해서 되겠나?
옥단   제가 올리지라우.

         옥단이가 무릎을 꿇고 술을 따른다. 허씨가 술잔을 비운다. 땅꼬
         네가 젓가락 장단을 친다. 허씨가 노래를 시작한다.

허씨   (노래) 노세 노세 젊어서 놀아
         늙어지면 못노나니
         ………

         노래가 고조되자 모두들 합창한다. 쌍둥이네가 일어나 춤을 추자
         모두들 덩달아 춤판을 이룬다. 이 사이에 옥단이가 자리를 비운다.
         노래가 끝나자 모두들 손뼉을 친다.

땅꼬네   옥단인 어디 갔냐? (크게) 빨랑 나와서 한 곡 뽑아 보랑께!
쌍둥이네 하모니카도 불고! (크게) 옥단아! 어디 있냐?
옥단   여기 있소!

         옥단이가 수줍은 듯 옷고름을 입에 물고 나온다. (품에서 손수건

에 싼 하모니카를 꺼내면서 쌩긋 웃는다. 모두들 박장대소 한다.)

옥단　(입고 있던 몸빼를 벗는다. 인조 다홍치마를 입었다.) 이쁘지라우? 헷헤— (그리고는 벽거울 속을 들여다본다.)

땅꼬네　그 얼굴에 거울 보면 무슨 수냐? 곰보 얼굴에 분 바르기제! 어서 노래나 불러.

옥단　한 잔 더할 것이구먼요. 취하도록 마시고 놀아도 괜찮지라우? 마님!

허씨　괜찮다 마다! 홋호… (마루를 한 바퀴 돌며 하모니카 소리를 고른다.)

　　모두가 재촉하듯 박수를 치자 옥단이가 하모니카를 분다. 〈타향살이〉 곡이다. 모두들 장난끼가 섞인 호기심으로 주시한다. 음정이 약간 빗나가지만 제법 익힌 솜씨다.
　　이때 무대 한쪽에 영찬이가 등장한다. 깡마른 몸매에 약간 등이 굽은 채 어딘지 병약한 인상이다. 연회색 루파시카에 검정 나팔바지 차림이다. 그는 뜰 한구석에서 담배를 피어 문다. 올백머리가 흘러내릴 때의 그는 어딘지 고민을 안고 있는 반항아처럼 보인다. 그의 언동은 어딘지 히무적인 분위기이다. 창백한 얼굴에 유난히 이글거리는 두 눈이 어떤 광기(狂氣)를 풍긴다. 하모니카 소리가 멎기도 전에 박수를 친다.

영찬　앙콜! 앙콜! (모두들 돌아본다.)

영찬　옥단아 ! 잘했어!

옥단　오메…난 몰라! 몰라! (소녀처럼 두 손바닥으로 얼굴을 가리며 영광댁 등뒤로 숨는 시늉을 한다.)

허씨　　　영찬아 늬 혼자 왔나?

영찬　　　그럼 둘이라야 합니까? 헛허…

허씨　　　영숙이와 실랑감은 어데 있노?

영찬　　　유달 호텔에 남아서 얘기 좀 하고 싶다기에 나 먼저 왔지
　　　　　요.

영광댁　　(놀라며) 시엄마야! 아직 혼인식도 안 올렸는데 벌써 호텔에
　　　　　서…

허씨　　　그게 잘못이가?

영광댁　　마님!

허씨　　　영광댁도 알고 보니까네 헌 보선짝 다 되었구마. 홋호…

영광댁　　맞선보기가 무섭게 젊은 남녀가 호텔에서…

허씨　　　만나서 이야기 하겠다는데 잘못이가? 세상이 변한 것도 모
　　　　　르나. 잉? (한숨) 인자 나나 영광댁 같은 헌 고무신짝은 물
　　　　　건너 가는기라. 신식 바람이 불어닥치는 걸 모르나? 파아
　　　　　마 머리 안 하면 사람 축에도 못 끼는 세상이라카는 걸 모
　　　　　르나베!

영찬　　　(약간 비아냥거리며) 우리 엄니 만세다! 만세! 핫하… 그럼
　　　　　요! 세상이 변해가는데 우리만 언제까지 제자리걸음하고
　　　　　있을 때가 아니지요. (웅변조로) 활동사진도 인제 총천연색
　　　　　이요, 특급열차 쓰바메호가 부산에서 신의주까지 직행하
　　　　　고, 일본은 조선 다음으로 만주까지… (분위기가 어색해짐
　　　　　을 눈치 채자) 그건 그렇고 우리 옥단이 딴스 좀 구경하자.
　　　　　어떻소?

일동 그래! 그래 (박수 친다.)

옥단 영찬 학상! 난 못혀라우!

영찬 내가 하모니카 불 테니 춰봐. 지난 겨울방학 때도 췄잖아?
코팍 딴스 말이야 !

일동 코막 딴수?

허씨 옥단아! 춰라. 영찬이가 보고 싶다잖나 ! 잉?

영찬 난 옥단이의 춤을 보고 있노라면 어떤 솟구치는 힘 같은 걸
느낀다니까. 기교는 없지만 순박하고, 세련된 맛은 없지만
따스한 대지의 체온을 느낀다. 그러니 어서 춰봐. 내가 가
르쳐 준대로 (하며 손을 이끌고 뜰로 내려온다 옥단은 어
찌할 바 모르고 끌려간다.)

영찬과 옥단이가 뜰로 내려오자 마루에 있던 사람들은 마루 끝
으로 몰려 자연스럽게 구경꾼이 된다. 영찬은 어떤 환상을 좇고
있는 사람처럼 허공을 향하여 연기를 하듯 제스처를 쓴다.

영찬 우리가 추구하는 것은 오직 자유! 절대적인 자유! 남을 구
속해도, 구속당해도 안 되는 자유뿐이다! 우리는 지금 그
무엇인가에 구속당하고 있다. 그 구속에서 벗어나려는 생
각조차 포기하고 있다. 내가 넥타이 양복대신 이런 러시아
식 옷을 입는 이유도 그 속박이 싫기 때문이다. (옥단에게)
알겠어?

옥단 몰라라우. 흰 것은 종이고 검은 것은 글씨라는 것밖에는 몰
라라우. 힛히…

영찬　　바로 그것이다. 그 순수! 그 순결! 가식이라곤 없는 그 천의
　　　　무봉의 경지!

옥단　　영찬 학상! 지금 누굴 놀리시기요? 무식하다고 그렇게 손에
　　　　든 공지처럼 가지고 놀덜 마싯소!

영찬　　무슨 소리야. 내가 옥단에게서 느낀 감정을 그대로 말했을
　　　　뿐이야. 세상 사람들은 저마다 감추고 꾸미고 잇속만 따지
　　　　는데 옥단이는 그게 아니란 말이야! 있는 그대로 한 치의
　　　　꾸밈도 거짓도. 없는게 나는…

옥단　　흥! 푼다 푼다 하니께 하루 아침에 석섬 푼다더니만… 지금
　　　　막 나를 가지고 놀 작정이구먼!

영찬　　옥단아 놀림도 장난도 아니야. 세상이 모두 썩어가는데 옥
　　　　단이 너만은 아직도 그대로 살아 있단 말이야! 그러니 춤
　　　　을 추자 응? 나도 함께 출게!

땅꼬네　옥단아! 영찬 학생이 저렇게 소망하는디 어서 춰봐.

일동　　그래 어서 춰봐야.

영찬　　옥단아! 작년 겨울방학 때 내가 가르쳐 줬지? 이렇게…

　　　　하며 코팍 땐스의 스탬을 밟아 보인다. 옥단은 영찬의 얼굴에서
　　　　진실을 읽어낸 듯 썩 웃는다.

옥단　　참말이지라우? 힛히…

영찬　　물론이지!

옥단　　합시다. 죽은 사람 소원도 풀어준다는디 그까짓 춤 못 추겠
　　　　소? 춥시다!

일동   (손뼉을 치며) 홋호…

허씨   우리 옥단이 화끈하기로는 일등인기라!

　　　　영찬이가 하모니카를 불자 옥단이가 춤을 추기 시작한다. 양팔을
　　　　어깨 높이로 올리고 코팍 딴스의 스탭을 밟는다. 춤이 차츰 익어
　　　　가자 모두들 손박자를 맞춘다. 흥에 겨워 영찬이가 손수건을 건네
　　　　자 옥단이가 받아 흔들면서 앉아서 춤을 춘다. 영찬은 그 주변을
　　　　돌다 옥단이가 서서 돌면 영찬이가 앉은뱅이 춤으로 받는다. 죽이
　　　　맞는 한 쌍의 춤판이다. 춤이 최고조로 달했을 때 사랑채 쪽에서
　　　　이참봉이 나온다. 메기 수염을 길은 깡마른 체구에 한복차림이다.
　　　　입에 물린 상아파이프를 뽑는다. 미간에 깊은 골이 팬다.

이참봉   뭣들 하는 짓이고? 잉?

　　　　카랑카랑하게 울려 퍼지는 이참봉의 목소리와 날카로운 눈빛에
　　　　모두들 몸 둘 바를 몰라 떤다. 그러나 허씨와 영찬은 담담하게 웃
　　　　음을 머금고 있다.

허씨   오늘 같이 좋은 날 좀 놀았지에 잘못인기요?

이참봉   여편네들이 이래 노래하고 춤을 춘다카이? 이웃들이 알면
　　　　　우짤끼고? 이 내 체면은 무엇이 되며, 또…

영찬   아버진 이 세상에서 가장 두려우신 게 체면이죠?. 그렇죠?
　　　　　흠…

이참봉   이놈 자슥, 애비 앞에서 그 따위 (때리려고 덤비자 허씨가
　　　　　잽싸게 사이에 끼어든다.)

허씨   영감! (주위 사람들에게 시선을 주며) 남들이 봅니더… 남사
       스럽게끔… 그 욱하는 성미 좀 고치시이소!
이참봉   (대답 대신 부녀자들에게) 돌아가지 않고서 뭘 꾸물대노?

       동리 부녀자들이 허리를 굽히고 눈치를 보면서 뿔뿔이 헤어져
       나간다. 분위기가 서먹해진다.

영관댁   옥단아! 이 상 좀 치자.

       옥단이 망설이다가 마루 쪽으로 가려고 하자 이참봉이 날카롭게
       쏘아본다.

이참봉   늬, 그 꼬라지가 뭐꼬? 잉?
옥단   예? 예… 저…헷헤… (옷자락을 매만진다.)
이참봉   (허씨에게) 어디서 저런 낮도깨비 같은 걸… 내일부터 저
       년을 우리집에 불러들이지 말거라. 꼴도 보기 싫다!
허씨   옥단이가 어째서…
이참봉   (엄하게) 보기 싫다카이! (영찬에게) 너 제정신이가? 잉? 대
       학생이면 대학생답게 처신해야지 그래 저런 것들하고 어울
       려서 춤이나 추고…
영찬   그게 잘못입니까? 오늘은 경사 날이죠? 하나 있는 누이가
       약혼을 하게 되었으니…
이참봉   네 일이나 걱정해! 언제까지 백일몽만 꾸기냐?
영찬   제 할 일 하고 있습니다. 염려마세요.

이참봉   뭐라고! 너 나좀 보자 할 얘기가 있으니까.

　　　　　하며 사랑채 쪽으로 퇴장한다. 영찬은 옥단에게 무슨 말을 하려
　　　　다 말고 이참봉을 따라 나간다.
　　　　　영광댁이 상을 치운다. 허씨도 거들어 준다. 옥단이가 쭈빗쭈빗
　　　　하다 말고 마당 끝 쪽으로 가다말고 땅바닥에 폭싹 주저앉는다.
　　　　화가 났다.
　　　　　무대는 어두워지고 옥단이만 남는다.

옥단   너무하신다… 해도 해도 너무하셔! 사람 차별도 유분수
　　　　제… 그렇게 사람들 앞에서… 아니 내 꼴이 어째서… 아닌
　　　　말로 내가 문둥병 환잔가… 사람 죽인 강도인가 말이여!
　　　　못 먹고 못 배운 죄가 죄라면 모를까… 지금까지 나는…
　　　　(울음이 복받치며) 흑… 세상에 복쪼가리라고는…개미 눈
　　　　물만큼도 없는 년… 흑… 탯줄 끊은 지 사흘만에 엄마 죽
　　　　고… 일곱 살에 남의 집 애기 봐주기로 하고 불다가… (손
　　　　가락을 헤아리다 말고)

　　　　지랄! 지금 와서 세월 헤아리면 뭣한디야! 죽은 자식까지 부
　　　　랄 만지기지. (아슬한 추억의 실타래를 풀기라도 하듯) 흠!
　　　　우라질 것들! 그려! 난 돌멩이 신세였다.(다시 시무룩해지며)
　　　　내사 그 누가 건들지 않으면 일년이고 이년이고 꼼짝도 안
　　　　하는 돌멩이. 그러다가도 누가 발길로 툭 차고 지나가면 저
　　　　만치 소똥 위에 주저 앉혀서 또 한 세상 흘러 보내다가 또
　　　　채이고… (긴 한숨) 열 일곱 살 되던 봄날인가 아버지가 동리

에 드나들던 소장수를 따라가라기에 무턱대고 따라간게 서
산인가… 아산인가… 먹여주고 입혀주고 재워준다기에 부황
증 나는 보릿고개 넘기기보다는 낫겠다 싶어서 주저앉은 곳.
장터에 있는 국밥집이었지라우. 가마솥에다 사태살 소뼈따
구 마구 쏟아놓고 시래기 숭숭 썰어 장작불을 지피면 뭉게
뭉게 김이 오르면서 풍겨 나오는, 그 구수한 냄새… (눈을 사
르르 감으며)

구수하고 달보드라운 괴기 냄새에 그만 졸고 말았지뭐 흠…
그런디 졸다 그만 앞머리를 불에 꼬시른 적도 있었지라우.
홋호… 배는 고픈데도 왜 잠은 그렇게 쏟아지는지. 우리집
내림이 잠이 많았던게비여라우.
그래서인지 먹은 것은 없는디 몸뚱아리는 불어나니 무슨
조화인지. 그걸 보고 안주인이(흉내 내며) "네년은 알다가
도 모를 일이여. 누룽지 밥에 신 무짐치만 먹는데도 살은
대마도 씨름패이니 어쩐디야? 너 혹시 밤중에 솥에서 괴기
덩이 훔쳐 먹은 거 아니여?" 홋호… 내가 무슨 괴기 못 먹
었다 죽은 도둑괭이 귀신이라도 썼었다는거요 뭐요? 난 괴
기 안 좋아해라우. 그저 나무새나 깡다리 군 것 반토막이면
감지덕지라우 그런디 무슨 도둑 고양이라고 솥가마를 넘어
다 보겄소? (관객에게) 예? 그 국밥집에서 왜 나왔능가 이
말이요?
(멋적게 킬킬대며) 그럴만한 까닭이 있었지라우. (사이) 밤
에 술손님이 끊기면 설거지를 끝나기가 바쁘게 부엌에 딸

린 골방에서 큰 댓자로 뉘 잠을 퍼자는 게 유일한 낙이었지라우. 힛히… 그런디 그 두 것들 등살에 잠을 잘 수가 있어야지라우. 두 것들이 누구냐고? 국밥집 주인 내외지 누군 누구 것소! 헷헤… 자다가 깨보니께 무슨 소리가 들리는디 나는 처음에는 도둑괭이 우는 소린가부다 했었지우. 그런 디 그게 그 두 것들이 물어뜯는지 꼬집어 뜯는지 모르 것지 만 끙끙거리고, 울고, 소리를 지르고… 그런 야단이 어디 또 있겠소.

그런 일이 하루가 멀다고 새벽까지 이어지니 남달리 잠이 많은 년이 견디어 낼 수가 있어야지라우! 손으로 귀를 막았 다가 솜으로 귀를 틀어 막았다가… 이건 총 없는 전쟁이었 지라우. 세상에 견딜 수 없는 고통 가운데서도 제 때 잠 못 자는 고통 이상 가는 게 없다는 걸 직접 느꼈지라우. 그래서 나는 어디든지 쓰러져 자는 버릇이 몸에 뱄는디…
(문득) 그런디… 아까참에 이참봉이 앞으로 이 댁에 드나들 지 말라니… (서글퍼지며) 밥보다 잠자리 편한게 좋아서 잠 자리만 있으면 어디든지 잤는디… 난, 난…(울음이 터지며) 지지리두 복 없는 년! 에그… 죽지 못해… 살아도… 세월 이… 흑…

하며 땅을 치며 통곡을 한다. 멀리서 개 짖는 소리. 이때 태길이 가 손전등을 켜들고 나오다가 불빛 속에 드러난 옥단을 발견한다.

태길　　옥단이 아니어?

옥단   흑… 흑…

태길   뭘 하고 있어? 가지 않고…

옥단   (고개를 휙 쳐들며) 가긴 어딜 가라고 그러요?

태길   (웃으며) 어딘 어디… 옥단이 집이제.

옥단   오늘밤에는 참봉댁 부엌방에서나 잘까 했는디… (다시 슬
        퍼지며) 나보고… 다시는…드나들지 말라니… 난…난 어디
        서… 흑…

태길   그냥 하신 말씀이것제… 헷헤…

옥단   사람 괄시를 해도 너무… 너무… 흑… 나 같은 년 살아서
        뭘혀. 흑…

태길   (담담하게) 그럼… 우리 방에서 자고 가.

옥단   예? (눈이 번쩍 빛난다.)

태길   좁으면 좁은 대로…

옥단   봉춘이는 어떡허구라우?

태길   어떻게 허긴… 사이에 끼어 자지… 마음씨 좁은 인간은 못
        살아도 방 좁은 건 살 수 있단다. 흠…

옥단   (호기심에서) 셋이서 한 방에? 홋호…

태길   싫으면 딴데 가봐!

옥단   봉춘이가 뭐라고 하면 어쩐디유? (눈치를 본다.)

태길   애비가 시키는 일 지놈이 뭐라고 혀! 그래봐도 그놈 효자
        여. 내 말에 거역한 적 없었지야. 흠…

옥단   그, 그렇지만 내가 가면…

태길   올라면 오고 말라면 말일이지 웬 말이 많다냐? 나는 사랑
        방 아궁이 불 좀 봐사 쓰것다… (하며 나간다 혼자 남은 옥

단이가 멍하니 서 있더니 불쑥 일어난다.)
옥단   봉춘아부지! 같이 가요. 봉춘아부지! (뛰어 나간다. 약간 휘
        청거리는 뒷모습이 희극적이다.)

                                        〈암 전〉

제 3 장

태길 부자가 거처하는 골방. 어둠 속에서 미닫이가 열리며 태길이가 방안으로 기어 들어간다. 허우적거리다가 벽에 걸린 전등 스위치를 켠다. 촉광이 10촉 짜리쯤 되는 누리끼한 전등 불빛 아래 썰렁한 방안 전경이 부옇게 드러난다.

벽에는 빈대 죽은 자국이 바람에 나부끼는 갈대잎 같다. 사과 궤짝으로 대용하는 앞닫이 위에 이불과 베개, 벽에 옷가지가 걸려 있다. 벽 중간쯤에 한 뼘 정도의 공간이 뚫린 채 전구가 대롱거린다. 벽 사이로 방과 부엌을 비춘다.

태길　　(뒤돌아보며) 들어와. 거기 서 있지만 말고…

이윽고 옥단이가 고개를 쭉 빼고 방안을 들여다본다. 손에 작은 보따리가 들렸다.

태길　　천장 안 내려앉을 텐게 들어와 앉아!

옥단   (방안으로 들어오며) 봉춘이는⋯ 어디 갔당가요?

태길   오겄제⋯ 요새 누굴 만날 일이 있다면서 가끔 늦는디⋯ (남
        의 일처럼) 올테제. (바닥에 앉는다.)

옥단   (문득 마음이 변한 듯) 봉춘아부지⋯ 나⋯ 그냥 갈라요.

태길   (이불을 깔며 남의 얘기하듯) 선창가 모도리 패한데 물리고
        싶으면 가봐.

옥단   모, 모도리 패요? (가지고 온 보따리를 내려놓는다.)

태길   지나가는 사람 옷 벗기고⋯ 돈지갑 털고⋯ 부녀자 덮치는
        모도리 패 몰라? 엊그제도 천기산 밑에서 면화공장 여직공
        이 당했다던디⋯ (깡통 재떨이에서 잎담배를 꺼내 종이에
        말며) 시상이 뒤숭숭혀서 당하는 게 어디 여자뿐인감? (한
        숨) 인자 조선 사람도 노무지로 끌려가고⋯ 지원병에도 간
        다는 말 못 들었어? (담뱃불을 붙인다.)

옥단   나 같은 년이나 데려갔으면 좋겠구먼⋯

태길   흥! 아무나 간다던? 신원이 확실한 사람이라사제. 옥단이처
        럼 본이 어딘지, 호적이 무엇인지도 모르는 사람은 길거리
        에 버려놔도 안 데려 갈거다⋯ 흠⋯

옥단   (화를 내며) 봉춘 아부지! 지금 누굴 놀리기요? 내가 호적이
        있는지 없는지 어떻굼 알고 허신 말씀이 다요?

태길   들은 대로 본대로 말한 것뿐이란께! (사이) 인자 중국하고
        전쟁이 터지고 시국이 험악해진께 살기도 어렵게 된다고
        참봉네 사랑방에 드나드는 어른들이 말하더랑께! (한숨) 엎
        친 데 덮친다고 인자 젊은 놈들은 군대다 징용이다 끌고
        가면 큰일 아닌감?

옥단   (보따리를 집어들고) 나 갈라요?

태길   (쳐다보며) 이 밤중에 어딜가. 가긴…

옥단   아무래도 여기서는… (하며 일어서 방문을 연다. 그 순간
        크게 놀란다.)

옥단   아이고메!

        하며 방바닥에 엉덩방아를 찧으면서 엉겁결에 태길에게 안긴다.

태길   뭔 일이당가?

        이때 봉춘이가 툇마루에 앉은 채 고개를 내민다. 약간 술기운이
        감도는 얼굴이다. 옥단을 보자 놀란 듯 고개를 갸웃거린다.

봉춘   내가 집을 잘 못 찾았는감? 여기가… (옥단이가 당황하며
        떨어져 앉는다) 아부지 워떻게 된 일이라우?

        하며 두 사람을 번갈아 본다.

태길   어떻게 되긴 뭐가… 들어오기나 혀!

봉춘   헷헤… (의미 있는 말투) 뭔일이랑가 잉?
        헛허… (들어온다. 문을 닫는다.) 옥단이가 우리집에 오더
        니…

옥단   왜, 난 못 올 곳인감? 이까짓 코딱지만한 방 있다고… 텃세
        부리긴감? 나도 잠 잘 방은 있당께! 산정동 뻘바탕이지

만…

봉춘   (태길에게) 아부지가 데려왔소? 아니면 옥단이가 자청해
       서…

태길   그게 그거지… 별것이냐? (얼버무린다.) 집이 멀다기에 내
       가 자고가라고 했다.

봉춘   (허공을 향하여) 헛허… 그렇게 되었었구먼이라우… 헛허…
       그런 줄도 모르고… 난… 힛히… 훗흐…

태길   미친 놈! 왜 혼자서 킬킬대고 중얼대기여? 빨랑 자리 펴고
       자! 밤이 늦었다.

봉춘   힛히… 역시… 그렇게… 그것이… 흠…

옥단   사람을 무슨 노리개로 아는감? 나 갈라요! (하며 일어선다.)

태길   어딜 간다고 그려. 이 밤중에…

옥단   (봉춘을 흘겨보며) 병 주고 약 주긴감? 요로큼 사람을 무시
       하고… (봉춘을 향하여) 사람 괄시 말더라고! 내가 없이 사
       니께 사람 축에도 못 끼는 줄 알지만…

봉춘   뭔 소릴 그렇게… 옥단이 내 말 들어! 나 말이여, 할 이야기
       가 태산 같은 놈이여. 뭔 얘기부터 어떻굼 해사 쓸지 미치
       겠어!

옥단   어머머! 인자 나한테 분풀인가?

태길   글메… 할 이약 있거던 밝은 날에 하고 이만 자자. 옥단아
       고단하잖여? 하루 종일 물 길러대랴… 부엌일 하랴… 그
       런디 옥단이는 뭘 먹었길래 그렇게 힘이 센가? 장사다!
       장사! 훗흐…

봉춘   옥단이! 내가 한 얘긴 취소! 헛허… 그만 풀어버려 응? 난

그저…

태길   그럼 됐다! 자… 그만 자자. 불꺼라.

봉춘   (당혹스러워서) 불을 꺼라우?

태길   전기세 나간다고 마나님이 불호령이시제. 아끼는데는 부자
가 더 무섭단다.

봉춘   (옥단을 보며) 그런디 셋이… 어떻게…

태길   뭐가 걱정이냐? 옥단인 저 벽 쪽으로 눕고, …그 옆에 너…
그리고 나는 여기… 그럼 되었지 뭐가……

봉춘   아니어라우! 아부지가 일로… (자리에서 일어나려 하자 태
길이가 잡아당긴다.)

태길   애비 시키는대로 혀!

봉춘   아부지!

태길   시키는 대로 혀!

봉춘   그럼 나… 밖에서 잘 것이구먼!

태길   미쳤어? 그럼 내가 나가마. (일어나려 하자 옥단이가 불쑥
두 사람 사이로 끼어 들 듯 일어선다 두 사람이 당혹한 표
정으로 쳐다본다.)

옥단   보아하니 내 곁에서 자는게 꺼림칙한 모양인디… 그렇다
면 내가 나가는 수밖에 없지라우! (하며 나가려는데 두
사람이 약속이나 하듯 동시에 옥단의 치마 자락을 잡아
당긴다.)

봉춘   (동시) 가지 말랑께! (다음 순간 치마자락이 찍하고 찢어진
다.)

옥단   아이고메! (엉겁결에 치마자락을 감싸며 주저앉으면서 세

사람이 벌렁 넘어진다. 세 사람은 잠시 누운 채 서로를 돌
아보다가 자기도 모르게 폭소를 터뜨린다.)

일동   헛하… 헛허…

         먼 곳에서 개가 짖는다.

                                        〈암 전〉

제 4 장

전장부터 며칠 후 낮. 석양이 비껴가는 시각.

거리 길모퉁이에 자리잡은 봉춘의 공방(工房). 공방이라고 해야 두 평도 채 못되는. 함석으로 물통을 만드는 작업장이다. 판자집이라 밀어붙이면 금방이라도 쓰러질 것 같은 구조. 함석판이며 연장이 흩어져 있다. 봉춘이가 셔츠 바람으로 양철통에 뗌질을 하고 있다. 풍로 위에서 아연을 녹여 뗌질 할 때마다 하얀 연기가 피어오른다.

낡은 물통이 서너 개 포개져 있다. 땀이 밴 봉춘의 앞가슴이 건장한 젊음을 발산하고 있다. 근처의 전파상 가게 확성기를 통하여 일본군가가 흘러나오고 있다. (父よ あなたは強かっだが 적절함) 봉춘이는 가끔 휘파람을 불며 노래에 호응하고 있다.

옥단이가 함석통 한 짝을 달랑 들고 나온다. 함석통은 비어 있어 무게를 못 느낀다. 한 손에 작은 신문지 봉지가 들려 있다. 저만치서 접근하기를 망설이는 게 순진한 처녀 같다.

옥단　　(다가가며 수줍은 듯) 바쁜가벼…

봉춘   (일을 계속하며) 왔어?

옥단   손님이 와도 본 척도 않는디야? (눈을 흘기나 밉지가 않다.)

봉춘   목소리 들으면 알제. (고개를 들며) 왜 왔어? 오늘은 물 안
       길러?

옥단   물통 테가 늘어졌나벼 (하며 물통을 내민다)

봉춘   … (무표정하게) 거기 두고 가.

옥단   어머머. 웬 반말이당가?

봉춘   반말도 할만 한께 하는거제 힛흐…

       다시 일을 계속한다. 옥단, 물통을 내려놓고 손에 든 종이 봉지를
       봉춘 코앞에 불쑥 내민다.

봉춘   뭔여?

옥단   열어봐.

봉춘   (봉지를 들여다보며) 붕어빵? 나 먹으라고?

옥단   그럼 봉춘이 말고 누가 또 있당가? 힛히… 따끈할 때 먹어
       봐.

봉춘   흠… 내가 붕어빵 좋아한지 어떻굼 알았지?

옥단   가난뱅이 군것질에 붕어빵이 제격이제 잉? 훗흐…

       봉지에서 붕어빵 한 개를 꺼내 입에 넣다가 빵이 뜨거운지 입안
       에서 이리 저리 굴리는 게 장난꾸러기 소년 같다.

봉춘   앗! 뜨거… 뜨거…

옥단   훗호…

봉춘   핫하…

옥단   봉춘이는 꼭 곰 같당께 잉? 힛히…

봉춘   옥단이는 꼭 고슴도치 같고? 핫하…

옥단   곰하고 고슴도치? 훗호…

봉춘   아무 짝에도 궁합이 안 맞는디… 헛허…

옥단   궁합이 좋아도 못 사는 사람 많더라.

봉춘   이왕이면 다홍치마라고 안맞는 것보다야 맞는게… (옥단을
        말끔히 쳐다보며) 미안혀!

옥단   미안하긴… 피장파장이제! 흠… 나 역시 미안했제.

봉춘   (일을 계속하면서) 실은… 그날 밤 할 이약이 있었는디 말
        이여…

옥단   (정색으로) 뭔 이약?

봉춘   나… 그날 밤 한 숨도 못 잤당께. (쑥스럽게 웃는다)

옥단   코를 골든디?

봉춘   일부러 고는 척했지.

옥단   뭣이라고?

봉춘   흠… 옥단이를 가운데 놓고 부자간에 잠을 잘 수 있겄어?
        생각하면 우린 별종이제… 잉? 헛허…

옥단   나는 봉춘이 코 고는 소리에 그냥 잠 들었구먼. 훗흐… 원
        래 잠이 많잖여. 그렇게 살찐가벼 헛허… (봉춘이가 옥단의
        얼굴을 쳐다보다가 다시 일을 계속한다.)

봉춘   실은… 한 가지 물어 보고 싶었는디 말이여. 옥단이를 보면
        목구멍까지 올라오다가 그만 꼴깍 삼켜진당께!

옥단   (흥미를 느끼며) 뭔 말인디? 응? 궁금해 죽것구먼!

                쭈그리고 앉는다. 치마 마장 사이에서 담배를 꺼내 입에 물자 봉
                춘이가 잽싸게 성냥을 그어 불을 붙여 준다.
                옥단이가 놀란 듯 뻔히 쳐다본다.
                담뱃불을 붙인다.

옥단   뭔 일이라냐? 담배를 다 붙여주고… 오래 살고 볼 일이제
         핫허… (담배 연기를 길게 내뱉는다.)
봉춘   (대뜸) 시집 갈 생각 없어?

                그 순간 옥단은 담배 연기를 미처 다 내뿜지 못하고 사래가 들어
                기침을 한다.

봉춘   왜 그려? 냉수 줄까? (옆에 있는 찌그러진 주전자를 내밀자
         옥단이 주전자를 들고는 두어 모금 물을 마신다. 기침이 멈
         춘다.)
옥단   지… 지금… 뭐라고?
봉춘   넌 세까시 혼자서… 이렇게 는구뭄저럼 살 작정인감? 안그
         려? 내 말 틀려?
옥단   (넌지시) 나보고 시집 가라고?
봉춘   헐 생각이 있나 없나 말혀 봐.
옥단   누가 나 같은 년 데려 간다고나 했간디? 흠! (다시 담배를
         내 피운다.)
봉춘   있으면 갈거여?

옥단   못 갈 것도 없제 잉.

봉춘   참말?

옥단   나도… (담배연기 뿜고) 지집이란 말이여 (사이) 허지만…

봉춘   (단호하게) 그럼 됐어!

옥단   뭣이 어쩌?

봉춘   그쪽에선 됐다니께!

옥단   (똑바로 보며) 그게 누군디?

봉춘   (들었던 연장을 내려놓고) 우리 아부지.

옥단   뭐… 뭣이라고? (입을 떡 벌린다.)

봉춘   우리 아부지. 올해 쉰 아홉이셔. 내년이면 환갑!

옥단   (화를 내며) 누굴 뭘로 보고 이런다냐?

봉춘   나… 오래 전부터 그런 생각했었단 말이여. 우리 아부지 신
        세도 말하자면 옥단이 신세나 진배없제. 거기서 거기 같은
        처지니께 (사이) 배운 것도, 가진 것도 없고… 그저 사람이
        좋다보니께 이웃들이 태길이… 태길이 하며 일도 맡기고
        뜻도 받아줘서 밥은 안 굶고 살아온지 60평생… 그렇다고
        사람이 어디 밥만 먹고 사는가 말이여. 게다가 다리까지 저
        는 불구에다 나 같은 혹까지 딸린 홀애비이고 보면 누가
        짝을 지어 주려고나 했것어? 생각하면 가엾고 기가 차고.
        (말끝이 흐려진다.)

옥단   그런디 난데없이 왜 나헌티… 응?

봉춘   (일을 다시 시작하며) 여기 떠날거여!

옥단   떠나? 누가?

봉춘   누군 누구… 나 말이여.

옥단   …봉춘이가 늙은 아부지 혼지 두고?

봉춘   일본 대판의 공장 노무자로 갈 것이여.

옥단   일본 대판으로 가?

봉춘   이런 땜질보다는 수입이 몇 배 좋대. 월급도 꼬박꼬박 우편
        저축저금으로 넣어주고… 여기서는 백날 가봐야 거지 신세
        지! 그래서 누가 소개해줘서 가기로 작정했어! 이것봐. (품
        에서 계약서류를 내 보인다) 계약서야!

옥단   계약서?

봉춘   머지 않아 강제 징용을 당하게 될 테니 이왕이면 먼저 가는
        게 유리 할거라는 말도 있고 해서… 그렇게 작정해 벌렸
        제… 이왕에 맞을 매인걸!

옥단   그럼 봉춘 아부지는…

봉춘   그래서 하는 말이제! 옥단이! 우리 아부지를 위해서 제발…
        부탁이여! 응?

옥단   홋호… 헛허…

봉춘   옥단이!

옥단   김칫국부디 미셨그면. 홋호

봉춘   나 말이여?

옥단   아니… 홋흐… 헛허…

봉춘   왜 웃어? 옥단이!

옥단   난 봉춘이가 장개(장가) 올 줄 알고 가슴이 두근 반 세근 반
        했는디… 내가 김칫국부터 마셨지 뭐겄어… 홋호…

그러나 웃음이 공허하게만 들린다.

옥단 (가까스로 웃음을 참으며) 내가 미친 년이었제!

봉춘 (꺼질듯이) 미안혀.

옥단 아니여! 미안한 것 나여, 봉춘이는 아니어… 걱정말드라고!

손수건을 꺼내서 눈두덩을 닦으며 밝게 웃는다.

옥단 어찌나 웃었는지 눈물이 다 나왔구먼! (사이) 그 정성… 알
     아줘야것구먼!

봉춘 정성?

옥단 지금 시상에 늙은 아부지 혼자 두고 타관으로 돈벌이 나가
     는게 쉬운 일인감! 정성 아니고는 어림도 없제!

봉춘 알아주니 고마워! 옥단이 부탁이여!

옥단 아부지 잘 부탁한다… 이거제?

봉춘 그, 그려! 지금까지는 내가 옆에서 돌봐드렸지만…

옥단 그렇다면 굳이 시잡, 장가 들건 없제 잉?

봉춘 뭔 소리여?

옥단 그냥 돌봐드릴 수도 있잖여?

봉춘 옥단이가?

옥단 (자신 있게) 혼자 사는 영감님 밥 짓고 빨래해 주는 일… 눈
     감고도 할 수 있당께! 내가 지금까지 살아온 일이 그것인
     디… 뭐가 어렵당가?

봉춘 참말로? 믿어도 되는겨?

옥단	사람 못 믿어하긴… 외상값 떼이고만 사는 중국집 왕서방 같구먼그랴! 홋호… 헛허…
봉춘	(바닥에 무릎을 끓으며) 고마워! 옥단이! 고마워! 그 대신 옥단이에게 돈 걱정은 안 시킬테니께 (하며 품에서 저금 통장과 도장을 꺼낸다)
옥단	이것이 뭔 짓이여?
봉춘	그 동안 내가 푼푼이 저금한 것잉께… 우리 아부지 생활비로 써줘! 부탁이여! (하며 억지로 손에 쥐어준다.)
옥단	사람 잘못 보았제. 난 돈 받고 일한 적 없어! 내 마음에서 우러나서야 하는 일이여. 넣어둬! (하며 물리친다.)

다시 저금 통장과 도장을 억지로 떠맡긴다.

봉춘	그러지 말어! 난… 이 은혜 …죽어도 못 잊을 것이구먼! 혼자 남을 아부지 생각하면… 윽… 지난 30년 동안 나를 위해 고생해온 우리 아부지… 흑… 흑… 다리 병신에 머슴살이로… 고생하신… 욱… 윽… (땅을 치고 운다. 함석이 쨍하고 울린다.)

옥단은 왈칵 치미는 울음을 삼키면서 부로 장난스럽게 대한다.

옥단	아이고… 그 아까운 눈물은 아껴두었다가 가뭄 농사 때나 쓸 것이제… 헛허… 자, 붕어빵이나 마자 먹으랑께! 식기 전에. (하며 봉춘의 입에다 붕어빵을 억지로 물려준다. 봉

춘의 눈에서 눈물이 흐르고, 입에서는 신음소리가 터져 나
온다. 옥단이도 참지 못해 밖으로 뛰쳐나온다.)

얼마 전부터 전파상의 확성기에서 이난영의 〈목포의 눈물〉이 흘
러나온다. 무대는 차츰 어두워지며 울고 있는 옥단을 비춘다. 옥단
은 길가 벤치에 걸터앉아 담배를 꺼내 피운다. 노래를 따라 흥얼
거리다가 문득 자기 자신으로 돌아온다.

옥단   (관객을 향해) 생각하면 피눈물 나기는 나나 봉춘이나 매한
가지지라우. 늙은 아부지 혼자 두고 타국 땅으로 돈벌이 나
서겠다는 그 심사… (사이. 망연히 쳐다보며) 그러는 동안
일본하고 중국 사이에 전쟁이 터진 다음 군대 갈 사람도
모자라고 공장이나 탄광에서는 일손도 모자란다는 얘긴 수
없이 들었지라우. 우리사 낫 놓고 기역자도 모르니께 굿이
나 보고 떡이나 먹으면 된다 했는디 알고 보니께 바로 내
앞에 불이 떨어지다니… 난 못 살아! 못 산단께! (이때 확
성기에서 격앙된 목소리로 시국계몽연설 소리가 울려 퍼진
다. 방송 내용의 진전과 함께 옥단의 모습도 서서히 사라진
다.)
아나운서 (소리만) 친애하는 2천3백만 조선반도 동포 여러분! 대일본
제국의 성전(聖戰) 완수를 위하여 한 사람도 빠짐없이 '국민
정신총동원연맹'의 깃발 아래 모입시다! 내년은 황기(皇記)
2천 6백년을 기념하고 시정(施政) 30주년 기념할 대박람회
가 열립니다! 모두가 천황폐하의 적자로서 다음과 같이 적

극 협력합시다!

    1. 조선말 대신 일본말을 상용합시다.

    2. 성전완수를 위하여 국방헌금을 자진 냅시다

    3. 젊은이는 특별지원병의 영예를…

    4. ……

이 방송과 동시에 참고 될 영상이 무대 후면에 투영된다.

                        〈암 전〉

제 5 장

이참봉의 집 안채. 대청마루. 전장부터 일년 후.

늦가을. 마당의 감나무 잎이 맑게 물들었다. 사랑채 쪽에서 언쟁
하는 소리가 들려온다. 담벼락 가까이서 허씨와 영광댁이 엿듣고
있다. 조금 떨어져서 영숙이 을씨년스럽게 앉아 있다. 아직 새댁차
림이나 임신 초기인 듯 몸이 불편해 보인다. 사랑 쪽에서 유리그
릇 깨지는 소리가 울린다. 모두들 긴장한다.

이참봉　(격앙된 목소리만) 맘대로 하거라! 늬놈 하고 싶은 대로…
　　　　가고 싶으면 가고… 죽고 싶으면 죽고… 늬놈 팔자… 늬
　　　　알아서 하는기라!

이쪽으로 건너오는 기색이자 허씨와 영광댁이 대청마루 쪽으로
급히 돌아선다. 이윽고 분노가 머리끝까지 치민 참봉이 사랑 쪽에
서 나온다. 국방색 국민복 차림이 제법 위엄을 풍긴다. 가래침을

탁 뱉는다.

이참봉　　(씨근덕거리며) 물! 물 도고! (마루로 올라선다.)
허씨　　　예.

　　　　　영광댁에게 눈짓을 한다.

이참봉　　꿀 좀 타오거레이!

　　　　　영광댁 부엌 쪽으로 급히 퇴장한다. 무거운 침묵이 흐른다. 이윽
　　　　　고 학생복 차림의 오정수가 사랑채 쪽에서 나온다. 어깨가 떡 벌
　　　　　어진 게 어딘지 고집스럽게 보인다. 대청마루엔 이참봉과 허씨가
　　　　　좌정을 한다. 정수는 영숙이가 걸터앉은 쪽으로 가려하자 영숙은
　　　　　신경질적으로 외면한다. 까치가 운다. 영광댁이 꿀물 그릇을 들고
　　　　　오자 허씨가 받아 이참봉에게 건넨다.

허씨　　　(담담하게) 오서방… 내가 나설 일 아닌 줄 알지만도… 그
　　　　　게 쉬운 일은 아닌기라. 안 그렇나?
이참봉　　(화가 아직도 안 가신 채) 시상엔 되는 일 따로… 안 되는
　　　　　일 따로 있는기라. 그런데 나더러 학병 안 가게끔 상부에다
　　　　　부탁하라카이… 이건 마치 나무섶 지고 아궁이로 들어가라
　　　　　는 꼴아이가! 잉? 지금이 어떤 시상인지 모르나? 잉? 그것
　　　　　도 병역이라카믄 국민의 삼대 의무의 하나인기라!
정수　　　(침착하나 고집스럽게) 장인어른께선 하실 수 있습니다!
이참봉　　뭐라꼬?

정수   도청에서도 장인어른의 한 말씀이면 괄세 못 할거라고 다
          들…

이참봉   (다시 화가 도지자 물그릇을 집어 들며) 저 놈의 자슥 그래
          도 또… (물 그릇을 내던지려한다.)

허씨   (말리며) 영감! 참으시이소! (물그릇을 빼앗는다.)

이참봉   늬가 한두 살 난 얼 아인가? 잉? 학병 제도가 실시되자 우
          리 조선 청년들도 나라를 위해 목숨을 바치게 되었다고 온
          세상이 벌컥 뒤집힌 걸 모르나? 어떤 청년은 혈서까지 썼
          다는 소문 몬 들었나? 잉? 그런 판국에 늬 놈은 군대에 안
          가겠다꼬 우겨대니 그게 말이가, 막걸리가? 잉? 차라리 늬
          아부지헌테 도지사 만나 부탁 하시라카지. 와 나한테 그러
          노? 지방 유지 아이가? (상아 파이프를 꺼내 문다.)

정수   아버님보다야 장인어른이 훨씬 유리하고 설득력이 있다고
          들…

이참봉   설득? 내가 지금 누굴 설득시킨단 말이가?

정수   도의회 의원이시고 국민총력연맹지부장에다 사회 각층에서
          명성이 높으신 분이 도지사님께 한 말씀만 하시면 문제없
          을 거라고… (파이프에 궐련담배를 끼워 불을 붙이던 이참
          봉의 표정이 다시 험악해진다.)

이참봉   이놈의 자슥, 듣자 듣자 하니까네 팔삭동이도 몬되는 얼간
          아이가? 잉? 이런 설익은 놈을 사위로… (허씨에게 노골적
          으로) 헹! 사윗감 하나 잘 골랐구마!

허씨   인제 나한테 화살입니꺼? 영감도 직접 선보시고 마음에 든
          다케서 혼인시켰지 언제 내가 우겼능교? 그게 우째 내 탓

인기요? 에그 시엄마야!

이참봉   (정수에게) 듣거라! 이 일은 사회적인 체면으로 봐서도 할 수 없는기라… 내가 사위 병역을 면제해 달라켔다는 소문이라도 나봐라. 당장에 도의회의원 아니라 면의회 의원 자리도 몬할기다! ! (담배연기를 연거푸 뿜어낸다.)

허씨   에그… 참말로… 어쩌다가 학병인지 지랄인지 생겨가지고 이래 사람 오장 뒤집는가 말이다!

영광댁   이대로 가다가는 조선 사람 씨까지 말릴 것이지라우!

이참봉   영광댁은 뭘 안다코 또 씨부렁대노? 부엌에 가서 일이나 하거라.

이때 옥단이가 물지게를 지고 등장. 물지게가 무거운 탓으로 땅만 내려다보며 들어서다 발걸음을 멈춘다. 그리고 숨을 몰아쉰다. 그러나 누구 한 사람 옥단에게 시선을 돌리지 않는다.

영숙   (신경질적으로) 아버지! 저도 드릴 얘기 있어요!

이참봉   해라. (담배를 피운다.)

영숙   (되도록 침착하려고 애쓰지만 소리가 떨린다.) 영찬이는 어떻게 된거죠? 어디 갔죠? (이때 옥단이가 힐끗 쳐다보더니 몹시 당황한 표정이다.)

이참봉   그 놈이 어디 있는지 우째 알겠노?

허씨   영숙아! 불난 데 불 지르기가? 늬 동생이 온다 간다 말 한마디 없이 떠난 지가 벌써 삼개월째라는 걸 늬도 알제?

영숙   영찬이는 아버지가 숨겼어요.

히스테리컬한 목소리에 눈빛마저 병적이다. 옥단이가 급히 물지
게를 지고 부엌 쪽으로 퇴장한다.

이참봉   늬 지금 뭐라켔노? 숨겼다꼬?

숙영   학병제도가 실시된다는 정보를 미리 알고서 영찬이를 미리
        도피시켰을 거라는 소문이래요.

이참봉   아니… 이 년이 애비 얼굴에다 똥칠하기가? 누가 그러더
        노? 잉?

영숙   (정수에게) 당신이 말씀드려요. 본대로 들은 대로…

허씨   오서방, 무슨 얘기고…잉?

정수   (잠시 머뭇거리다가) 동경 유학생들끼리 모인 자리에서…

이참봉   그게 언제인데?

정수   춘원 이광수 선생이 동경에서 학병 출정을 권유하는 시국
        강연회가 있기… 전… 전날이었어요.

허씨   그래서?

정수   영찬이는 끝내 그 자리에 안 나타났습니다. 하숙집 주인에
        게 물었더니 고향에 다녀오겠다고 책 몇 권만 들고 나갔다
        고…

이참봉   그건 나도 안다. 허지만도 그 이후부터의 소식은 나도 모르
        겠다. 일본에 있는지… 어디 시골구석에 박혀 있는지…

정수   (눈치를 살피며) 그런데 하숙집 주인 얘기로는 경성에서 전
        보가 왔었다고 하던데요.

허씨   전보?

무심코 이참봉을 쳐다본 영숙의 눈빛은 사뭇 날카롭다.

정수   혹시 장인어른께서 전보를 치신 게 아닌가요?

이참봉   (시침을 떼며) 그래 내가 쳤다. 급히 의논할 일이 있으니 나
         오라고 전보쳤다. 그게 잘못이가?

정수   그럼 처남을 만나셨군요?

이참봉   아니다. 다만 답장 전보가 왔더라.

정수   전보?

이참봉   하숙비며 그 밖에 정리할 일이 있으니까네 여비까지 합해
         서 삼백원만 급히 송금해달라고 해서 장주사를 시켜 송금
         했더니만…

허씨   삼백원씩이나?

이참봉   (한숨) 그 길로 온데 간데 없어졌으니… 배반당한 건 이 애
         비인기라!

허씨   그런 일을 와 저한테는 말씀 안 하시고…

이참봉   임자가 무슨 뽀족한 수라도 있나?

히씨   이녀저도 쓸데기 있이에! 팔시미서소!

이참봉   그 놈은 자식이 아니라 웬수인기라. 제놈 혼자 살라고 그랬
         겠지만 애비 체면은 뭣이 되는가 말이다. 인자 우리 가문도
         다 끝장 난기라… 끝장! (하며 마룻장을 친다.)

영숙   아버지, 그럼 우리는 어떻게 하실거예요?

허씨   영숙아!

영숙   (이성을 잃은 듯 반항하며) 아들은 도피시키고, 사위는 학병

으로 보내실 거예요? 도대체 저는 뭐냐구요? 아버지!

이참봉 이 못된 년 하는 소리 좀 들어보레이! 내가 언제 영찬이를
       도피시켰노? 그라고 느그들보고 언제…

영숙   흥! 아버지는 원래가 그런 분이셨죠! 아들은 소중하고 딸자
       식은 천덕꾸러기로 아는…

이참봉 입 닥치지 못하겠나?

영숙   (악에 받치며) 그 잘난 체면을 지키기 위해서 였죠? 오서방
       만이라도 학병으로 보냄으로써 조선총독한테 훈장이라도
       받아…

       영숙의 말이 채 떨어지기도 전에 이참봉이 뺨을 후려친다.

이참봉 이 년! 말이면 다 하는 줄 아나 잉?

허씨   여보! 이게 무슨…

       부엌 쪽에서 옥단이가 고개를 내민다. 영숙은 독이 오른 뱀처럼
       꼼짝도 않고 아버지를 노려본다.

이참봉 (분노에) 늬년이… 늬년이… 어디서 배워묵은… 막된 버르
       장머리를…

정수   장인어른! 영숙인 지금 홀몸이 아닙니다. 신경이 날카로운
       데다가…

이참봉 옳제. 오씨 가문에서 배워 온기가? 야… 희안하구마… 시집
       한번 잘 갔다 했더니만… 알고 보이까네 집안에다 살쾡이

를 키웠구마!

허씨 　　 영감, 고정하시이소! 오서방 걱정을 하다보니까네 말이 함부로…

이참봉 　(오정수에게) 늬 가문에서는 그래 가르쳤나? 잉? 양반, 양반 하더이만 알고 보니까네 순 쌍것들 행세구마!

정수 　　 장인어른! 말씀이 지나치십니다.

이참봉 　너까지 쌍고동 불기가? (마구 떠밀며) 그래 어쩔테고? 나를 쥑여라. 쥑여라! (두 사람이 엉킨다.)

허씨 　　 영감! 와 이러십니꺼? (안을 향하여) 아무도 없나? 거기 누구 없나?

　　이때 부엌 쪽에서 영광댁과 옥단이가 급히 나오나 차마 손을 쓸 수가 없다. 영숙은 히스테리 증세가 발작하며 소리만 지른다. 허씨가 뜯어 말라나 막무가네다. 때마침 사랑채 쪽에서 태길이가 낙엽을 쓸어 담은 망태를 지고 나오다가 멍하니 바라만 본다.

허씨 　　 봉춘 아범! 뭘 멍하니 서 있노? 어서 와서…

태길 　　 (두 사람 사이에 끼어서) 참봉어른! 이러시면 안되지라우. 이러시면…

　　하며 가까스로 떼어놓자 이참봉은 제 풀에 꺾여 마루 끝에 쓰러진다. 영숙은 정수에게 매달리며 마구 울부짖는다. 상황이 험악하다.

영숙 　　 난 어떻게 살아… 누굴 믿고 살아… 이럴 줄 알았으면 차라

리… 나를 죽이고 가! (하며 정수의 가슴팍을 치며 통곡한
다.)

이참봉　　망했구나… 인자… 다… 끝장이… 아…

　　　　옥단은 어느 편에 낄 수도 없어 저만치 서서 안절부절 못하고 있
　　　　다. 다음 순간 무슨 결심이라도 한 듯 조심스럽게 입을 연다.

옥단　　　저… 지가… 한 말씀… 드려도…

　　　　이 말에 모두들 옥단에게 시선을 모은다.

허씨　　　늬가? (사이) 말하거라.
옥단　　　저… (머리를 긁으며 난처해서) 이약을 해야 할지… 안 해
　　　　야 할지 모르 것는디… 헷헤…
영광댁　　옥단아. 이 판국에 웃음이 나오게 생겼냐? 빌어 먹을 년!
　　　　아무리 배 안의 병신이로서니 그만한 눈치도 없냐! 쯧쯧…
옥단　　　눈치가 있으니게 이날까지 살았지라우… 헷헤…
영광댁　　아이고… 지리산 호랭이는 눈이 멀었다냐? 저년을 잡아가
　　　　지…
허씨　　　옥단아 얘기 들어 보자카이! (사이)
옥단　　　저… 영찬이 학상… 말 인디요…
허씨　　　그래 퍼뜩 말 하거라.
옥단　　　영찬이 학상은… 저… (머뭇거린다)
허씨　　　속 시원히 말하거라! 복통이 터지겠다!

정수   봤어?

        옥단, 고개만 크게 끄덕한다. 모두 긴장한다.

정수   어디서?

허씨   언제?

옥단   저… 그것이… 저…

태길   (저만치 비켜서며) 속 시원히 말하랑께! 왜 그렇게 죽은 낙
        지발처럼 질질 늘어지는겨? 숭어가 뛰면 망둥이도 뛴다더
        라. 할말 있으면 죄다 털어놔 버려!

이참봉   (화를 내며) 오서방! 경찰서에 연락해.

옥단   (경찰이라는 말에 겁을 먹고) 아니어라우! 경찰서는 안 되지
        라우!

태길   그렇께 어서 말을 혀! 어르신네 앞에서 죄다 털어놔! 어서!

허씨   (회유하려고) 세상에 법 없이도 살 수 있는 우리 옥단이아
        이가… 그체? 그라이 걱정 말고 말 하거라 (사이, 부드럽게)
        어디서 만났제? 언제 만났노?

옥단   (마지막하게) 오늘 이집에.

허씨   뭐라꼬?

        모두들 표정이 급변한다.

영숙   어디서?

옥단   우리집에서…

태길   우리집이라니? 뒷개 뻘바탕에 있는 움막집 말이여?

옥단   (고개만 크게 끄덕한다.)

이참봉 늬 지금 무신 잠꼬대하고 있나? 엉?

옥단   참봉어른… (겁 먹은 듯) 누구한테도… 절대로 말 안 하기
       로 약속했어라우. 그런디… (갑자기 우는 아이처럼) 나 몰
       라! 나 몰라! 얘기하지 말라고 했는디… 흑… 흑…

       옥단은 치맛자락으로 얼굴을 싸며 운다. 영숙이가 정수에게 수근
       거린다.

이참봉 경찰서에 퍼뜩 신고하는 기라! 퍼뜩!

옥단   안되지라우! 겨, 경찰서는 안돼!

영숙   넌 가만이 좀 있어! (정수에게) 여보! 어서요!

옥단   … 서방님! 그건 안되지라우!

       옥단이 정수에게 매달리자 정수는 옥단을 떠밀고 사랑채로 나간
       다. 이참봉도 따라간다. 옥단이 허씨에게 매달리며 절규한다.

옥단   마님! 살려주시오! 경찰에 알리면 다 죽는다요!

허씨   내게 무슨 힘 있노?

       하며 대청으로 올라가 안채로 퇴장. 영광댁 따라나간다. 무대엔
       태길이와 옥단만 남는다. 옥단은 새삼 슬퍼진다.

옥단   이 일을 어쩌사 쓸꼬… 흑… 봉춘 아부지! 내가 미쳤지라

우!

태길　(흩어진 낙엽을 쓸어 담으며) 다 털어놔 버려. 병든 잎사귀
　　　도 다 털어 버리면 시원해지는 법이니께. 너나 나나…다 병
　　　든 잎사귀지 별것이냐……

옥단　그렇지만 경찰서에서 알면… 우리는 다 죽는단 말이오!
　　　흑… (비통한 곡소리로 변해간다. 바람에 낙엽이 우수수 떨
　　　어진다.)

태길　죄가 있으면 벌을 받을 것이고 없으면… (문득) 늬가 뭔 죄
　　　를 졌어?

옥단　내가 죄인이지라우. 내가… 내가…

태길　(문득 허공을 향해) 봉춘아, 애비 말이 맞지야? 훨훨 털어버
　　　리고 사는 것이여! 그게 쉬운 일은 아니지만 가진 것은 없
　　　어도 훨훨 털어 버리고 나면 마음이 편해진 법이여 홋흐!

옥단　그래도 쓰리고 아픈디 어쩧게 털어 버린다요! (허공을 향하
　　　여) 영찬 학상! 나 좀 살려 줏쇼! 내가 그만… 흑… (쓰러져
　　　흐느낀다)

〈암 전〉

제 6 장

전장부터 약 2주일 후 밤. 경찰서 지하 취조실. 음산하고 냉기가 도는 콘크리트 벽과 바닥 전등 삿갓에 검정색 방공 커버가 씌워 있다. 그 조명 아래에 책상과 두어 개의 의자. 고등계 오까모또(岡本) 형사가 조서를 꾸미고 있다. 그와 마주 앉은 영찬은 기진맥진한 데다가 구렛나루가 자랄 대로 자라 처참해 보인다. 긴 싸이렌 소리에 이어 거리를 지나가는 자동차의 확성기 소리가 흘러든다. "경계 경보 해제! 경계 경보 해제"라는 멘트가 반복되며 멀어진다.

오까모또가 일어나서 전기 사갓을 덮은 검은 카바를 제치자 전보다 밝아진다

오까모또　(자리에 앉아 조서에서 눈을 떼며) 얘기 계속해봐. 늬가 말하는… 그 무정부주의란 게 뭐냐? (사이) 정부는 필요 없다 이거냐?

영찬   (몽롱한 소리로) 잠 좀… 자게 해주시오. 아… 졸려요….

오까모또 잠을 자고 싶으면 대답부터 해. 임마. 오는 게 있어야 가는
        것도 있지. (조서를 훑어가며) 동경 법정대학 3학년 재학
        중… 친구 '이히야마 미쓰오'의 소개로 '동방 독서 서클'에
        입회… 서클에서 불온서적을 읽음으로써… 공산주의에 심
        취했다. 이거지?

영찬   (무력하지만 또릿하게) 공산주의가 아니라 무정부주의요.

오까모또 그러니까 그 무정부주의가 뭔지 설명을 하란 말이야. 이
        새끼야! (하며 주먹으로 머리를 치자 픽 쓰러진다.)

영찬   (다시 의자에 앉는다. 침착하게) 모든 것을 부인하자는 주
        의요.

오까모또 모든 것을 부인한다?

영찬   정치, 도덕, 재산, 권력, 모든 것을 부인하는 주의요.

오까모또 모든 것을 부인한다?

영찬   (차츰 제 정신이 드는 듯) 지금 이 사회에 무슨 진리며 정의
        가 있으며, 강도 사회에 무슨 문화가 있는가 (절망적으로)
        없다! 없다! 아무것도 없다…

오까모또 그럼 일본 제국도 부인한다는 거군? 그래 무정부주의를
        어디서 배웠어?

영찬   처음에는 고오도꾸 슈우스이〔幸德秋水〕의 책에서 읽었지
        만… (사이) 사실은 우리나라의 언론인이자 사학자인 단재
        신채호(申采浩) 선생의 책을 읽고부터요.

오까모또 (기록을 하다말고) 늬 아버지, 이참봉이 어떤 분인지 알고
        있겠지?

영찬　　(냉담하게) 도의회 의원… 상공회의소 부회장… 국민총력연
　　　　맹 지부장… 홍!

오까모또　그럼 늬 아버지는 늬놈이 공산주의자가 되었는데도 모르
　　　　고 있었어?

영찬　　(단호하게) 무정부주의자라니까요!

오까마또　무정부주의나 공산주의나, 오십보 백보다! 자본주의 사회
　　　　의 모든 구조를 반대한다는 점에서는… 그런데 늬가 그 옥
　　　　단이의 움막집에 숨게 된 동기가 뭐냐?

영찬　　학병을 기피하기 위해서는 그 길밖에 없었소.

오까모또　그럼 늬 아버지의 처지는 생각 안 했어?

영찬　　(단호하게) 아버지와 나는 별개의 인생이오. 아버지는 나의
　　　　경멸의 대상일 뿐이오!

오까모또　아버지를 경멸한다고?

영찬　　일본식민지 정치 아래서 잘 먹고 잘 살기만 원했지. 동포
　　　　들의 불행을 보고도 못 본 척 하는… 이기주의자요.

오까모또　(빰을 때리며) 불효막심한 놈 같으니! 천황폐하께 충성을
　　　　바치는 게… 조국을 위하여 싸우는게 싫다면 네 놈은 대역
　　　　죄인이야!

영찬　　(눈을 감고만 있다.)

오까모또　그리고 (서류를 보며) 옥단이는 범인은닉죄에 해당된다는
　　　　것쯤 알고 있겠지?

영찬　　(완강하게) 그건 사실과 달라요.

오까모또　뭐가 달라? (음탕하게 웃으며) 너 알고 보니… 변태지? 그
　　　　렇지? 힛히…

영찬　　　변태라뇨?

오까모또　그 병신 같은 계집의 어디가 좋아 동거생활 했지? 홋호…
　　　　　일본 드나들면서 공부는 안 하고 괴기한 것만 보고 다녔구
　　　　　나? 헛허… (은밀하게) 맛이 어때? 정상적인 여자보다 더
　　　　　신나? 그렇지? 흠…

영찬　　　옥단이는 그런 여자가 아니오! 아니란 말이요! (하며 책상
　　　　　을 내리친다. 그 서슬에 물 컵이 넘어지며 물이 흘러내린
　　　　　다. 오까모또가 반사적으로 겁을 먹고 몸을 피한다. 영찬은
　　　　　의자에 간신히 몸을 기댄다. 그의 눈에서 눈물이 흘러내린
　　　　　다. 그는 애걸하는 표정으로 변한다.) 옥단이는 아무것도
　　　　　몰라요! 다만 내가 글을 쓸 수 있는 조용한 방이 필요하다
　　　　　고 간청하자 편의를 봐준 것뿐이오. 방세를 주고 방을 빌린
　　　　　것뿐이오.

오까모또　그럼 손목도 안 잡아봤다 이거냐? 너 고자구나? 헛허…

영찬　　　옥단이는 순수한 여자요! 만년설에 덮힌 높은 산처럼 순결
　　　　　한 여자요! 가식이라곤 모르는 흙에서 태어나 흙으로 돌아
　　　　　갈 대지의 딸이란 말이오!

오까모또　**틱저!**

　　　　발길로 걷어차자 영찬은 저만치 나가떨어진다.

오까모또　지금 나한테 문학 강의하기냐? 내가 고등계 형사라고 아
　　　　　주 무식인 줄 아는 모양인데 이래뵈도 세계문학전집 쯤은
　　　　　읽었다. 늬가 심취했다는 러시아 문학도 읽었어! 톨스토이,

도스토예프스키, 고리키, 푸쉬킨… 흥!

영찬　　　(발악하듯) 너희 일본놈들이야말로 변태족이지! 근친 상간도, 사촌과 결혼도 밥먹듯 하는 야만족이다!

오까모또　함부로 지껄이면 죽여버릴 거다!

영찬　　　옥단이는 무식하지만 제아무리 짓밟히고 쫓겨다녀도 살아난다! 우리는 밟히면 밟힐수록 더 자라는 보리다.

다음 순간 오까모또의 얼굴에 경련이 일어난다.

오까모또　드디어 본심을 실토하는군! (유들유들하게) 일본사람에게 밟히면 밟힐수록 반항하겠다 이거지? 흥! 그래서 반일사상을 품게 되었고… 학병제도에 반대하며 도피생활을 결심했다 이거냐? 그리고 옥단이라는 천치 같은 년을 농락하여 외딴 움막에서 마음껏 성욕을 만족시켰다… 이거지? 응?

영찬　　　(어이가 없어) 너는 인간이 아니다! 너는…

오까모또　그럼 대질을 해볼까? 누가 길고 짧은가 직접 대보지! 홈…　　　(그는 책상다리에 설치된 초인종을 누른다. 무전 신호를 보내는 듯 서너 번 누르자 둔탁한 초인종 소리가 옆방에서 들려온다).

영찬　　　대질이라니… 누구 말이요?

오까모또　만나면 알게 된다! 홈… 꼬리가 길면 잡히는 법이다. 일본 경찰이 그렇게 호락호락하지 않다는 걸 보여주마!

영찬　　　뭐, 뭐라고?

노크 소리가 난다.

오까모또 들어와!

이윽고 정복 순사가 들어와 경례를 한다.

오까모또 들여보내. (하며 먼저 의자에 앉는다.)

순사가 문 밖에 있는 옥단을 밀어내듯 하고는 문을 닫고 나간다.
옥단의 몰골은 처참하게 변했다. 군데군데 핏자국도 보인다. 땅만
내려다보다가 이윽고 고개를 쳐든다. 옥단의 눈동자는 약간 초점
이 흐린 듯 하다. 웃는지 우는지 분간하기가 힘들다. 반 실성한 사
람같다.

영찬   옥단이!

그녀는 수줍듯 웃기만 한다. 오까모또가 두 사람의 동태를 지켜
본다.

영찬   (가까이 다가가며) 어찌 된 일이지? 이런 몰골로…
옥단   언제 오셨습디어?
영찬   누가 이런 꼴로… (머리의 상처를 만지려하자 옥단이 피한
          다.)
옥단   괜찮다니께… 난… 그런디… 영찬 학상 뭣 좀 요기 했소?
          힛히… 나는 배 안 고파라우… 영찬 학상이 옆에 있으면

나는 힛히…

　　　그녀의 거동은 어딘지 정상적이 아니다.

영찬　　옥단아! 사실대로 말해! 응? 누가 너를 이 지경으로… 아버
　　　지한테 연락해서 변호사를 대서라도 사실을 밝히겠다. 나
　　　때문에 무고하게 당한 너의 아픔은 내가 씻어주마!
오까모또　(옥단에게) 이 학생 좋아하지? 응?
옥단　　(킬킬댄다.) 흠… 흠…
오까모또　한 이불에서 잤지? (사이) 몇 번 잤어? 말해봐. 너를 끌어
　　　들이던? 응? (옥단은 여전히 킬킬거린다.)
영찬　　(발악하듯) 그만! 그만! 그만!
오까모또　아가리 닥쳐! 죽고 싶니? 응?

　　　오까모또가 책상 위에 있던 가죽 채찍으로 사정없이 후려친다.
　　　영찬이가 쓰러진다. 안돼! 안돼! 옥단이가 비명을 지르며 쓰러진
　　　영찬에게 다가서려다가 어떤 심리적 변화가 일어난다. 그것은 현
　　　실과 환상 사이에서 오락가락하듯 비정상적이다.

옥단　　봉춘이… 정신차려! 응?
오까모또　봉춘이라니?
옥단　　봉춘이… 어서 일어나랑께! 자… (하며 안아 일으킨다. 영찬
　　　의 이마에 피가 낭자하다.)
영찬　　(울먹이며) 나 때문에… 너까지…
옥단　　(어떤 착각 속에서) 봉춘이. 아부지가 기다리셔! 어서가보랑

께… 나한테도 아주 잘 해주신당께… 흠…

영찬　　(측은하게) 실성을 했구나… 불쌍한 것! 옥단아! 정신 차려! 그 맑은 정신을 잃어서는 안된다!

옥단　　(엉뚱하게) 언제 올 것이여? 내년… 내 명년? 난 기다릴 것이구먼! 아부지 뫼시고 기다리라고 했잖여? 홋호…

영찬　　(끓어오르는 격정을 이기지 못한 듯 오까모또를 노려본다.) 한 가지 물어보자!

오까모또　뭐야?

영찬　　누구냐? 옥단이를 이 꼴로 만든 게 누구냐? (하며 천천히 육박해 온다.) 너냐?

오까모또　(약간 겁에 질리며) 이, 이 새끼가…

영찬　　어떻게 하면 옥단일 풀어줄 수 있지? 말해. 줘! (오까모또가 급히 초인종을 누른다. 옆방에서 벨이 울린다.)

영찬　　옥단이가… 무슨… 잘못이 있기에 이런… 형벌을… 흑… 흑…

　　　　　출입문이 열리며 순사 갑, 을이 뛰어든다.

오까모또　이 놈을 끌어내! (순사들이 영찬이의 양팔을 붙든다.)

영찬　　나는 죄인이지만 옥단이는 아니다!

오까모또　네 죄를 시인하니?

영찬　　한다. 그 대신 옥단이를 살려낼 수 있다면 무엇이든… 하겠다!

오까모또　무엇이든?

영찬   내가 할 수 있는 일이라면… 무엇이든…

오까모또 정말이지? (사이) 좋았어!

　　오까모또가 순사들에게 눈짓으로 지시하자, 순사가 팔을 풀어준
　다. 오까모또가 책상 서랍에서 종이를 꺼낸 다음 영찬의 코 가까
　이 내민다.

영찬   이게 뭐죠?

오까모또 지원서다. 서명을 해! 그것으로 모든 게 끝난다! 어때?…
　　　　　하겠어? (영찬은 한동안 허공을 쳐다본다.)

오까모또 좋은 게 좋은 거야. 네가 살고 싶으면 그 길밖에 없다. 어
　　　　　서! (펜을 들려준다.) 그리고 이 년을 풀어주는 일도…

영찬   하죠.

오까모또 진작 그렇게 나올 것이지… 헛허…

영찬   (서명을 하고 나서) 그 대신 옥단이는 틀림없이 풀어주오!

옥단   (발작적으로) 걱정말어. 홋호… 헛허…

　　멀리서 폭격기의 엔진소리가 들려온다. 구내 스피커를 통해서 공
　습경보를 알리는 아나운스멘트가 울려 퍼진다.

아나운스멘트 공습경보! 적기내습! 공습경보! 즉각 지하 방공호로
　　　　　대　　피! 공습경보!

　　오까모또가 그 소리에 경직된다. 그러나 옥단은 킬킬대고 웃고
　있다.

영찬   옥단아! 정신차려! 무슨 일이 있어도 살아야한다.! 이것아!
          (껴안는다.)

          지축을 울리듯 비행기 폭음이 가까이서 울려 퍼진다

                                                   〈암 전〉

제 7 장

무대 앞 막에 8·15 해방과 관련된 명상이 투영되며 애국가가 흘러나온다. 이윽고 만세 소리가 한동안 드높게 퍼지다가 사라지며 무대가 밝아진다.

이참봉의 집. 전장부터 약 일 년 후. 초가을.

까치가 운다. 집안은 이사 나간 집처럼 썰렁하다. 대청 한구석에 초라한 상청이 차려있다. 태길이가 양지바른 곳에서 새끼를 꼬고 있다. 그 옆에 새끼 타래가 둥지를 틀 듯 놓여 있다. 그는 전보다 훨씬 늙고 기력도 없어 보인다. 돋보기 안경을 썼다. 서행하는 자동차 스피커에서 집회를 알리는 가두방송 소리가 흘러나온다.

소리   친애하는 애국시민 여러분! 몽매에도 못 잊은 조국광복의 날이 밝았습니다. 오늘 저녁 일곱시 역전 광장에서 애국시민 단체와 민주시민들의 집회가 열릴 예정입니다. 집집마다 한 분도 빠짐없이 나와주시기 바랍니다 거듭 말씀드립

니다. 오늘 저녁 일곱 시 역전 광장에서… (소리가 멀어진
다.)

태길　(길게 한숨을 뱉으며) 제발… 조용히 좀… 살자! 인자 시끄
러운 소리는 지긋지긋해서 못 살겠다! 전쟁도 끝났다는
디… 왜… 또 이렇게들… (한숨) … 지랄 같은 시상 신물난
다. 죽지 못해 사는 시상… (한숨을 몰아쉬며 안주머니에서
낡은 편지 봉투를 꺼낸다. 안에서 편지와 사진을 뽑아든
다.) 이 자식아, 어디 있는디 엽서 한 장 못 쓴다냐? 소식
끊긴지 한 해가 지났다. 남들은 모두 돌아오는디 어째서 너
는… 허기사 몸만 성하다면야 기다리기는 약과지. 그런디
우체국 송금도 끊겼다니 걱정이다…

　　　이때 완장을 찬 치안대 A, B가 불쑥 들어선다. 손에 장부가 들렸
　　　다.

치안대원A　실례합시다요. (인사도 건성이다.)

태 길　　(멍청하게 쳐다본다.)

치안대원B　주인장은 어디 갔소?

태 길　　주인? 글쎄라우… (봉투를 주머니에 넣고는 새끼를 다시
　　　　꼬기 시작한다.)

치안대원A　어디 갔소?

태 길　　피난 갔지라우.

치안대원B　해방된 지가 언제인디 아직도 피난이여…

태 길　　참봉어른은 (상청을 가리키며) 영 가시고… 마나님은 해

남 친정에 가계시니코… 빈 집이나 다름없제.

치안대원A　(뜨락을 한 바퀴 돌며) 집을 비어줘사 쓰겄는디… (하며 사랑채 쪽을 기웃거린다.)

태　길　집을 비워?

치안대원B　(장부를 들추며) 상부지시인디? 며칠새 비워줘사 쓰것소!

태　길　상부라니?

치안대원B　이 집은 치안대 본부 사무실로 쓰기로 결정이 났다니 그리 알고…

태　길　(멍청하니 쳐다만 본다.) 치안대?

치안대원A　알고 보니께 민족반역자구먼 집이구먼. 도회의원 지낸…

치안대원B　그 뿐인가 아들, 사위를 둘씩이나 학병으로 내보냈으니께 친일파지 뭐여!

태　길　그, 그건… 그 무엇이냐…

치안대원A　그 속이사 누가 알겄소? 우린 상부에서 시키는 대로 온 것뿐인께… 그렇게 알고 나 있읏쇼!

태　길　그, 그런 법이 어디… 있다요?

치안대원A　법? 법 좋아하시는 게 반동분자 같은디? 헷헤…

치안대원B　처녀가 애기 배도 핑계는 있것제… 잉? (A에게) 그만 가드라고!

　　　　　두 사람이 건성으로 경례를 하고 사라진다. 태길도 불안감에 몸을 떤다.

태　길　이것이 뭔 벼락이라냐? 집안에 사람이라곤 나뿐인디… (문득 상청 쪽을 바라본다. 까치가 푸드득 날아가며 운다.)

다리를 절며 천천히 마루 쪽으로 가 상청 앞에 선다. 향을 피우고 영정을 덮은 천을 제치자 이참봉 영전이 나타난다. 태길이 무릎을 꿇는다

태 길   참봉어른 (울먹이며) 이런 괴변이 어디 있겠소? 어디다 의지해야 할지… 영찬 서방님도 안 계시고… 옥단이도 감악소에 끌려간 후 감감소식이고 윽… 봉춘이 놈도 소식 끊긴지가 어언… 흑… 참봉어른! (마룻장을 치며 통곡을 한다.)

이때 한 중노인이 어슬렁거리며 나타난다. 옥단이다. 허리도 약간 굽었고 머리는 반백에다 한 다리도 약간 전다. 허름한 옷차림에 작은 옷보따리를 등에 지고 있다. 뜰 안에 들어서자 굽혔던 허리를 펴고 길게 숨을 몰아쉰다. 감개가 무량한 듯 코를 탱 푼다. 옛모습을 찾을 수가 없이 변했다.

옥단   계신게라우?
태길   (쌀쌀맞게) 아무도 없어.
옥단   아무도 없는디 말소리는 들린다냐?
태길   (불쾌해서) 없다면 없는 줄 알지 웬 긴 소리 짧은 소리가…
         (하며 마루 끝에서 내려다본다. 옥단이가 얼굴을 들고 쳐다
         본다.)
옥단   헷헤…
태길   아니… 이것이 누구여?

옥단   누군 누구… 나 옥단이제! 헷헤…

태길   오, 옥단아? (그는 맨발로 내려와 옥단이를 새삼 훑어본다.)

옥단   봉춘 아부지도… 많이 늙었소잉?

태길   사돈네 남의 말허네! 헛허… 옥단아!

옥단   홋호…

두 사람은 비로소 얼싸안고 웃다가는 마침내 울음으로 변한다. 그 서슬에 옷 보따리가 땅 위에 뒹군다. 두 사람은 잠시 말을 잊는다.

태길   살아있었구먼! 잘 왔다! 잘 왔어!

옥단   내가 살아서… 돌아오리라고는… 생각도 못했지라우? 다시 (슬퍼지며) 질기기도 질긴 목숨… 그때 콱 꼬꾸라져서… 죽어야 했었는디… 흑… 이렇게 또 살아왔구먼유! 흑… 흑…

태길   그런디, 어쩐 일로 이렇게…

옥단   (눈물을 닦으며) 형무소에서 나가라고 합디다. 내사 해방이 무엇인지, 자유만세가 무엇인지나 알겠소? 그저 남들이 두 팔 들고 "만세" 하면, 나도 따라서 만세했지라우… 헷헤… (어느새 그 얼굴엔 행복한 빛이 보인다.) 생각하면 꿈만 같소!

태길   꿈이고 말고… (한숨) 꿈이 따로 없지… 이것이 바로 일장춘몽이제… 헛허…

옥단   봉춘 아부지도 문자께나 쓰시오잉? 그것도 해방덕인감? 홋호…

태길   해방이 좋기는 좋은게비여. 여기서나 저기서나 숨어있던 것
       들이 죄다 되살아나니…

옥단   참, 봉춘이 소식은… 들었소?

태길   봉춘이? (마루 쪽으로 가며 가볍게) 갔것제.

옥단   (따라가며) 오지 않고 가라우?

태길   간 사람이 어디 봉춘이뿐인가? 다 갔당께! (상청을 돌아보
       며) 참봉 영감도… 영찬 서방님은 자살하고… 오서방은 전
       사하고… (마룻장을 치며) 죄다 갔어! 쓸만한 것들은 죄다
       가고… 우리 같은 병신들만 남았으니… 이것이 뭐여? 응?
       (울음이 터지자 마룻장을 치며 통곡한다. 이 사이에 옥단은
       천천히 상청 쪽으로 간다. 옥단은 눈물도 말라버린 사람같
       다.)

옥단   (사진을 보며) 잘 가셨지라우. 이런 지랄 같은 시상 살면 또
       뭣하겠소? 안 그렇소? 참봉어른! (긴 한숨을 몰아쉬고는 태
       길을 돌아본다. 그 눈 빛이 정상이 아니다.)

태길   (눈물을 닦다가 말고) 뭘 보는겨? 내 얼굴에 뭐 묻었어?

옥단   (어떤 환각 속에서 혼잣소리로) 많이 뵌 분 같은디… 혹시
       형무소 가운데 마당에서 풀 뽑기 할 때 만난… 그 양반 아
       니여?

태길   (불길한 예감에서) 지금 뭔 소릴 하는거여? 응? 나를 몰라
       봐?

옥단   (갑자기 환각 증상이 일어나며) 밖에 나가서 만나게 되면
       모르는 척 말라던 그 양반인가? (사이) 이… 영찬? 오메!
       (옥단은 젊은 날의 언행으로 바뀐다.)

태길   이거 보통 일이 아닌디… 제 정신이 아니여!

옥단   (수줍게) 우리집 양반 이름하고 닮았네요. 영찬이… 흠… 쪽
        도리 쓰고 식은 안 올렸지만… 좋아하는 사이였지라우.
        흠… 그런디 집안 어른들이 어찌나 반대하는지… 그만…
        (사이) 헤어진 것도 아니고 함께 있는 것도 아니고… 그냥
        그렇게 마음속에다가 묻어놓고… 홋호… 그란디 글메 어느
        날 온다간다 말 한마디 없이 훌쩍 떠나버렸지라우. 내가 돈
        벌어오란 것도 아니고, 옷 사달라고 칭얼댄 적도 없는디 글
        메…
        (한숨) 애시당초 넘어다 봐서도 안 되고, 넘어다 볼 수도 없
        는 일잉께. 하늘과 땅이었지라우! 게다가 내 얼굴 좀 봇쇼
        잉? 삶은 메주콩 찌어 다둑거리다가 땅에 떨어진 것맨큼으
        로 삐틀어졌으니… 헷헤…
        남자들 마음은 매한가지라우. 가진 놈이나 못 가진 놈이나
        그저 이쁜 여자만 보면… 헷헤… 그런디 이상합디다. 어느
        날 갑작스럽게 나를 받아주는 날이 오겠지 하는 생각이 나
        면서부터는 바람이 불면 그런 대로… 꽃잎이 피면 그런 대
        로… 자면 또 그런 대로… 언젠가는 나를 데리러 오것제 하
        고 믿으면서 살아나왔지라우!
        (울먹거리며) 멍청하고 무식해서지라우. 흑… 흑… 지금까지
        허깨비만 믿고 살았나 싶어지자 내 자신이 미워지고 싫어지
        고… 그럴 때면 벽에다 머리통이 깨지라고 부딪쳤지라우!
        보싯쇼. 여기… 그 상처 있지라우? (하며 머리를 수그려 보
        인다.) 생각하면 원통하네요. 진작 쥐약이나 먹고 죽을 것

을… 뭘 바랄 것이 있다고 기다리다 기다리다… (울음보가
터진다.) 흑… 흑… 난… 난… (태길의 품에 얼굴을 묻는다.)

태길   (옥단을 안으며) 그려! 실컷 울어라. 우는게 약이니라! (사
       이) 옥단아 참 너한테 보여줄 물건 있다. (하며 품안에서)
       봉투에 싼 예금통장을 내보인다. 봉춘이가 노무자로 가면
       서 준 예금통장이여! 흠…

       옥단이가 헤진 예금 통장을 받아서 본다. 다음 순간 갑자기 정상
       으로 돌아와 옛 생각이 되살아난 듯 눈빛이 반짝거린다.

옥단   이게 왜 여기…
태길   왜는 왜… 내게 맡겼잖냐!
옥단   봉춘이 예금통장인디…
태길   (놀라며) 인자 알것어?
옥단   알고 말고라우! 대판으로 떠나면서 맡긴 예금통장! (펴보며)
       시상에… (하며 예금통장을 볼에다 댄다.)
태길   아… 삼 년하고도 7개월이다. 그 놈이 돌아오면 찾아 쓰려
       고 기다렸는디…

       옥단, 통장 안을 펴보다 말고 갑작스리 킬킬댄다.

태길   뭐가 우습냐? 응?
옥단   (아슬한 기억을 더듬으며) 저 뜰 아랫방에서… 셋이서 자던
       날 밤… 흠…

태길 (놀란 듯) 뭣이 어쩌?

옥단 나를 가운데 놓고… 양쪽에서 봉춘이 하고 아부지가 이렇
      게 나란히서… 힛히…

태길 별 것 다 기억한다. (멋적어서 돌아선다.)

옥단 사실은 그날 밤 뜬눈으로 새웠지라우… 누가 먼저 내 손가
      락을 잡아댕길 것인가 하고… 흠…

태길 망측스럽다!

옥단 그런데… 두 사람이 번갈아 가면서 한숨만 푹푹 쉬는디…
      홋호…

태길 헛허…

옥단 (문득) 나보고 별종이라고 하드랑께! 힛히…

태길 별종? 누가?

옥단 그 고등계 형사.

태길 형사?

옥단 영찬이 학상하고 나는 한 지붕 밑에서 살았지만도 손목 한
      번 잡아본 적 없다니께. 글메 변태라고 하면서… 마구 발길
      로 차고 주먹으로 패고…

태길 그 놈이 누군지 모르지?

옥단 예?

태길 그 놈 조선 놈이었단다.

옥단 참말인가요?

태길 오까모또라고 창씨개명까지 하고 완전히 일본놈 행세하며
      숱한 조선 사람을 괴롭혔다더라…

옥단 그래 어디 산다요?

태길   죽었지. 열 번 죽어도 싸지!

옥단   예?

태길   해방이 되자, 주민들에게 몰매 맞아 죽었단다. 주민들이 목
       포 시내 구석구석 끌고 다니다가 째보선창에서 때려 죽였
       단다.

       옥단은 공포와 불안이 다시 엄습해 오는 듯 두 손으로 얼굴을 가
       리고 흐느낀다. 태길은 담배를 피우기 시작한다.

태길   (길게 한숨을 내쉬며) 사람이 산다는 것이… 시상에 나오고
       싶어 나온 것도 아니고 죽기 싫어도 가야 하는 것… 연기
       같고 바람 같은 것이제… 그런디 왜들 원수 되고 또 원수
       갚고 하는지… 난 모르것다. 옥단아. 안 그렇냐?

옥단   (서서히 고개를 들며) 나도 모르것소. 대소쿠리로 바람 잡듯
       이 살아온 년… 뭘 알것소…

태길   그래도 옥단이 너는 한 가지는 잘 알고 있었제?

옥단   한 가지라고요?

태길   (미소 지으며 두 손을 입에 대고 하모니카 부는 시늉을 한
       다.)

옥단   (미처 못 알아듣고) 그것이 뭣이다요?

태길   하모니카.

옥단   (생각이 되살아나며) 하모니카라우? 오메 그걸 어떻굼 기억
       하시오?

태길   기억하다 마다… 이따금 옥단이 하모니카 부는 그 곡조(曲

調) 생각났지.

옥단　참말이지라우?

태길　암, 그 뭣이냐. 봉춘이란 놈 대판으로 떠나던 날 목포역 울타리에 기대고 불었던 그 하모니카 소리…

옥단　듣고 싶소?

태길　듣고 싶기야 이루 다 말할 수 없지만… 아… 그런 날도 있었다고 기억하는 것만으로도 나는 살맛 나! 홋흐… 이런게 다 나이 먹으면 하는 죽은 자식 새끼 부랄 만지기랑께… 헛허…

옥단이가 가지고온 보따리를 풀면서 물건을 찾는다.

태길　뭣하나?

옥단　쪼께 기다리싯쇼. (이윽고 하모니카를 꺼내 보인다. 장난끼가 가득찬 천진한 소녀의 표정 같다.)

태길　여태 그걸 가지고 있었냐?

옥단　이 하모니카가 어떤 물건인디… (어루만지다가 볼에 대기도 하며) 지금까지 내 품에서 떠나본 적이라곤 없었지라우! 형무소에서 풀려나올 때도 소지품 보따리를 내주기에 나는 하모니카부터 찾았더니 간수가 웃습디다! 헷헤…

태길　허기사 영찬 서방님이 주셨다니까 그럴 수도 있것제…

옥단　고마운 분이었지라우. 부잣집 대련님이지만 인정 많고, 신명 많고… 사람 차별 안 하고… (울먹이며) 그런디… 왜 그런 사람은… 죽어야 하고… 나 같은 등신은… 살아남아서…

태길   늬 말이 맞다. 쓸만한 젊은이는 쓸어가고, 무지렁이들만 살
        아 남았으니… 훗흐…

옥단   하모니카를 내게 주셨을 때 영찬 학상은 길 가는 동냥치에
        게 엽전 한 잎 던져주는 셈쳤겠지만… 난… 그게 아니었지
        라우… 바람이 부나 눈보라 치나… 나는 생각나면 이걸 낙
        으로 삼고…

태길   어디 한번 불어봐.

옥단   참말로라우?

태길   궁둥이 춤이야 인자 늙어서 어렵겠지만… 헛허… 오랜만에
        옥단이 하모니카 소리 좀 듣자.

옥단   그럽시다. 죽은 사람 소원도 풀어준다는디 그 소원까진 못
        들어 주겠소? 훗흐…

        옥단이가 두어번 음 조율을 하더니 불기 시작한다. 〈타향살이〉
        곡이다. 유별나게 을씨년스럽다. 태길도 눈을 지그시 감는다. 옥단
        이 문득 생각이 난 듯 하모니카를 멈추고 보따리를 다시 싸기 시
        작한다.

태길   왜… 어디 갈라고?

옥단   야.

태길   어디 옥단이 움막집은 벌써 헐렸제. 그 자리에 공장이 들어
        선다고…

옥단   알고 있어라우.

태길   그럼 당장에 어딜 가… 당분간 여기 있거라. 아까 치안대에

서 이 집 비워줘사 쓰것다지만 행랑방이야 쓰게 하겠지. 그
러니 딴 생각 말고…
옥단   (자리에서 일어나며) 그렇지만 나대로 사는 날까지 살 것이
구먼요… 그럼 봉춘 아부지… 잘 계싯쇼. 잉? (절을 꾸벅한
다.)
태길   옥단이 그냥 나하고… 있어 응?

옥단은 뒤도 돌아보지 않고 밖으로 나간다.

태길   이것 보드라고… 옥단이! 어디 가?

<암 전>

제 8 장

전장부터 약 반 년 후. 겨울. 눈이라도 올 것 같은 찌푸린 날. 공동수도 앞. 수도 앞에 차례를 기다리는 사람과 물통이 줄을 섰다. 쌩쌩 불어 가는 바람이 차다. 판자집 안에 한 노인이 쭈그리고 앉아 물표를 받고는 수도꼭지를 틀어주곤 한다. 물이 쏟아지는 동안 아낙들은 잡담을 하며 수다를 떤다. 물 기르기에 익숙해진 그들은 명랑하고 낙천적이다. 처녀 B가 물을 채운 물통을 지고 나간다. 다음 차례인 처녀 A가 말을 건다.

처녀 A 옥순아! 오늘 밤 원진극장 구경 안 갈래?

처녀 B 원진극장?

처녀 A 낭낭악극단 볼만하다던디…

처녀 B 그럼 있다가 쎙기 장터에서 만나자?

처녀 A 단팥죽집? 알았어!

이 사이에 아낙 갑이 물통을 슬쩍 바꾸어 놓는다. 처녀 A가 잽싸게 발견을 하고 항의한다. 아낙 A는 자기 차례라고 우긴다. 두 사람의 다툼이 차츰 격해지며 드디어 패싸움으로 변한다. 이 광경은 묵극으로 표현한다.

아까부터 언덕 밑에서 옥단이가 올라온다. 중간쯤 수도가 내려다보이는 자리에서 이 광경을 지켜본다. 품에서 담배꽁초와 성냥을 꺼내 담배를 피운다. 흥미 있게 공동수도 쪽을 내려다본다.

옥단 훗흐… 억척스러운 년, 간사스러운 년, 백여시 같은 년, 훗흐… 예나 지금이나 사람 사는 꼴은 마찬가지제. 시상은 변했어도 살아가는 꼴은 마찬가지여!

노인이 내려오다가 옥단을 돌아다본다. 지팡이를 짚었다.

노인 (힐끗 보며) 못 보던 얼굴 같은디… 어디 사는고?
옥단 (건성으로) 저어기…
노인 날씨도 찬디… (나란히 앉는다.) 뜨끈뜨끈한 아랫목에서 등이나 지질 일이지… 노인네가 뭣땀세… (담배를 꺼낸다.) 그러다가 감기 들면…
옥단 저 한가지 물어 보겠는디요… 요즘도 물대주는 사람 있습디여?
노인 없어! 그런 사람 없어진 지 오래여! (불을 붙인다.)
옥단 왜라우?
노인 그게 벌이가 되사제… 게다가 요새것들 어디 물대주고 품삯 받으려그나허남? 안혀! 게을러서도 안 하지만 벌이가 워낙 시원찮으니 누가 허겄어!

옥단   혹시… 그런 사람… 구하는 집 없습디여?

노인   글메… 요새는 집집마다 가정 수도가 늘었으니께. 저기 (윗
      쪽을 가리키며) 죽교리 유달산 자락에서 사는 집이면 또
      모를까… 시상이 변했당께! (문득) 물장수 할라고?

옥단   아, 아니어라우. 그저… 하는 소리요. 흠…

노인   가만 있자. 십 년쯤 되었을까… 이 근처에 물장수가 한 사
      람 있었다던디… 옥단이라고…

옥단   예?

노인   죽었는개비여… 형무소에 잡혀갔다 풀려났다는 얘기도 있
      고… 영감 얻어서 고향으로 갔을 것이라는 말도 있고 (일
      어나며) 누가 알겠는감! 시상이 하도 뒤숭숭한데다 사람이
      얼마나 죽었소? 안그라요? (하며 언덕 위쪽으로 올라간다.
      옥단이 담배를 끄고 남은 꽁초를 훅 분 다음 품에다 다시
      넣고는 사라지는 노인을 흘겨본다.)

옥단   빌어먹을 영감탱이! 뭐 영감을 얻어 고향에 갔어? 내 고향
      이 어딘디… 흥! 엉뎅이 붙이고 살면 그곳이 고향이제. 그
      러고 뭐 죽었을 거라고? 오살하네! 지리산 호랭이 물어갈
      영감탱이 같으니! 죽긴 왜 죽어? 난 안 죽는다! 악착같이
      살 것이구먼! 두고 봐라. 환갑, 진갑상 다 받아먹고 갈 것이
      구먼! 그래서 못된 짓 한 놈들이 어떻게 죽는지 끝장을 다
      보고 갈 것이다. 이 놈들아!

자리에서 일어난다. 바람이 아까부터 세게 불더니 눈발이 날리기
시작한다. 옥단의 표정이 금새 어린애처럼 밝아진다. 공동 수돗가

는 어느덧 한산해지고 두어 사람만 남는다.

옥단   (하늘을 쳐다보며) 눈 한번 잘 내린다! 헛허! (양팔을 벌리
        며) 눈만 내리면 그저 신바람 나긴 젊어서나 늙어서나 매
        한가지여! 홋호… (동요를 부른다.)

            눈이 온다 펄펄
            싸락눈이 오도다
            ……

        동요가 신통치 않은 듯 품에서 하모니카를 꺼내서 두어 번 조율을
        하다가 분다. 〈바위고개〉 곡이다. 지나가는 사람들이 의아하게 돌아
        본다. 수돗가에서 차례를 기다리던 갑, 을이 옥단이 쪽을 바라본다.

아낙 갑 뭔 천성이여. 눈밭에서 하모니카를 불다니 원…
아낙 을 좀 (머리를 가리키며) 돈 사람 아니어? 헛허…
아낙 갑 요새 정신병 환자가 부쩍 늘었다는디 헛허…
아낙 을 허기사 이런 세상에 안 미치는 게 이상하제잉. 정신병원에
        가면 병실에 갇힌 환자가 바깥 사람보고 미쳤다고 한디
        야… 홋호…

        두 사람이 웃으면서 물지게를 지고 나간다. 사람이 뚝 끊긴다. 판
        자집 안에서 노인이 나온다. 키가 크고 삐쭉 말랐다. 오랜 시간 쭈
        그리고 있어서인지 긴 다리가 저린 듯 문지른다. 그는 수도꼭지에
        다 자물쇠통을 걸고 열쇠로 잠군다. 손에 작은 나무상자가 들렸다.

다음 순간 언덕 위에서 하모니카를 불고 있는 옥단을 무심코 쳐다
본다. 옥단은 신바람이 나자 춤을 추면서 분다. 수도집 노인도 처
음에는 의아하게 보고만 있다가 제 흥에 겨워서 춤을 춘다.

노인   좋다! 옳지! 좋을시고… (따라 춤을 춘다.)

      옥단이 흥겹게 춤을 추다가 그만 헛딛고 넘어진다.

옥단   으악!

      빙판 길을 미끄러져 내려가다. 노인이 바라본다. 옥단은 무대 안
쪽 벼랑으로 굴러 떨어진다. 쿵하는 소리가 울린다.

노인   (놀라며) 아! 아… 저… 사람… 사람… 살려!

      하며 무대 밖으로 뛰어간다. 무대 바닥은 텅 비어있고 옥단은 좀
처럼 나타나지 않는다. 함박눈이 펑펑 쏟아진다. 사람들이 모여든다.

군중 갑 누구여? 이게…
군중 을 못 보던 얼굴인디?
군중 병 거지구먼 거지!
군중 정 주재소에 신고 해사제.

      군중들이 저마다 한마디씩 하지만 시체를 묻기라도 하듯 눈만
조용히 내린다.

〈암 전〉

제 9 장

시골 주막집. 전장부터 이틀 후. 깡통판으로 이은 지붕과 흙벽으로 지은 간이식당. 비닐로 막은 창. 낮은 출입문이 열릴 때마다 싸늘한 바람이 불어온다. 출입문 쪽으로만 바깥을 볼 수 있는 좁은 공간. 여수댁이 구공탄 풍로 앞에서 안주감을 만들고 있다. 한 구석에 놓인 낡은 소형 라디오가 뉴스를 흘리고 있다. 중앙에 연탄 난로가 놓여 있다.

아나운서   사흘 전 오후 다섯 시 이십 분 경 시내 북교동 공동수도 부근 언덕길에서 실족사한 노파의 신원이 밝혀졌습니다. 이 여인의 성명은 권옥단. 쉰 살쯤으로 추정되며 십 년 전 물장수를 한 경력이 있는 자로 시당국에서는 행려자로 규정, 연고자를 찾고 있다고 합니다… 다음…

음식 간을 보던 여수댁이 라디오를 귀찮다는 듯 꺼버린다. 안방에서 나오던 한씨가 눈을 흘긴다.

| 한씨 | 왜 꺼? 끄긴… 뉴스 시간인데… |

한씨 왜 꺼? 끄긴… 뉴스 시간인데…

여수댁 (야채를 손질하며) 잘 죽었지. 뭐!

한씨 인정머리 없긴 꼭… (하며 난로가에 앉아 신문을 편다.)

여수댁 (손에 든 칼을 들이대며) 꼭 뭐요? 나 닮았다고 말할 참
이였지라우?

한씨 뉴우스를 들어사 세상이 어떻게 돌아가는지나 알지! (하
며 다신 라디오를 켠다. 여수댁이 다시 끈다.)

여수댁 당신이 알아야 할 건 세상이 아니라 일자리요! 일자리!
흥!

한씨 이 여편네가 아침나절부터 왜 이렇게 뻣뻣하게 나온디야
응? 뭘 못 먹어서 이렇게…

여수댁 (분주하게 일손을 놀리며) 나한테 뭘 먹여준 게 있는지
이녁헌테 물어보지 그려! 헹!

한씨 정말 이 여편네가…

여수댁 남들은 징용 갔다오면서도 그동안 푼푼이 저축한 목돈으
로 가족 먹여 살린다는데 도대체 당신은 가져온 게 뭐
있었소? 그 냄새나는 군대 담요 두 장에… 곰팡이 냄새
나는 담배 한 보루에… 고작해서 나 준다고 일제 '쮸쮸'
크림이 한 갑이 고작이었으니, 원!

한씨 지금 누구 약 올리려는 거야? 내가 죽지 않고 돌아온 게
한이 된다는 거야 뭐야? 응? 타관에서 고생만 하고 돌아
온 남편에게 한다는 소리가…

여수댁   돈 벌어 오란 게 아니라…

한씨   그럼 뭐야? 응?

여수댁   집에 가만히 있어만 줬으면 좋겠다 이거여! 헹! 하루가 멀
         다 하고 그 화투판에 끼어서… 에그… 못살아! 내가 죽
         어사제. 어째서 하느님은 이런 종자부터 데려가지 않고
         불쌍하고 힘없는 사람만 골라가면서…

한씨   (화를 내며) 너, 지금 나보고 죽으란 소리지? 돈도 못 벌
         고 백수건달로 있을 바엔 차라리 죽어라 이거냐? 응?
         (그릇을 들어 내리치려는데 출입문이 열린다. 바람이 쌩
         하고 불어오며 눈가루가 집 안으로 날아온다.)

청소부 갑   어잇! 추워! (문을 연 채 밖을 향해) 정씨. 리어카는 거기
         다 세우고 어서 들어와.

청소부 을   (밖에서) 알았어라우! (청소부 을이 리어카를 문 옆벽에
         다 세우는 소리가 나더니 식당 안으로 들어선다. 최씨는
         40대 후반이고, 정씨는 20대 후반이다. 여수댁 부부는 손
         님이 들어서자 금새 분위기가 달라진다. 청소 갑이 연탄
         난로가로 가서 사타구니를 떡 벌리고 서서 연신 그곳을
         문지른다)

청소 갑   오늘 강추위 보통이 아니구먼! (양손바닥을 쓱쓱 비비고
         는 뺨과 귀를 비빈다.)

청소부 을   (최씨에게) 정씨 아저씨도 되게 추위를 타시오잉? 훗흐…
         (의자를 끌어다 앉는다.)

청소부 갑   내 나이 되어보랑께. 사십 고개 넘었다 하면 오만 것이
         스톱잉께.

청소부 을   오만 것이라뇨?

청소부 갑   (연탄난로에서 주전자를 들어 물 컵에 따르며) 상하수도
            가 막히고, 찔끔찔끔한 게 하루가 다르다닝께. 헛허…

청소부 을   그럼 수도국 공사부터 하셔야지라우. 헛허…

한씨   (저만치서 신문을 펴며) 일본에서는 요새 좋은 약 나왔다
            던디…

청소부 갑   뭔 약이라우?

한씨   (여수댁 눈치를 보며) 그 약을 거기다가 바르면 열 시간
            은 간디야… 힛히…

            청소부 갑과 을이 킬킬댄다.

청소부 을   돈 있는 놈이나 그런 약 사지… 우리사… 조고약 하나도
            제대로 못 사는디… 헛허…

여수댁   (안주를 챙기며) 해장하시지라우?

청소부 갑   따끈한 술국에 막걸리 한 잔 줏쇼! 날씨는 춥지만 내일
            은 산수갑산에 갈망정 한 사발 들이키고 나서 매장해사
            제!

청소부 을   그런디 웬 무게가 그렇게 나간다요?

청소부 갑   사람은 살아있을 때보다 죽었을 때 더 무게가 나간다
            네…

청소부 갑   제대로 먹지도 못했다면서 웬 무게가 그렇게 무거운지
            원…

한씨   뭔 얘기요? 뉘 집에서 돼지 잡았다요?

청소부 을   (눈치를 보며) 돼지가 아니라 송장 얘기지라우!
여수댁   송장? 오메 징해라! (몸서리친다.)
청소부 을   임자 없는 송장 묻으러 가는 길이지라우! 젠장!

      한씨가 급히 가서 출입문을 열고 내다본다. 리어카의 일부가 보
인다.

여수댁   문 닫아요! 찬바람 불어온당께!
한씨   (문을 닫으며) 그랑께 저, 리어카에 실은 게 송장?
청소부 갑   쉰 살쯤 된다는디 큰 빠구샤 돼지보다도 더 근수가 나간
          당께… 원…

      여수댁이 술주전자와 술국, 술사발을 들고 다가온다.

여수댁   아까 라디오 방송에서 말하던 그 사람인감만. 사고무친
          한 송장이라는 (하며 잔을 놓고 막걸리를 따라준다. 두
          사람은 막걸리 잔을 들고 마신다.)
청소부 갑   막걸리 맛 좋소! 집에서 담겄소?
여수댁   쉿! (살피고) 요새 밀주 단속 심하단 말 못 들었소?
청소부 을   젠장! 즈그들은 추야장 긴긴 밤에 진창 처마시면서 막걸
          리 밀주가 대순가!
한씨   (신문을 보면서) 누가 아니라요? 해방은 되었다지만 여전
          히 가진 놈은 더 가지고 없는 놈은 더 쪼그라들고… 아!
          이럴 줄 알았던들 일본에 주저앉아서…

여수댁   주저앉아서 그놈의 화투짝 못 잊혀서 발광 나시것제…
           흥!
한씨   모르는 소리마라! 아홉 번 잃었다가도 한 번 땡만 잡으면
           그게 어딘디… 헛허…
청소부 갑   영어 할 줄 알면 코쟁이 통역이나 하시지.
한씨   통역?
청소부 갑   내 친구 아들놈은 지원병 나갔다가 해방되어 돌아오더니
           미군을 따라다닙데다. 그러더니… 얼쩡거리다가 벌써 집
           을 세 채나 장만했다나!
청소부 을   적산가옥을 꿀꺽한 거겠죠. 도둑놈들! 그런 놈들 등쌀에
           애매한 놈만 멍들어가지 않소!
한씨   그런 놈들이라니?
청소부 을   간에 붙었다 쓸개에 붙었다 하면서 실속 차라는 놈들 말
           이지라우…
여수댁   그래도 수중에 쇳가루 쥐는 게 큰소리하는 세상이니 별
           수 있는감!
청소부 갑   (장타령조로) 해방 해방하더니… 굴뚝에서 김나고… 아
           궁이에서 연기 나고… 남자는 깔리고 여자는 덮고… 헛
           허…
청소부 을   갑시다. 해 떨어지기 전에 묻어야죠.
청소부 갑   그래. 일 마치고 돌아오는 길에 한 잔 더 하지라우. 여기
           돈…

       탁자 위에 돈을 놓고 나간다. 이 사이에 먼저 밖으로 나간 청소

부 을의 당황하는 목소리가 들린다.

청소부 을   (소리) 어디 갔지? 응… 없어!
청소부 갑   뭐가 없다고 그래?

출입문이 열리며 청소부 을이 고개를 내민다.

청소부 을   없어졌어라우!
청소부 갑   없어지다니?
청소부 을   리어카! 송장 실은 리어카!
청소부 갑   뭣이여? 그, 그런…

밖으로 급히 나간다. 두 사람이 서로 외쳐대는 소리가 카랑카랑
하다.

여수댁   (내다보며) 귀신 곡할 노릇이제! 시체를 훔쳐 가다니… (빈
          그릇을 챙긴다.)
한씨   (신문을 펴며) 땡 잡은 놈이 임자여! 지금 세상은 말뚝 먼
          저 박은 놈이 큰소리 치고 짚차 먼저 타는 놈이 장땡잉
          께… 헛허… (장타령조로) 오하요 곰방와 하더니… 헬로 오
          케가 웬말이냐… 헛허…

청소부 을이 급히 고개를 내민다.

청소부 을   전화 없소?

여수댁　　　전화 놓고 장사 할 날이 어서 왔으면 좋겠소!

청소부 을　시에다 신고 해사 쓰것는디…

황씨　　　공중전화 있을텐디.

청소부 을　어디쯤 있지라우?

황씨　　　(느긋하게) 한 시오리는 가사제 이장집에 있을거요?

청소부 을　아이고 앓느니 죽자! 죽어! (급히 나간다.)

여수댁　　　훗호…

황씨　　　헛허… 그려. 그려! 앓느니 죽자! 죽어! 헛허…

〈암 전〉

제 10 장

주재소 안과 앞 공터. 전장부터 10시간 후 밤. 지서주임이 고등학생 갑, 을을 취조하고 있다. 갑은 가죽잠바 차림이고 을은 염색한 미군 작업복 차림이다. 얼핏보기에도 경박해 보인 10대 후반들이다. 고개를 숙이고 있다.

저만치 시체가 든 가마니가 뉘어 있다. 미곡상 여인이 애기를 업고 서성거리고 있다.

지서주임   누가 먼저 그러자고 말을 꺼냈어? (을에게) 너냐?

청년 을   아니오. (갑을 돌아본다.)

지서주임   생긴 건 멀쩡한 게… 그래서 (갑에게) 네가 먼저 시체를… 아니지. 너희들 얘기대로 곡식 가마니를 훔쳐서 어디로 갔어?

청년 갑   연동 터질목에 있는 쌀가게. (하며 미곡상 여주인을 돌아본다.)

지서주임   (여인에게) 뭐라고 하던가요?

쌀가게 주인   예. 진도에서 부모님이 보내왔는디 학교 납부금이 급
           하다면서 팔란다고… 그럽디다.

지서주임   그래 얼마로 흥정했어?

청년 갑   시세보다 싸게라도 좋다고…

쌀가게 주인   저도 이문이 남아야 하지라우. 장사는 장사니께… 그
           래서 시세보다 절반 값을 부르니께… 둘이서 서로 티
           격태격하더니만 좋다고 하길래… 우선 쌀이 몇 말이
           나 되는지 봐사 쓰겠다니께…
              그렇게 하자고 하니께… (미군 잠바를 가리키며) 저 총각
           이 낑낑대며 가마니를 끌고 오니께… 내가 윗다 뭔 쌀가
           마니가 그리도 무겁다냐 하니께… (가죽 잠바를 턱으로
           가리키며) 아마 해남 물감자도 함께 들었을 것이구먼요.
           지가 원체 해남 물감자를 좋아한다 하니께…

지서주임   (웃음보를 터뜨리며 두 놈의 머리를 쥐알리면서) 세상
           에 못된 놈들! (억지로 웃음을 참으며) 아무리 그렇기
           로 곡식과 송장 구별도 못해? 헛허…

모든 사람들이 웃는다. 조금 전까지의 긴장과 불안감 대신 무슨
잔칫집 분위기로 변한다. 이때 전화가 울린다. 순경이 받는다.

순경   예. 이로면 지서올시다. 예? 본서 수사계요? 잠깐만…
           바꾸어 드리겠습니다. 주인님. 본서 수사계 김형사구
           먼요.

지서주임   (일어나 전화를 바꾼다.) 예, 나요… 예… (크게) 진도에
           서? 밤배로? 몇 사람이나 되는디… 예? 이십 명이나
           요? 예… 예… 그럼 좋긴 좋지요만… 예? 예… 헛허…
           호상이고 말고요! 헛허… 예. 그렇게 알고 준비를 시키
           겠습니다. 예… 수고하시오! (전화를 끊는다. 모두들
           궁금증에서 쳐다본다.)

지서주임   (가죽잠바에게) 늬 아버지께서 꽃상여꾼 20명을 인솔하
           고 밤배로 오신단다.

청년 갑   꽃상여요?

지서주임   (가마니를 가리키며) 그리고 고인의 넋을 위로하고 극
           락세계로 인도해 주십사 하는 씨킴굿판도 벌이겠단다.

청년 갑   (투덜대며) 그렇게까지 할 필요가 있을까요?

지서주임   너 지금 뭐라고 그랬어? 응?

청년 갑   말이야 바른 말이지. 우리가 살인한 것도 아닌디, 배 삯
           들여서 진도서 여기까지 전세배 내서 씻김굿까지 한
           다니 그게 말이나 되요? (잠바에게) 안 그러냐?

청년 을   배보다 배꼽이 더 크다 커! 헛허…

지서주임   (청년 을의 머리통을 때리며) 임마! 울어도 시원찮은데
           이 판에 웃음이 나오게 되었어? 너희들 고등학생이면
           생각 좀 해봐… 이건 비극이다. 비극! 사회적, 민족적
           비극이라는 걸 몰라? 응? 억울하게 죽은 사람의 처지
           를 참새 눈물만치라도 생각해봤어? 미안하지 않아?
           부끄럽지도 않아! (눈물이 나오자 훌쩍이며) 아무리 세
           상이 막 되었기로 이럴 수가… 고인의 처지를 생각한

다면 너희들은 백배 사죄하고… 삼년상을 모셔도 싸
다. 싸지!

지서주임의 절실하나 어딘지 희화적인 설교가 차츰 지루하게 계
속되는 동안 지서 안이 어둠으로 싸인다.
그와 함께 저 높은 허공에 불빛이 들어오면서 소복한 옥단이가
허공에 나타난다. 머리에는 토끼 같은 관을 쓰고 겨드랑이에 천사
의 날개 같은 게 돋아난 모습이 동화 속에 나오는 천사 같이 보인
다. 옥단의 표정은 아주 밝고도 맑다. 그는 아까부터 지상에서 이
루어지고 있는 광경을 내려다보고 있다. 무대는 어둡고 옥단이만
이 밝다.

옥단　　　(웃으며) 지서주임님! 너무 그 애들 달달 볶지 마싯쇼. 그
렇게 말씀하시는 어른신네 입만 아플 것이구면요. 홋흐…
사실 나는 하나도 슬프지도, 아프지도, 그렇다고 원통하지
도 않소. 아주 편안하구면요. 힛히… 그런디 여기가 지옥이
아닌 것만은 사실인개비요. 이렇게 내려다보니까 세상이
그렇게 아름다울 수가 없구면요… 저기 삼학도… 유달산…
월출산… 고하노… (이와 함께 옥단이가 타고 있는 끈노라
가 서서히 헤엄치듯 움직이기 시작한다.)
금수강산, 팔도강산이 저렇게 아름다울 줄이야… 홋흐…
이제보니께 정말 볼만 하구면! 게다가 진도에서 씻김굿까
지 하러 온다니 고맙긴 하지만 말이야 바른 말이지 그들이
나를 죽였소. 물건을 빼앗아갔소? 나를 죽인 범인은 따로
있지라우. 그러나 누구라고 이름은 안 댈 것이구면이라우.

대봤자지요. 이 시상이, 나라가 나를 죽였지라우. 내가 자기 잘못을 깨닫기 전에는 소용없어라우. 예수님, 부처님, 공자님, 산신님, 지신님, 용왕님… 누가 뭔 말 한다고 해서 그것이 해결나지 않지라우. 사람들의 맘보가 바로 박히기 전에는…

(한숨) 나는 지나간 일은 탓 안하기로 했어라우. 지내고 보면 모든 게 먼지 같고, 안개 같고, 바람 같은 것을… 어디서 낳아서, 이름이 뭐고, 직업이 뭐고, 재산이 얼마고 따져봐야 살아있는 동안만이지. 여기서는 아무런 소용도 없는디 왜들 그렇게 서로 뺐고 가질려고 하는지 모르겠구먼이라우. 만사가 허사지라우… 세상 떠날 때는 빈손인디 뭘 욕심 내 아… 동이 트는구먼! 오메 눈부신것! 이것들아 땅에서는 눈 씻고 봐도 못 볼 것이다. 이렇게 높은 데서 봐사제! 내 걱정말고, 적게 먹고 가는 똥 싸면서 살것이어! 홋호…

이 때부터 무대가 장밋빛에서 잿빛으로 그리고 찬란한 하늘색으로 환하게 밝아온다. 옥단이 타고 있는 곤도라는 유람선처럼 공중에 떠 있다. 지서 앞 광장에 꽃상여가 놓여있고 그 둘레에서 굿판이 한창이다. 그것은 죽음의 의식이라기보다 또 다른 생명의 탄생을 축하하는 의식이다. 꽃상여 뒤에는 상복 차림의 모든 등장인물들이 따른다. 청년 갑, 을이 상주인양 멀쑥하게 상복을 입고 따라 나선다. 주변에서 지켜보던 아낙네들이 탄복한다.

아낙 A　옥단이는 참말로 호상이구먼! 호상이여.

아낙 B　호상이고 말고! 저승길이 어렇굼. 호상일 줄 누가 알았당가!

훗호…

아낙 C 옥단이는 저 하늘에서 울고 있것제잉? 그 동안 고생한 일 생각하
면 죽은 귀신도 슬플거여. 아이고 불쌍한 것!

옥단 나보고 불쌍하다고? 썩을년들! 난 슬프지도 않고, 억울하지
도 않으니께 네 년들 걱정이나 하란 말이여!
(꽃상여를 따라가는 상주들이 곡을 한다. 겉으로만 슬픈 척
한다.)

옥단 아이고, 저 능청 떠는 꼴 좀 봐! 겉으로만 울고 속으로는 막
걸리 생각부터 하고 있을 것이구먼. 느그들 마음 다 안다.
부모 죽었을 때 관 앞에서 슬프게 우는 며느리치고 마음
바른 년 없느니라… 헛허…

일동 옥단어! 옥단어! 잘 가거라 잉?

옥단 그렇지만 다 저마다 한가지씩 착한 구석은 있었제… 다 좋
은 사람들이었어… 봉춘이, 봉춘아부지, 그리고 영찬학
상…… 나한테 더운 쌀밥보다 더 뜨거운 정을 주고 가버렸
지만 모두 좋은 사람들이었제. 고맙소! 고맙소! 잉? 흑…
(흰수건을 흔든다. 얼마 전부터 옥단이 주변에는 오색구름
이 마치 후광처럼 피어난다. 굿은 더 고조되어 간다.)

〈막〉

작품 해설

옥단이는 1930년대 초반부터 1950년대 후반까지 목포에서 살았던 실존 인물이다. 목포 지역에서는 목포의 4대 명물(?)로 「역전의 맬라꽁」, 「평화극장 외팔이」, 「대성동 쥐약장수」 그리고 옥단이가 손꼽힌다. 이들은 모두가 실존인물이되, 서민생활과 밀착되었을 뿐만 아니라 모두가 지체 부자유자들이지만 서민들과 친숙했었다. 그 인간미가 한결같이 고았던 사람들이라 지금도 전설처럼 전해지고 있다. 그 가운데서도 옥단이는 유일하게 여성이었고 가장 인간성이 좋고 많은 일화를 남긴 점으로 지금도 50대 이상의 사람들에게는 친숙한 이름이다.

그러나 옥단의 신상에 관해서는 그 누구도 소상히 아는 사람이 없다. 정확한 생년월일도, 그 고향도 가족관계도 모른다. 그리고 그가 언제 어떤 사연으로 목포로 흘러들어 온지도 모른다. 단 한 가지 확실한 것은 사고무친의 외로운 사람이라는 사실뿐이다.

옥단은 날품팔이꾼이다. 이 집, 저 집 다니면서 허드렛일도 해주고 수돗물을 길러주고 애경사 때는 빠짐없이 드나들었다. 그러나 그 노동의 대가는 일정치도 않거니와 요구도 안 했다. 시간이 늦으면 골방이건 마루건 아무데서나 새우잠을 자곤 했다. 그런데 옥단이는 성격이 낙천적인 데다가 몸짓은 유달리 풍만했다. 그러나 곱지도 않은 얼굴에는 언제나 지분을 발랐고 붉은 댕기를 물려 쪽을 지고 값싼 옥비녀를 꽂아 멋을 부렸다. 그렇다고 눈을 크게 뜨고 마주보는 적이라곤 드물었다. 아래로 내려깔거나 흘겨보는데 어떤 순간 사팔뜨기 같은 인상도 보였지만 그 누구도 똑똑히 그 모습을 그려낼 순 없었다.

게다가 지능의 발달이 약간 지진한 데다가 언제나 싱글벙글 웃으면서 누구에게나 격의 없이 대하는 친근감이 있었다. 그래서 어른이건 아이건 그를 부를 때 "옥단어!"라고 하대했다. 목포 지방의 사투리가 말끝이 "어"로 끝나는 특징이기도 하지만 아무튼 "옥단어!"라고 누구나 스스럼없이 부르던 밉상스럽지 않은 그 성품은 만인의 친구이자 말벗이기도 했다.

옥단이가 무슨 낙으로 살아갔는지 아무도 모른다. 일해주고 밥 얻어먹고 약간의 삯전을 받았지만 예금이 있는지도 모른다. 다만 부잣집에 잔치가 있는 날이나 제사 파젯날에는 빠지지 않고 불려 다니는 게 옥단이었다.

"옥단아! 한 곡 뽑아봐야!"

누군가가 말을 꺼내면 옥단이는 방 윗목 구석지에서 일어났다. 그 풍만한 앞가슴 속에서 하모니카를 꺼내서 불다가 흥이 나면 궁둥이춤이며 병신춤, 그리고 코팍 딴스를 추는 게 장기 가운데 하나였다. 주인

마님이 술이라도 권하면 옥단이는 이미 이 세상 사람이 아닌 듯 노래와 춤과 재담으로 많은 사람을 웃기는데 밤이 깊어 갈 줄도 몰랐다.

옥단이는 만인의 벗이었다. 남을 미워할 줄도 슬픔을 토해낼 줄도 모르는 호인이라면 호인이라고나 할까.

그러한 옥단에게 어떤 사연이 있었을까? 여자 나이 30대로 추산이 된다면 의당 우여곡절이 있게 마련이지만 옥단은 좀처럼 내색을 안 했다. 의협심이 강하고, 노동을 꺼리지 않고 헌신적으로 일만 하는 여인의 인생 항로가 결코 순탄하지는 않았을 것만은 틀림없으리라. 나는 이 작품에서 그 가려진 이면을 추적하고 싶었다. 가진 것은 없어도 베풀 줄 알고, 아는 것은 없어도 인정이 있고, 외롭게 살면서도 외롭지 않았던 옥단의 삶에서 오늘을 살고 있는 우리들이 얻어낼 수 있는 것을 찾고 싶었다.

그러므로 여기에 묘사된 이른바 '사건'은 어디까지나 작가적 상상이자 창작이다. 그리고 우리가 가장 어렵게 살았던 1930년대부터 1950년대까지의 폭풍 같은 세월 속에서 살아 나온 옥단의 삶의 궤적은 곧 우리 현대사의 뒷골목 풍경이기도 하다. 한 무지몽매한 여인이 시달려 살았던 현실은 그대로 우리의 역사이자 시대의 반영일진대 이 작품은 단순한 연극이 아닌 우리의 현대사와 그 아픔을 되돌아보자는 데다 그 의미를 두고 있다. "옥단어!" 하고 모두가 천대했던 한 여인의 생애를 통해 우리의 어두웠던 시대에 대한 진혼이기도 하다. 천대받으면서도 끈질기게 버티며, 남을 위해 베풀다가 길지 않은 생애를 마친 불행한 여인 옥단은 우리 민족의 자화상일지도 모른다.

나는 어려서부터 옥단이를 가까이 지켜보았다. 어찌 보면 바보 같고 어찌 보면 천덕꾸러기 같으면서도 그녀가 만인에게 친근감을 주는 까닭이 궁금했다. 나는 언제부터인가 인간 옥단이의 삶을 소재로 희곡을 써야겠다고 구상을 해온 게 어언 7년째가 된다.

그런데 작년에 우연히도 배우 강부자(姜富子)가 자기의 연기 생활 40주년을 기념하는 희곡을 써주었으면 하는 제의가 있어 집필에 박차를 가한 셈이다. 그리고 연출가 이윤택(李潤澤)도 뭔가 토속적이면서 사람 냄새가 진하게 느껴지는 「玉丹어!」에 색다른 의욕을 느낀다는 데서 의기 투합이 이루어진 셈이다. 뿐만 아니라 공교롭게도 올해가 나의 팔순의 해이고 보니 뭔가 의미 있는 연극공연이 될 것 같아 새삼 가슴이 두근거린다. 그것은 나이 80에도 희곡을 쓸 수 있게 해주신 주변의 모든 분들과 공연을 맡은 〈연희단 거리패〉 여러분, 그리고 오늘날까지 나의 예술과 삶의 받침대 구실로 해온 아내에게 마음속 깊이 고맙게 여길 뿐이다.

작가에게는 정년도 퇴출도 없다. 오직 작가는 숨이 끊어지는 그날까지 진솔하게 하고 싶은 얘기를 작품을 통해서 발언하는 자유가 허용되어 있다. 신작 「玉丹어!」는 바로 그 자유에 대한 발인임을 밝혀 두고 싶다.

연 보

- 1924년 11월 15일

  전남 목포시 북교동 184번지 차남진(車南鎭)과 김남우(金南牛)의 3남 2녀 중 차남으로 태어남.

- 1932년

  목포 제일보통학교(지금의 북교초등학교) 입학.

- 1938년

  광주 고등보통학교(지금의 광주일고) 입학.

- 1942년

  광주 고등보통학교 5년 졸업 후 2년 간 일본 동경에서 재수생활을 하다 귀국.

- 1944년

  징병제도 실시에 따라 병역면제의 특전을 받기 위하여 광주 사범학교 강습과에 입학

- 1945년 3월

  목포 북교초등학교 근무함(2종 훈도).

- 1945년 6월

  일본군에 소집당하여 제주도에서 복무 중 8·15 해방을 맞음.

- 1945년 8월

  북교초등학교에 복직.

- 1946년 9월

  연희전문대학교 문과에 입학.

· 1947년 9월

학제변경에 따라 동교 문학부 영문과에 편입. 이때부터 '연희극예
술 연구회'를 조직하여 연극활동을 시작. 박옥순과 결혼.

· 1948년 1월

유달유학생회 주최로 박경창 작 〈산촌〉을 연출·주연을 맡아 공연
(목포극장).

· 1949년 10월

제1회 전국대학연극 경연대회에 우리나라 최초로 희랍극 〈오이디
푸스왕〉으로 참가하여 수상.
그후 각 대학의 연극학도—김경옥, 조동화, 최창봉, 김지숙, 조성화,
박현숙—가 참가한 '대학극회'를 조직.

· 1950년 7월

6·25 전쟁으로 학업(대학 4년)을 포기하고 목포로 피난. 이후 5년
간 목포에서 중학교 교사로 근무.

· 1951년

처녀작 〈별은 밤마다〉(2막)를 집필. 목포문화협회 주최 예술제에서
공연함. 장남 순환 출생.

· 1952년

목포 해군 경비부 정훈실에서 발행한 주간지 ≪전우≫에 희곡 〈닭〉(1
막), 〈제4의 벽〉(1막) 발표.
목포중학교 제1회 예술제에서 희곡 〈저주〉(1막)를 발표.

· 1953년

월간지 ≪갈매기≫에 희곡 〈윤씨일가〉(3막)와 〈잔재〉(3막) 발표.
목포중학교 제2회 예술제에서 〈달 뜨는 무렵〉을 공연.
장녀 혜영 출생.

· 1954년

번역극집 『근대 1막 극선』(항도출판사) 출판.
목포중학교 제3회 예술제에서 〈백의〉(3막)를 상연.

· 1955년

조선일보 신춘문예(희곡)에 〈밀주〉 가작 입선.

목포중학교 제4회 예술제에서 〈내 고향으로 나를 보내 주오〉(3막)
를 공연. 차녀 혜진 출생.

· 1956년

조선일보 신춘문예(희곡)에 〈귀향〉 당선. 서울로 올라와 덕성여고
에서 근무.
〈풍랑〉(2막)을 정명여중 예술제에서 공연.
5월 '제작극회' 창단. 동인은 김경옥, 최창봉, 오사랑, 조동화, 노희
엽, 최상현, 박양경 등.

· 1957년

〈무적〉(≪문학예술≫), 〈불모지〉(≪문학예술≫), 〈사등차〉(≪자유문
학≫), 〈성난기계〉(≪사상계≫), 〈계산기〉(≪현대문학≫) 등을 발표.

· 1958년 〈불모지〉, 〈공상도시〉를 '제작극회'에서 공연함. 차남 순주 출생.
『희곡 5인 선집』(성문각) 출판. 3남 순규 출생.

· 1960년

〈상주〉를 ≪목포문학≫에 발표.
첫 창작 희곡집 『껍질이 째지는 아픔 없이는』(정신사) 출판.

· 1961년

『껍질이 째지는 아픔 없이는』(4막)을 극단 '제작극회'에서 국립극장
초청 공연. 첫 희곡집 『껍질이 째지는 아픔 없이는』 출간
〈공중 비행〉(2막)을 ≪사상계≫에 발표.
3월 덕성여고 교사직을 사임하고 문화방송(주) 연예과장에 취임. 이
후 CM과장, 제작부장, 편성부국장 등을 역임.

· 1962년

〈태양을 향하여〉(4막)를 극단 '국립극단'에서 공연.
〈산불〉(5막)을 '국립극단'에서 공연.
〈소낙비〉(1막)를 호남 예술제에서 광주서중 연극반이 공연함. 목포
시 문화상 수상.

· 1963년

〈여인천하〉(박종화 작)를 각색하여 '국립극단'에서 공연.
〈갈메기떼〉(4막6장)를 '신협' 재기 기념으로 공연.

<청기와 집>(4막)을 ≪세대≫에 발표.
　9월 20일 극단 '산하' 창단. 동인에 오화섭, 김유성, 이기하, 임희
재,　강효실, 천선녀, 김성옥, 이순재, 전운 등 27명임.

· 1964년

<청기와집>을 극단 '산하'에서 공연.

· 1965년

<열대어>(4막)를 극단 '산하'에서 공연함.
서라벌예대, 이대, 연대 등에 출강.
연세대 영문과 4학년에 복학.
<스카이라운지의 강사장>(1막)을 ≪문예춘추≫에 발표.
<고구마>(1막)가 중학교 국어 국정 교과서에 실림.
<강강수월래>(3막)를 정신여고에서 공연.
국제 P.E.N. 클럽 중앙위원에 선임.

· 1966년

<풍운아 나운규>를 드라마 센터에서 이원경 연출로 공연.
9월 연세대학교 영문과 졸업.
국제 P.E.N. 대회 뉴욕 회의에 한국 대표로 참가.

· 1967년

<적과 흑>(스탕달 원작)을 각색하여 극단 '산하'에서 공연.

· 1968년

사단법인 한국연극협회 이사장에 피선.
<장미의 城>(4막)을 극단 '산하'에서 공연 후 ≪현대문학≫에 게재.
동국대 출강.

· 1969년

신연극 60주년 기념 <그래도 막은 오른다> 구성 공연.
일본 희곡 <고독한 영웅>(福田恒存 원작)을 번역하여 극단 '산하'에
서 공연.
MBC-TV 개국 준비요원으로 일본 NHK에서 2개월간 연수.
국제 P.E.N. 대회 망똥회의에 한국대표로 참가.
제2창작 희곡집 『대리인』(선명문화사) 출판.

숙명여대 출강.
〈대리인〉을 '산하'에서 공연.
신문화 60년 기념 공로 표창(국무총리상).

· 1970년

〈왕교수의 직업〉(5막)을 '산하'에서 공연.
제2회 대한민족문화예술상 수상(연극부문).

· 1971년

MBC 사임.
간염으로 입원 가료, 투병 중 〈환상여행〉 탈고.

· 1972년

〈환상여행〉(10장)을 '국립극단'에서 공연.
〈묘지의 태양〉을 ≪현대문학≫에 발표.
〈파도가 지나간 자리〉를 ≪월간문학≫에 발표.
한국예술 윤리위원 위촉.
〈위자료〉를 지방 순회공연(연극협회 주최).
〈커브쓰의 처녀〉(베륜슈타인 원작)을 번역하여 '산하'에서 공연.

· 1973년

예총 부회장 선임.
〈이차돈의 죽음(5막)을 '산하'에서 공연.
토월회 창립 50주년 기념행사로 〈부활〉(톨스토이 원작)을 각색
공연.
『새마을 연극 회곡 선집』(세운문화사)을 출판.
한국문화예술진흥원 이사 선임.

· 1974년

〈약산의 진달래〉(5막), 〈새야새야 파랑새야〉(2막 7장)를 '산하'에서
공연(지방공연).
〈꽃바람〉(5막)을 '여인극장'에서 공연.
〈낙엽〉(이병주 원작)을 각색, '배우극장'에서 공연.
〈활화산〉(5막)을 '국립극단'에서 공연(전국순회).
중앙국립극장 운영위원 위촉.
서울특별시 문화홍보분과 자문위원 위촉.

· 1975년

　　〈셋이서 원무곡을〉(4막)을 ‘산하’에서 지방 공연함.

　　제3희곡집 『환상여행』(어문각)을 출판.

　　〈안개소리〉(1막)을 ≪현대문학≫에 발표.

　　〈일심교〉(1막), 〈쑥꿀레떡〉(1막)을 문예진흥원의 위촉으로 집필.

　　I.T.I. 베를린 회의에 한국대표로 참가.

　　제2회 반공문학상 수상.

· 1976년

　　〈의사 지바고〉(파스테르나크 원작)를 각색, 연출 ‘배우극장’에서 공연.

　　〈학살의 숲〉(4막)을 ‘국립극단’에서 공연.

　　〈쌍둥이의 모험〉(2막)을 전국 순회 공연. (연극협회 주최)

　　한국방송심의위원 피선.

· 1977년

　　〈손탁 호텔〉(5막)을 ‘국립극단’에서 공연.

　　〈화조〉(9장), 〈오판〉(10장)을 각각 ‘광장’과 ‘산하’에 의해 제1회 대한민국 연극제에 참가.

　　장남 순환 결혼.

· 1978년

　　〈바람과 함께 사라지다〉(마가렛 미첼 원작)를 각색하여 ‘현대극장’에서 공연.

　　〈간주곡〉(1막)을 ≪한국연극≫에 발표.

　　I.T.I. 한국본부 부위원장 피선.

　　대한민국 연극제 심사위원 위촉.

· 1979년

　　〈표류〉(5막 7장)를 『민족문학대계』(동화출판공사)에 발표.

　　〈제인에어〉(샤롯 브론테 원작)를 각색, 연출하여 ‘산하’에서 공연.

　　〈페르퀸트〉(5막)를 번역 ‘국립극단’에서 공연.

　　서울예술전문대학 출강.

　　장녀 혜영, 차녀 혜진 결혼.

　　I.T.I.소피아(불가리아)회의에 한국대표로 참가.

· 1980년

　　〈모모〉(미카엘 엔데 원작)를 각색, '산하'에서 공연.
　　목포 송옥문화상 예술부문대상 수상, 동 상금(1백 만원)으로 도서를
　　구입하여 목포시립도서관에 기증.
　　MBC-TV 〈전원일기〉를 집필(1년간).

· 1981년

　　〈학이여 사랑일레라〉(12장)가 '여인극장' 공연, 대한민국연극제에서
　　희곡상 수상.
　　한국방송 광고공사 광고심의 위원장 위촉.
　　대한민국예술원 정회원 피선.

· 1982년

　　제4희곡집 『학이여 사랑일레라』를 출간(어문각).
　　연극제 희곡상 수상에 따르는 구미 여행을 다녀옴.
　　무용극 〈강〉을 조영숙 무용단에서 공연.
　　무용극 〈갈증〉을 최청자 무용단에서 공연.
　　대한민국 예술원상 수상. 문화방송 자문위원 위촉.

· 1983년

　　제7회 동랑 연극상 수상.
　　20년간 주재해 왔던 극단 '산하' 자진 해단.
　　제4회 방송대상 라디오 부문 극본상 수상.
　　청주대학교 예술대학 출강. 2남 순주 결혼
　　서울 극작가그룹을 발족하여 회장에 선임.

· 1984년

　　청주대학교 예술대학장 취임.
　　무용극 〈도미부인〉을 '국립무용단'에서 공연 LA올림픽에 참가
　　공연.
　　〈새벽길〉(12장)을 대성학원 창립 60주년 기념으로 청주대학교에서
　　공연.
　　3남 순규 결혼.
　　회갑기념 수필집 『거부(拒否)하는 몸짓으로 사랑했노라』와 『서울극
　　작가그룹 대표희곡선집』을 출간.

· 1985년

　　논문 「한국연극관객의 의식구조」(예술원) 발표
　　제5 희곡집 『산불』 출간(범우사).

· 1986년

　　희곡 〈식민지의 아침〉을 청주연극협회에서 공연(지방순회).
　　서울 88예술단 단장으로 취임(8월).

· 1987년

　　연구 논문 「한국의 소극장연극 연구」 발표(대한민국예술원)
　　평론집 『동시대의 연극인식』 출간(범우사).
　　희곡 〈꿈하늘〉을 ‘국립극단’(김석만 연출)에서 공연

· 1988년

　　〈연극계의 인맥〉을 ≪예술과 비평≫에 5회 연재.
　　무용극 〈십장생도〉를 홍정희 발레단에서 공연.
　　청주대학교 교수협의회 초대회장으로 피선.

· 1989년

　　희곡 〈사막의 이슬〉을 극단 ‘대하’에서 공연(서울연극제 참가 작품).
　　채만식 원작 〈태평천하〉를 각색하여 ‘국립극단’에서 공연.
　　청주대학교 교수직 사임. 서울예술전문대학 극작과 교수로 취임.
　　대한민국예술원 발간 『예술총론 연극편』 책임 감수.

· 1990년

　　야마네 마사코(山根昌子) 원작수기 〈머나먼 여로〉 번역출판(서울신
　　문).
　　무용극 〈저 하늘 저 북소리〉를 ‘국립무용단’에서 공연.
　　희곡 〈대지의 딸〉을 ‘포항은하극단’에서 공연.

· 1991년

　　연구논문 「日本新派演劇이 韓國演劇에 미친 영향」 발표(대한민국
　　예술원).
　　무용국 〈고려애가(高麗哀歌)〉를 ‘국립발레단’에서 공연.
　　‘연극의 해’ 집행위원장 선임.

『한국곡론(韓國曲論)』을 방송통신대학 교재로 발간(유민영, 조남철 공저).

〈식민지의 아침〉이 대한민국문학상 본상 수상.

· 1992년

제6 희곡집『식민지의 아침』출간(학고방).

희곡 〈신장한몽(新長恨夢)〉을 '한국배우협회'에서 합동공연.

희곡 〈안네 프랑크의 장미〉를 '국립극단'에서 공연.

무용극 〈꿈의 춘향〉을 '서울시립무용단'에서 공연.

희곡 〈청계(淸溪)마을의 우화〉를 극단 '세미'에서 공연(서울연극제 참가작품).

· 1993년

논문 「한국소극장 연극사」를 월간 ≪예술세계≫에 29회 연재.

제3회 이해랑 연극상 수상.

희곡 〈산불〉을 극단 '연우무대'에서 공연.

제25회 I.T.I. 회의 참가(독일 뮌헨).

회고록『예술가의 삶』출간(혜화당).

· 1994년

고희기념 수필집『목포행 완행열차의 추억』출간(융성출판사).

김동리 원작 「무녀도」를 각색, 서울과 일본 동경에서 공연(극단 띠오 삐삐).

· 1995년

무용극 〈파도〉를 '국립국악원 무용단'에서 공연.

대한민국예술원 부회장에 피선.

희곡 〈바람분다 문열어라〉를 극단 '신시'에서 공연(서울연극제 참가).

서울예전 교수직 사임.

· 1996년

금호예술상 수상(광주).

중앙국립극장 운영위원 위촉.

무용극 〈오델로〉 집필공연(국립무용단).

· 1997년

　　서울시 문화상 수상.

　　목포 개항(開港) 100년 기념 〈시민선언〉 발표.

　　희곡 〈나는 불섬으로 간다〉 집필 공연(광주).

　　오페라 〈산불〉 대본 탈고(국립오페라단).

　　자서전 『떠도는 산하(山河)』 월간 ≪예향(藝鄕)≫에 16개월간 연재.

· 1998년

　　한국문예진흥원 원장에 취임.

　　제1회 한림문학상 수상(광주).

　　희곡 〈검사와 여선생〉 집필 공연.

　　중국 문연(文聯)초청으로 북경(北京), 항주(杭州), 소주(蘇州), 상해(上海)
　　여행.

　　제4회 '송파를 빛낸 사람'으로 포상(송파구).

　　자서전 『떠도는 산하』 출간(도서출판 형제문화).

· 1999년

　　악극 〈가거라 삼팔선〉을 극단 '신시'에서 공연.

　　연세대학교 동문회에서 '연세를 빛낸 사람들' 선정.

　　경희대학교 정보문화대학원 객원교수로 임명.

　　대구에서 '차범석 연극제' 실행.

　　사단법인 광주비엔날레 이사장 취임.

　　일본 희곡 〈친구들〉(安部公房 작)을 번역, '국립극단'에서 공연.

　　오페라 〈산불〉을 '국립오페라단'에서 공연.

　　오페라 〈녹두장군〉을 '호남오페라단'에서 공연.

　　뮤지컬 〈산불〉 대본 탈고, 극단 '신시'가 공연준비중.

· 2000년

　　「잃어버린 역사를 찾아서」, 「한국연극의 인맥」을 월간 ≪한국연극≫
　　에 연재.

　　전남 향우회 주최 제2회 '자랑스러운 전남인' 표창.

　　6월 13일, 남북정상회담 대통령 특별수행원으로 평양방문.

　　핀란드 기업 노키아 초청으로 시드니 올림픽 관람.

　　한일문화인교류회 한국 대표로 참가.

뮤지컬 〈로마의 휴일〉 번역·작사, 극단 '신시'에서 공연.
희수기념 제7희곡집 『통곡의 땅』 출간(가람기획).
한국문예진흥원 원장직을 사임하고 대한민국예술원 회장에 취임.
무천극예술학회에서 『차범석 희곡연구』 발간.

· 2001년

희곡 〈그 여자의 작은 행복론〉을 극단 '산울림'에서 임영웅 연출로
공연(극작생활 50주년 기념).
동국대학교 대학원 출강.
대불대학교에서 명예문학박사 학위 수여.

· 2002년

뮤지컬 〈처용(處容)〉(임영웅 연출)을 울산시 주최로 공연(10월 5일부
터 울산 문예회관대극장).
오페라 〈백록담(白鹿潭)〉(김정길 작곡)을 제주시 주최로 공연(12월
10일부터).
민요창극 〈저 달이 지기 전에〉를 진도군 주최로 공연.
포항 시립극단에서 〈그 여자의 작은 행복론〉 공연.

· 2003년

희곡 〈산불〉을 극단 '두레'에서 공연.
희곡 〈玉丹어!〉(이윤택 연출) 팔순기념공연 준비중
희곡 〈바다는 넘치지 않는다〉 탈고.
제8 희곡집 『옥단어!』 상재 팔순기념.

車凡錫 제8 戱曲集

玉丹어!

초판인쇄 2003년 11월 1일
초판발행 2003년 11월 10일

지은이 • 차 범 석
펴낸이 • 한 봉 숙
펴낸곳 • 푸른사상사

등록 제2-2876호(1999.8.7)
서울시 중구 을지로3가 296-10 장양B/D 202호
대표전화 02) 2268-8706-8707 팩시밀리 02) 2268-8708
메일 prun21c@yahoo.co.kr / prun21c@hanmail.net
홈페이지 //www.prun21c.com
편집/디자인 · 박명애 / 김윤경 / 안덕희 · 기획/영업 · 김두천 / 허견 / 박미경
ⓒ 2003, 차범석

ISBN 89-5640-158-6-03810

값 20,000원

*저저와의 합의에 의해 인지를 생략함.

*잘못된 책은 본사나 구입처에서 교환하여 드립니다.